D1641501

Franz Joachim Behnisch
Im Gleisdreieck

Franz Joachim Behnisch

Im Gleisdreieck

Roman

Mit einer Nachbemerkung von Ehrentraud Dimpfl

Rimbaud

Erstes Kapitel

Nebenan führten Simons eine gutgehende Plätterei. Es wohnten damals in dem Viertel noch genug aktive Offiziere, die ihre Wäsche im Geschäft waschen und bügeln ließen. Manchmal stellte Herr Simon Militäreffekten aus, die er in Kommission genommen hatte, gelegentlich eine vollständige Uniform. Für Nikolovius war das jedesmal ein Fest, er drückte die Nase platt an dem Schaufenster. Zu Hause kramte er den Flickenkorb seiner Mutter durch, suchte Blau, fand aber nur Grün, grünen Fresko, nicht sehr viel. Es reichte gerade um den Leib, für Schöße und Ärmel nicht mehr. Mutter mußte es auf der Maschine zusammennähen. Rotes hinzugeben für Biesen, Kragen und Achselklappen. Blanke Knöpfe kriegte er von seinem Vater, zwar nicht spiegelglatte Soldatenknöpfe, sondern die mit dem Wappen der Reichsbahn von Vaters altem Rock.

Zu Ärmeln und Schößen suchte Nikolovius unentwegt Grün, fand es dann auch, leider nicht mehr Fresko, sondern bloß Kunstseide, Streifen von einem ehemaligen Sommerkleid, Waldmeistergrün, eigentlich viel zu hell für das grunewaldgrüne Oberteil. Mutter setzte es unten an das Freskoleibchen, es sah lächerlich aus. Aber eines Tages kam auch wieder Dunkelgrün ins Haus, ein billiger, kratziger Stoff, Geschenk der Milchfrau Frick, die den Jungen mochte. Ihr Mann war zwölf Jahre Soldat gewesen. In ihrem Hinterzimmer hing das Bild *Aus meiner Dienstzeit* mit Trommel, Pfeifen und Gewehr und fünfzig fotografierten Kameradenköpfen über den Stehkragen buntgedruckter Uniformen. Jetzt war Herr Frick Eisenbahner in einem der großen Stellwerke auf dem Gleisdreieck zwischen Dennewitz- und Möckernstraße.

Der neue dunkelgrüne Stoff reichte für die Ärmel, wenn auch ein bißchen knapp. Die Arme steckten prall darin, beim Beugen spannte und kniff es. Nesselhemden wollte der Junge nicht anziehen, weil sie ihm zu eng vorkamen und kratzten, aber die grüne Narrenjacke mit den Wurstärmeln trug er nachmittagelang, zu jeder Jahreszeit, auch wenn es heiß war; den hohen roten, mit Pappe gesteiften Kragen immer durch zwei Haken, zwei Ösen geschlossen. Auf der Straße riefen die Händler Braunbier aus und Blumenerde. Die Geranien in den Kästen der Balkone wurden matt. Nikolovius kauerte zwischen wildem Wein und Oleander auf dem schmalen Balkon der elterlichen Wohnung, beobachtete durch leere Garnrollen den eingebildeten Feind, drückte das nicht geladene Kindergewehr auf Schützenlinien ab, beschoß Luftschiffe, die große, hellgrüne Kuppel der Friedhofskapelle, die dem Haus schräg gegenüber hinter Kastanien ragte, wehrte sich gegen Geschwader dunkler Vögel, die griffen im Sturzflug das Haus Nummer sieben an, fielen über den Balkon her. Hartmannsweiler Kopf, Höhe Toter Mann; die Namen waren noch nicht berüchtigt, aber die Situationen längst durchexerziert. Er zog den kleinen Säbel aus der Scheide, schlug um sich, streckte Eindringlinge zu Boden, jagte in die Flucht, knickte Vaters Lieblingspflanze, den wilden Wein. Dafür kriegte er eine Ohrfeige, die einzige, die Vater ihm je gab. Dann kam der Erste Weltkrieg.

Zu Weihnachten schenkten ihm seine Eltern eine echte Uniform, wie die Jugendwehr sie trug, in Feldgrau mit schwarzweißroter Armbinde. Er zog sie bloß sonntags an, hängte Spaten, Brotbeutel und Feldflasche an das Koppel, setzte die graue Schirmmütze mit Sturmriemen und Kokarde auf und fuhr allein mit der Bahn oder auf dem Rad in die Dachsberge, nicht zu einem Appell mit leibhaftigen Altersgenossen, sondern mit unsichtbaren Kameraden. Er ließ sie weit manövrieren, setzte große Bewegungen an in Ostpreußen und vor Paris, schlug Kesselschlachten, war auch auf Rückzügen stark, schickte Meldereiter zu abgeschnittenen Bataillonen, gab der Artillerie die Angriffsziele bekannt, stieß mit der Dämmerung bis an den Rand der Gewässer vor, zu den Hügeln am Großen Fenster, und sang dort am Abend die Wacht am Rhein an der Havel.

Zu der Zeit noch hing die Uniform bei Simon blau auf einer Schneiderpuppe im Schaufenster. Niemand wollte sie wegen der neuen feldgrauen Mode. Sie aber war nachtblau mit Sternen auf den Schultern und acht goldenen Vollmonden, die – einer genau über dem anderen – von der Gürtellinie bis zum Kragen aufgingen. Aus dem Kragenloch ragte ein lackierter Holzknopf. Unter den Schößen des Waffenrockes kam das Gestell wieder zum Vorschein. Ganz unten lief es in drei geschwungenen Füßen aus. Nikolovius bestaunte Dunkelblau, Glanzblau und Glanzgold. *Gold und Silber* von Léhar spielten die Regimentskapellen der Mittelmächte in den Etappen von Kurland bis zum Schwarzen Meer.

Nikolovius sah die roten, goldknopfbesetzten Patten der lose herunterhängenden leeren Ärmel. Es störte nicht, daß sie leer waren, es gab genug leere Uniformärmel in Schaufenstern. Auch sonst gab es sie im dritten Kriegsjahr, selbst in der Großgörschen-, in der Yorck-, in der Kolonnenstraße. Durch die waren sie gezogen, nicht mehr nach Tempelhof zur Parade, sondern zu den Verladerampen des Güterbahnhofs General-Pape-Straße, waren an den langen öden Backsteingebäuden der Reichsbahnverwaltung und unter August-Akazien dahinmarschiert: die Alexander-, die Augusta-, die Kaiser-Franz-Gardegrenadiere, nicht mehr in Goldblau wie bei Simon, sondern graugold, später nur noch grau. Viele von ihnen kamen nicht mehr zurück, zu ihnen gehörte sein Vater.

Nikolovius war sechzehn Jahre alt, als der Helm ins Haus kam. Er sah gleich, daß es nicht Vaters Helm sein konnte, denn zu der Zeit trug man bereits Stahl. Aus blankem Stahl waren vor dem Krieg die Helme der Kürassiere gewesen und die der Garde du Corps mit dem Adler. Was mit der Post kam, war eine kleine sächsische Pickelhaube. Gewiß lag ein Irrtum vor, und es war vielleicht unwichtig. Die Mutter merkte es gar nicht, und Nikolovius sagte nichts. Sie weinte, wenn er die blaue Schusterschürze umband, liebevoll die Messingspitze von der Haube schraubte, wenn er die Messingeinfassung des Augenschirms, die Schiene des Hinterkopfteils, die Einsätze und die Schnallen des Sturmriemens abnahm und innen beide Lederzapfen herauszog, mit denen der sächsische Stern an der Stirnseite befestigt war. Alle Metallteile polierte er mit Sidol, das Leder erdalschwarz, er rieb mit weichem Lappen nach. Sein Vater, der Landsturmmann, war gefallen mit Gott für König und Vaterland, so lautete der Bericht seines Hauptmanns, und zwar durch Kopfschuß. Dann hätte der Helm Spuren aufweisen müssen. Er war aber unversehrt. Nikolovius setzte ihn auf, als er siebzehn wurde, trug ihn auf der Straße zu zivilem Mantel, allerdings erst nach Einbruch der Dunkelheit in der Gegend am Bautzener Platz. Später wagte er sich weiter weg von der elterlichen Wohnung. Er wich dem Laternenlicht aus, wenn er in der Dämmerung mit dem Spitzenhelm spazierenging. Natürlich war es damals noch nichts Ungewöhnliches, eine blankgewichste, mit vielem funkelnden Messing geschmückte Lederkappe öffentlich als Kopfbedeckung zu benutzen. Auch nach dem Krieg wurde sie noch getragen, freilich nur von abgedankten Offizieren und von Leiermännern. Diese befestigten an der Spitze ein Glockenspiel, das durch Kopfschütteln bewegt wurde. Gleichzeitig trat der linke Fuß auf ein Pedal, das einen grauweißen Filzschlegel gegen eine Pauke schlagen ließ. Die rechte Hand drehte die Kurbel, während die linke auf dem schwarzen, wachstuchbezogenen Deckel der Drehorgel lag und Geldstücke aus Zeitungspapier wickelte.

Am Eingang des Matthäifriedhofes steht heute noch eine Laterne, die zur Zeit des jungen Nikolovius schon so schwach war, daß sie sofort erlosch, wenn jemand gegen sie stieß. Tagsüber diente sie beim Indianerspielen als Marterpfahl. An dem Abend, als Nikolovius in Mantel und Helm den Friedhof betrat, wollte Gärtner Schulz das schmiedeeiserne Tor schließen. Da es schon dunkel war, hielt er ihn für einen recherchierenden Polizisten und zog den Hut. Nikolovius tippte mit zwei Fingern an den Helmrand und ließ sich nicht aufhalten. Hinter dem Gitter führte der Weg durch ein Tor zu dem gepflasterten Vorhof, an dem die Gärtnerei und das Verwaltungsgebäude standen. Dahinter fing der sandige Hauptweg an, er wurde von alten

Kastanien flankiert. Das Gelände stieg bis zu einem großen Holzkreuz. Nikolovius spielte hier im Dunkeln Polizei. Er kontrollierte die Schlösser an Erbbegräbnissen und wurde von niemandem belästigt, außer von eingebildeten Passanten, die Auskunft wollten: Herr Wachtmeister, wie komme ich am schnellsten nach Hundekehle? Müssen wir an der Westfront bedingungslos kapitulieren? Warum brennt drüben in Nummer sieben bei Wolny die ganze Nacht das Licht?

Man braucht als diensttuender Polizist nicht die Stimme zu dämpfen auf nächtlicher Straße, dazu ist man auch auf nächtlichem Friedhof nicht verpflichtet. Wer schläft, der schläft, und die Wachen sollen nur hören, daß auch hier eine Stimme ist, die Ordnung und Sicherheit verbürgt.

Nikolovius kannte fast jedes Grab. Seine Mutter hatte ihn schon auf den Friedhof mitgenommen, als er noch klein war. Sie nähte für Frau Schulz. Wenn sie zur Anprobe kam in eines der beiden Häuschen am Eingang, dann durfte er allein auf allen Wegen und zwischen den Gräbern umherstreifen. Anderen Kindern war das Betreten des Grundstücks nur in Begleitung Erwachsener gestattet.

Die Westseite des Friedhofs wurde begrenzt von Gleisen der Fernbahn, der Stadtbahn und der Wannseebahn. Nach Süden zog sich die riesige Brandmauer mehrstöckiger Stallungen, die der Milchfirma Bolle gehörten. An der unverputzten Schmalseite dieses Gebäudes konnte man vom Friedhof aus schräge, ansteigende Laufplanken mit Eisengeländern sehen. Sie führten zu den höhergelegenen Ställen. Dort erschienen zu bestimmten Zeiten hoch über den Gräbern Pferde, die mit ihren Kutschern hinauf- oder herabstiegen. Dieser Teil des Friedhofes, eine Art Felsental, schien abgelegen und war doch in unmittelbarer Nähe von ratternden Zügen, die man von hier aus freilich nicht sehen konnte. An der Bolle-Nordostwand lag efeuumrankt das Grab eines Kapitänleutnants. Ein Felsblock war sein Grabstein, an dem ein echter, rostüberzogener Anker mit Kette lehnte.

Nikolovius prüfte die rostigen Schlösser an Türen tempelartiger oder kapellenhafter Mausoleen. Er kam auch an das Grundstück, auf dem die Verstorbenen der Familie des reichen Holzhändlers Sebastian Goldschmidt ruhten. Die kleine Tür in der niedrigen Umfriedung war nur angelehnt. Das Grufthaus ähnelte einem altrömischen Landsitz. Es kam Nikolovius vor, als husche ein schwacher Lichtschein über die dunkelblauen Scheiben der kleinen Fenster. Er schlich dorthin und sah, wie ein Mann beim Schein seiner Taschenlampe auf den Fliesen kniete und eine Bodenplatte hochstemmte. Durch den gewonnenen Einstieg ließ er sich in die Grabkammer hinunter. Gleich danach leuchtete es von unten her grell auf.

Jetzt macht er eine Karbidlampe an, dachte Nikolovius. Er ging von der Wand weg, verließ die Umfriedung, trat auf den Weg, fing an zu laufen, zwängte sich durch Gräberreihen, die Mantelschöße fegten Efeu, die Helmspitze ließ sich mit Trauerweiden ein. Nach kurzer Zeit hatte er den Hauptweg erreicht. Von hier war es nicht mehr weit zu den Wirtschaftsgebäuden am Eingang, der Schritt hallte auf dem Pflaster. Gärtner Schulz hörte es, er hatte das Fenster nur angelehnt. Erschrocken schaute er hinaus, da war Nikolovius mit der Pickelhaube schon angekommen.

«In Goldschmidts ihrem Erbbegräbnis bricht einer Särge auf», rief er.

«Mann Gottes», sagte Schulz, «Sie haben mir aber einen schönen Schreck eingejagt! Kommen Sie 'rein.»

Der Gärtner ging zum Telefon, das im Flur an der Wand hing, mittelbraun mit schwarzem Trichter und schwarzer Hörmuschel. Er nahm den Hörer ab und kurbelte. Es meldete sich der Revierdienst der Polizei in der ehemaligen Eisenbahnerkaserne. Bald darauf hielt vor dem Haupteingang ein grünes Automobil mit dunkelgrauem Dach aus Zeltbahnstoff, großer Messinghupe und einem Ersatzreifen rechts neben dem Vordersitz. Vier oder fünf Polizisten sprangen heraus, liefen durch das Tor und über das Pflaster des Vorhofes der Gärtnerei. Ihre beschlagenen Stiefelsohlen knallten. Sie kamen in den Blumenladen, fragten den Gärtner, standen herum, Sturmband unterm Kinn, sahen Nikolovius mißtrauisch, die Pickelhaube verständnislos an. Einer, der so tat, als habe er zu befehlen, fragte Nikolovius: «Wo haben Sie denn diese Hurratüte her?» Das war Schimmelpfennig, ein ehemaliger Königsjäger. Er hatte ein breites Gesicht und einen Stiernacken. Nikolovius zuckte mit den Achseln.

Der wirkliche Anführer der Gruppe war Polizeiwachtmeister Kunze, ein eher schmächtiger Mensch von freundlichem Wesen. Er war mit einer zweiten Abteilung über die Mauer an der Südfront des Friedhofs geklettert und ließ seine Leute über den ganzen Platz ausschwärmen und die Gräberreihen abgehen. Das Terrain war ihm keineswegs fremd. Auf dem kürzesten Weg begab er sich zu dem Goldschmidtschen Mausoleum. Als er das Licht erblickte, hielt er darauf zu und betrat die Begräbnisstätte. Der Mann, der in die Grabkammer gestiegen und nun wieder nach oben gekommen war, trug einen Beutel voller Goldbrücken und Platinzähne. Er erschrak, als er den Wachtmeister im Eingang stehen sah. Die schwarzen Haare hingen ihm wirr in die fliehende Stirn. Auf einmal mußte er grinsen.

«Mensch, Kunze», sagte er, «du kommst mir wie gerufen. Ich nehme an, du hast ein Fahrrad bei dir. Dummerweise habe ich nichts weiter als die Karbidlampe mitgenommen.»

«Ich muß dich leider enttäuschen, Boxer. Vor dem Haupteingang steht bloß die Grüne Minna. Wenn du die willst, dann bediene dich.»

«Nee, danke. Da sind wir vermutlich nicht unter uns.»

«Bittrich», sagte Kunze zu dem Mann, den er eben mit Boxer angeredet hatte, «nimm deine Klamotten und hau ab. Du bist beobachtet worden. Der Kirchhofsgärtner hat uns alarmiert.»

Kunze zog sich zurück, und Bittrich drehte sofort die Karbidlampe aus. Seine Taschenlampe benutzte er so, daß er mit zwei Fingern der rechten Hand die Leuchtwirkung abschwächte. Mit der Linken sammelte er sein Werkzeug in ein Tuch. Eine Weile brauchte er, bis er sich draußen auf dem schmalen Weg zurechtfand. Dabei stieß er das Brecheisen, das lang aus dem Knüpftuch ragte, in das Glasfenster der Grabkapelle des preußischen Artillerieobersten von Podbielski. Die Scherben klirrten innen auf den Fliesen. In der Nähe raschelte es.

Ein Beamter von Kunzes Gruppe durchkämmte diesen Teil des Friedhofs. Der Boxer Bittrich, kaum mittelgroß und schmal, drückte sich an die Seitenwand der Kapelle. Als der Polizist vorbei war, schlich er wieder auf den Weg und hielt auf die hohe Rückwand der Bolleschen Stallungen zu. Schwarz und kantig hob sie sich von dem etwas helleren Himmel ab. Hinter dem Felsen und dem Anker am Grab des Kapitänleutnants ließ er sich mit dem Beutel, mit Werkzeugbündel und gelöschter Karbidlampe nieder.

Als Kunze in der Gärtnerei erschien, führte der dicke Schimmelpfennig noch das große Wort. Breitbeinig, die Fäuste in die Hüften gestemmt, stand er da.

«Quatschen Sie nicht lange 'rum», fuhr er den Gärtner an, «der Mann muß mit auf die Wache.» «Das ist ja der junge Nikolovius», sagte Schulz mit etwas heiserer Fistelstimme, «ich kenn' ihn von klein auf. Seine Mutter hat bei uns geschneidert und schneidert auch heute noch.»

«Schneidern Sie nicht so viel und treten Sie mal 'n Schritt zurück, da kommt der Herr Wachtmeister.» «Was ist los?» fragte Kunze. Er gab sich Mühe, streng zu wirken.

«Hier steht ein Zivilist mit 'ner alten Hurratüte auf dem Kopf. Wo hat er sie her? Geklaut hat er sie, und zwar von einem Sargdeckel. Sammler zahlen heutzutage hohe Preise für so was.»

«Der Helm gehört ihm doch», beteuerte Schulz und rückte aufgeregt an dem abgegriffenen, ehemals grünen Hütchen, das er immer trug. «Das ist nun mal seine Marotte.»

«Dann ist er ganz einfach plemplem, aber das macht nichts, er muß mit auf die Wache.»

Kunze tat so, als wäre er auch dieser Meinung. Schließlich war Bittrich, den sie den Boxer nannten, sein Kriegskamerad. Er wollte es mit ihm nicht verderben. Nikolovius mußte in die Grüne Minna zwischen die Polizisten. So bewies Kunze, daß er in Treue fest war.

Als sie weg waren, schlug Gärtner Schulz die Hände zusammen. Dann band er die Schürze ab, löschte das Gaslicht, schloß seinen Laden von außen, machte die schmiedeeiserne Friedhofstür hinter sich zu und schlurfte zur Ecke Großgörschenstraße in das Haus mit dem Kaiser, der war nicht mehr zu sehen. Denn es war eine sehr dunkle Nacht im November 1918, die Innenstadt verdächtig still; von der Wannseebahn blinkten rote und grüne Lampen, da rollten Räder, Güterwägen, vielleicht der Nachtschnellzug nach Köln. Wolny hatte wie üblich noch Licht, Frau Nikolovius auch noch, aber nicht nach der Straße, sondern zum Hof hinaus. Sie ängstigte sich in der kalten Küche. Das Feuer im Herd hatte sie ausgehen lassen, es lohnte sich nicht, neues zu machen, er mußte doch jeden Augenblick kommen. Es kam aber nur Gärtner Schulz, Bescheid sagen.

Für Schimmelpfennig war die Sache klar: Zwei Komplizen hatten in den Erbbegräbnissen reicher Leute geräubert und dann Streit gekriegt. Danach war der eine, der junge Bursche mit dem Helmtick, zum Friedhofsgärtner 'runter und hatte den andern verpfiffen. Der aber hatte sich natürlich sofort auf die Socken gemacht. Am nächsten Tag konnte Schimmelpfennig seine Behauptung beweisen: das blauviolette Glasfenster der neugotischen Kapelle des Herrn von Podbielski war zertrümmert, der Helm auf dem Sarg fehlte. Durch das Loch in der Scheibe setzte Schimmelpfennig die Pickelhaube, die er Nikolovius abgenommen hatte, an ihren, seiner Meinung nach, angestammten Platz auf dem verstaubten Sargdeckel. Wachtmeister Kunze war etwas betreten bei alledem, suchte sein schlechtes Gewissen zu verbergen und ließ gleich für den Festgenommenen warmes Essen und eine Flasche Bier aus der Kantine holen. Später bot er ihm aus seinem eigenen Etui eine Zigarre an.

Kunze hätte sich sehr geärgert, wenn ihm bewußt geworden wäre, welch schwerer militärischer Fehler ihm unterlaufen war, als er Schimmelpfennigs Blödsinn mit dem Helm guthieß. Immerhin hatte er einige Jahre im Königsjägerregiment Nummer eins in Posen gedient, zuletzt sogar als Chargierter. Es bedurfte eigentlich nicht der Zeugenschaft Gärtner Schulzens, eines gewöhnlichen Zivilisten also, um zu beweisen, daß die Haube dort nicht hingehörte, wo Schimmelpfennig sie aufgestellt hatte. Sie trug eine Spitze und den königlich sächsischen Stern und nicht Kugel und Adler der preußischen Artillerie. Außerdem waren Leder und Messing appellfähig geputzt mit Erdal und Sidol, und nicht seit den späten Siebzigerjahren vom Staub patiniert, der den Sarg, die verwelkten Kränze und verblichenen Schleifen in dem blauviolett schimmernden Raum verändert hatte.

Als Schimmelpfennig mittags dienstfrei wurde, schickte Kunze den Verhafteten nach Hause. Er wollte ihm auch sein Eigentum wieder zustellen lassen, aber Nikolovius verzichtete darauf. So kommt es, daß auf dem Sarg eines preußischen Obersten der Artillerie anstelle des adlergeschmückten Kugelhelms die kleine, daselbst ganz unvorschriftsmäßige Pickelhaube mit der Spitze und dem königlich sächsischen Stern steht. Gärtner Schulz hat sie stehenlassen. Und wenn sie am Ende des Zweiten Weltkriegs sibirische Schützen, die dort in Deckung gingen, nicht mitgenommen haben, dann steht sie da heute noch.

Zweites Kapitel

Frau Fricks erster Sohn Erwin wurde im Krieg geboren, als Herr Frick schon eingezogen war. Zwei- oder dreimal kam er auf Urlaub, von der Westfront. Gleich am ersten Tag ging er vormittags zum Friseur Heikes, ließ sich rasieren, die Haare schneiden, den Kopf waschen. Heikes wohnte in Nummer sieben im zweiten Stock und hatte unten einen Laden gemietet. Das Fenster in der Tür zeigte zwischen dem Glas und den Scheibengardinen Johann-Maria-Farina-Reklame. Sie war für jedermann etwas ganz Alltägliches; nur wer aus dem Graben kam, hatte seine Freude daran. Wurde morgens das Geschäft geöffnet, dann nahm er sich Zeit, zuzuschauen, wie der Barbier den großen Seifenteller aus Messing über den Eingang hängte. Heikes brauchte dazu die Trittleiter und kletterte bis ganz nach oben, denn er war ein kleiner schmächtiger Mensch mit schwarzen Locken und schwarzem Bart. Am Anfang des Krieges war er mal eingezogen gewesen, bei einer Baukolonne in Polen, aber nur für kurze Zeit, dann wurde er wegen eines Lungenleidens wieder entlassen. Er war ein guter Friseur und bildete sich auf seine Fertigkeiten nicht wenig ein. Auch in der Politik und in der Strategie hielt er sich für einen Meister. Zu wiederholten Malen sprach er täglich mit verschiedenen Kunden die Lage an den Fronten durch. Die Kunden hatten kaum Gelegenheit, etwas dazu beizutragen, da sie meist mit Schaum unterm Messer saßen. Sie ließen also das Gebotene über sich ergehen, tief ins Becken gebeugt, nahmen Wasser, Seifenschaum und die Heikesschen Ansichten in Kauf, keuchten, weit zurückgelehnt, bei den enormen Massagebewegungen, die Heikes, während er sie abtrocknete und indem er zugleich das Große Hauptquartier kritisierte, mit dem Frottiertuch vollbrachte. Beim Haareschneiden hatte der Kunde einige Vorteile. Herr Frick nutzte sie nicht, er war zu müde oder zu gleichgültig dazu. Frau Frick hätte an seiner Stelle aufgemerkt. Sie interessierte sich für Politik, las regelmäßig die Zeitung trotz ihrer vielen Arbeit. Unsere Lage im Westen ließ Heikes an Fricks Schnurrbart offenbar werden. Autoritär gab er ihm Form. Als die Armeen des rechten Flügels noch flott der Marne zumarschierten, berechtigte Fricks Schnurrbart zu den schönsten Hoffnungen. Der preußische Vogel auf dem Helm des allerhöchsten Herrn hoch auf dem Dach des Hauses lieh ihm sozusagen seine ausgebreiteten Schwingen, zu beiden Seiten der Nasenflügel vollführten sie ihr trotziges Sursum, es war nicht von langer Dauer. Als die Front im Herbst erstarrte, wurden sie gestutzt, der Bart glich jetzt jenem breiten Riegel von Nieuport bis zu den Vogesen, war gewiß noch von starkem Wuchs, aber bärbeißig und schwunglos geworden. Und dann, eines Tages, stellte sich wieder ein Flügeltier ein, kein Adler, kein Uhu, überhaupt kein Vogel, sondern bloß ein Insekt und ein ganz ordinäres dazu: die Fliege. Kroch unter die Nase und blieb da hocken, ein kleines dickes Karo; Heikes sagte, das sei jetzt modern, und er sollte leider recht behalten, sogar zu seinem Unglück, wie sich später zeigte. Zuerst war sie ein verschüchtertes

Wesen, dessen Aussicht zu überwintern allein in seiner Unansehnlichkeit lag. Man konnte sie übersehen wie viele ihrer Verwandten in Wand- und Dielenritzen. Aber dann entwickelte sie sich ganz unerwartet. In wenig mehr als einem Jahrzehnt hatte sie gewaltige Dimensionen erreicht. Gewisse stumme Filme, die solche Entwicklung – auf ihre Weise außerordentlich beredt – schon frühzeitig voraussagten, wurden von vaterländischen Blättern so lange verunglimpft, bis sie verschwanden. Natürlich war der Vorgang damit nicht unterbunden, im Gegenteil. Die groß gewordene Fliege stand bald im Zentrum der Reichshauptstadt, kurze Zeit später am Kapitol, in Warschau und in Paris am Invalidendom.

Erwin Frick hatte Fliegen gern. Seine Mutter schickte ihn, als er noch kleiner war, in Begleitung von Nikolovius zum Haareschneiden zu Heikes. Er saß, den weißen Frisierumhang schon um den Hals gebunden, auf dem Drehschemel und wartete, bis der Barbier mit dem Kunden vor ihm fertig war oder vom Frühstück zurückkam aus dem nach hinten gelegenen Raum. Erwin schaute unterdessen sein sommersprossiges, blasses Gesicht im Spiegel an, sah hinter sich Nikolovius sitzen mit seinem Mondgesicht, in dem die Augenbrauen fehlten oder doch nur angedeutet Waren. Er beobachtete Fliegen, die um den gewellten grünen Glasschirm der Lampe kreisten oder sich auf den Spiegel setzten. Vorsichtig stellten sie ihre haardünnen Beinchen auf die Beinchen ihrer Spiegelbilder, vollführten, gedoppelt, im Spiegelglas Streckenläufe und Tanzfiguren über Stühle, Lampen, die Zimmerdecke, die gegenüberliegende Wand mit Garderobehaken, Mänteln, Hüten, Zeitungen an Zeitungshaltern, über wartende Menschen und Plakate, über die Eingangstür, die große Schaufensterscheibe, die Straße, die Fassaden der anderen Straßenseite, soweit sie in Heikes' Ladenfenster paßten und das Ladenfenster in den Spiegel paßte. Nikolovius nahm eine Zeitung, blätterte darin, ließ sie wieder sinken, stellte fest, daß die Fliege auf dem Spiegel einem anderen Insekt begegnete, das gar nicht auf dem Spiegel saß, weit weg war: eine Begegnung, von der beide nichts wußten; nur Nikolovius wußte, er begegnete zwei Fliegen oder einer Fliege und einem anderen Insekt, Tagfalter, Zitronenfalter, Bläuling zur Zeit der Fliederblüte, einem Nachtfalter, der sich in den Tag verirrt hatte oder umgekehrt. Die Vorgänge verwirrten sich, schoben sich ineinander, wenigstens für begrenzte Betrachtungsmöglichkeiten. Nikolovius konnte nicht herausbekommen, wer wo krabbelte, die Fliege auf dem Friseurspiegel, der Schmetterling außen am Schaufensterglas zu dieser Tagesstunde; die Uhr über den Spiegeln maß sie, an irgendeinem Tag, der Kalender neben dem Zirkusplakat zeigte ihn, in irgendeinem Jahr jener Zeit kurz nach dem ersten großen Krieg dieses Jahrhunderts, in dem aller berechtigten Erwartung zum Trotz der Flieder wieder blühte, üppiger denn je über Gärtner Schulzens Friedhofsmauer. Noch waren die Lebensmittelzuteilungen sehr knapp, der Rummel am Kleistpark aber wieder eröffnet, und ein Mann namens Bittrich hatte sich neben den Königskolonnaden mit einem Kino etabliert, das nannte er Odeon. Herr Wolny machte am Klavier dort die Geräusche. Aber ein Varietéprogramm von Weltklasse gab es in diesem Viertel noch nicht, nur kleine Zirkusse. Am Tempelhofer Feld war ein Wanderzirkus aufgefahren, die Ladenbesitzer erhielten Plakate und Freibilletts, sogenannte Aushangkarten. Wahlen für die Regierung fanden statt.

Es gab also wieder Zirkus auf dem Tempelhofer Feld, das rundläufige Geschehen in beleuchteter Manege zu den Klängen erhöhter Trompeter und dem Peitschenknallen ordengeschmückter Dompteure. Sie wenigstens trugen ihre Schnurrbartspitzen noch unentwegt wilhelminisch, haarscharfe Dolche zu beiden Seiten der Nasenflügel. Sie ließen stark strapazierte Pferde schwenken und defilieren: Füchse, Schimmel und Rappen, meist alte Kameraden, ehemalige Angehörige der Gardekavallerieregimenter, die das Terrain hier schon kannten. Auch die Provinz war dabei. Restbestände des Regiments Königsjäger Nummer eins aus Posen. Dann traten auf: Degenschlucker, Feuerspeier, Schlangenbändiger, Jongleure, Akrobaten, Clowns, zeigten halsbrecherische Trapezakte und fielen immer wieder auf die Füße. Jemand rief Sahneeis, aber das war Betrug. Zum Schluß spielte die

Kapelle den Fridericus-Rex-Marsch. Die Zuschauer klatschten im Takt und verließen im Gleichschritt das Zelt.

Am nächsten Sonntag fand auf demselben Platz zur gleichen Musik eine Kundgebung des Stahlhelm statt. Frau Frick hatte für starke Beteiligung gesorgt, ohne es zu wollen. Sie dachte, der Zirkus bliebe drei statt zwei Wochen, hatte sich im Datum geirrt und den restlichen Stapel der Vorzugskarten an Stammkunden verteilt, an Frau Wratsidlow, die damals noch leidlich gehen konnte, an den ganzen Kreis unausgefüllter oder enttäuschter Existenzen aus Nachbarhäusern, an all die Ausdemfensterschauer, Stockstützer, Rückblicker, Rentenempfänger, Hungerleider, die andere Farben und bessere Zeiten gesehen hatten. Nikolovius ging mit Erwin, Fricks Ältestem, dorthin, er hatte die Zirkuskarten verteilen helfen, der Stahlhelm nahm sie anstandslos entgegen. Das Programm war für manche, die etwas ganz anderes erwartet hatten, enttäuschend. Nicht so für Nikolovius. Er konnte wieder Uniformen anschauen, mehrere waren mit Orden behängt. Pferde gab es beim Stahlhelm nicht, die waren alle beim Zirkus. Er freute sich des vielen roten Tuches, das hier wieder mit dem alten Weiß und dem alten Schwarz zur Geltung kam. Kein Zirkuszelt hemmte die Breitenwirkung. Nur das Himmelszelt überwölbte blau das gesamte Tempelhofer Aufmarschgebiet, es herrschte also wieder mal Kaiserwetter vom Hohenzollernkorso bis zum fernen Stadtrand der sozialistischen Hochburg Neukölln. Simons wiedererstandene Kommissionsröcke stolzierten an lebendigen Schneiderpuppen mitten durch das viele Grau von Windjacken und Schützengrabenkostümen. Die Mützen, ob blau oder grau, waren alle gesteift und mit der alten Kokarde versehen. Steif stand die Standarte des Stahlhelmführers neben der Kaiserpappel, der schwarze Adler war so wohlgenährt, als erfreue er sich privater Zuwendungen.

Um diese Zeit wurde Nikolovius von dem netten Wachtmeister, Herrn Kunze, in die ehemalige Eisenbahnerkaserne zur Polizei eingeladen. Wenn er Lust habe, solle er sich den Dienstbetrieb doch einmal ansehen. Er ging hin und wurde sehr höflich aufgenommen, vor allem von Kunze. Dieser stellte ihn Schimmelpfennig vor, obwohl das eigentlich unnötig war. Es sollte heißen: Vergiß, daß du ihn schon kennengelernt hast, Schimmel ist ja kein schlechter Kerl, bloß ein bißchen großmäulig, und jetzt fangen wir wieder von vorne an. Denn wir haben gemerkt, wohin es dich zieht: du wärst gern ein echter Polizist mit Uniform und richtigem Dienstplan. Wir können dich brauchen, mein Junge, du gehörst zu uns.

Schimmelpfennig bemühte sich, zu Nikolovius freundlich zu sein, sicher hatte Kunze das von ihm verlangt. Groß und breit stand er vor dem auch nicht gerade schmächtigen Besucher, hatte ein Koppel um den dicken Bauch geschnallt und legte die rechte Hand grüßend an den Schirm einer ehemalig kaiserlichen Mütze. Die Polizei befand sich im Zustand der Neuuniformierung. Nikolovius schlug die Hakken seiner Halbschuhe zusammen, schämte sich sehr seiner Zivilkleidung, fand es wenig kulant von der Kommandantur, daß Besucher hier in diesem Zustand herumlaufen mußten. Alle Einwohner, denen er begegnete, ob sie nun Dienstanzug oder Drillich trugen, konnten ihre Geringschätzung nur schwer verbergen. Selbst der Rekrut kam sich großartig vor. Wenn sich Nikolovius linkisch benahm oder etwas Dummes sagte, übersah und überhörte man es nachsichtig lächelnd, weil man glaubte, vom Zivil ohnehin nicht viel erwarten zu können. Es war gerade für Nikolovius eine kuriose Lage. Wie oft war er ohne Zuschauer uniformiert gewesen! Und nun mußte er gleichsam nackt und bloß unter lauter Eingekleideten, Eingeweihten stehen, die ihn wegen seines Aussehens insgeheim verachteten und ihn vielleicht gerade deshalb mit Nachsicht behandelten. Könnte die Kommandantur den Besuchern der Kaserne nicht eine Sonderuniform für die Dauer ihres Besuches zur Verfügung stellen? In Bergwerken erhält man doch auch die angemessene Bekleidung, wenn man besuchsweise einführt!

Das Kantinenessen versöhnte ihn etwas: tadelloser Erbseneintopf mit Speckwurst. Das erzeugte eine Art Dazugehörigkeitsgefühl. Später gab es Freibier, aber erst nach der Besichtigung des Exerzierens auf dem hinteren Kasernenhof. Der war breit und weit, völlig baumlos, eine Wüste aus Staub und Schotter, die den Vorwand lieferte für Putz- und Flickstunden und anschließende, langausgedehnte Appelle. Von drei Seiten schlossen den Hof hohe Brandmauern ein, an der Südseite ragte ein zwangsgeräumtes baufälliges Wohnhaus mit toten Fenstern.

Auf dem Dienstplan stand Unterführerausbildung. Als Nikolovius mit Kunze und Schimmelpfennig ankam, war gerade Stimmschulung. Einzelne Anwärter auf Beförderung waren in einem Abstand von ungefähr hundert Metern einander gegenübergestellt worden und schrien sich mit immer heiserer werdenden Stimmen Kommandos zu, die sie sofort auszuführen hatten. Da an die zwanzig Gruppen übten, erfüllte die Staubluft ein großes Geschrei.

Während an dem einen Ende der jeweiligen Hundertmeterbahn geschrien wurde, bewegte sich an dem anderen ein Beamter in der Art von Gliederpuppen, vollführte die Wendungen linksum, rechtsum, kehrt, Augen rechts, die Augen links, Augen geradeaus. Schimmelpfennig hatte hier die Oberleitung. Er griff öfter ein, übertönte mit seiner Stimme alle anderen Schreier und bewies damit sowohl den Untergebenen wie seinem Vorgesetzten, dem Hauptwachtmeister Kunze, seine Unentbehrlichkeit. Kunze schien das allerdings nicht sehr zu beeindrucken. Er überzeugte seinen Gast und sich selbst von seiner Meisterschaft im Zielwerfen. Er nahm größere Kieselsteine vom Kasernenhof und warf sie in die letzten noch heilen Scheiben des für den Abbruch bestimmten Hauses. Scherben klirrten, und die geworfenen Steine polterten im Innern der leeren Wohnungen über die Dielenbretter.

Schimmelpfennig schrie. Dabei schwollen ihm im Nacken über dem Rand des steifen grünen Kragens drei feiste rote Querwülste. Nikolovius mußte sie immerzu anstarren. Wut und Ekel veränderten ihn im Augenblick. Auf einmal wurde er das kleine Biest, die böse Fliege, die sich auf einen dieser Wülste setzte und nach Stechen gierte.

«Verdammt!» schrie Schimmelpfennig und griff nach dem Nakken. Eine weißlich-quaddlige Beule bildete sich dort.

«Hast du sie erwischt?» fragte Kunze schadenfroh. «Die kommt mir schon noch mal!»

Er beleckte den rechten Zeigefinger und kühlte die Stelle damit. Nikolovius folgte den Vorgängen hier nur noch mit halbem Interesse. Erst als sie wieder in der Kantine saßen, in dem rauchigen Raum voller Bierdunst und meist heiserer, nun beträchtlich gedämpfter Stimmen, er eingekeilt wie damals in der Grünen Minna zwischen lauter muskelgefüllten Kameradenärmeln, erst da wurde ihm besser. Er beschloß, bei der Polizei zu bleiben.

Ebenso wie Kunze und Schimmelpfennig war Bittrich, den sie den Boxer nannten, bei den Königsjägern in Posen gewesen. Bittrich gründete mit seinen ehemaligen Kameraden eine Traditionsgruppe des Stahlhelm und benannte sie nach seinem alten Regiment. Die Königsjäger hatten ihr Stammlokal bei Löblich an der Ecke Großgörschenstraße neben den Fricks und gegenüber dem Haus Nummer sieben, in dem Nikolovius und der Friseur Heikes wohnten. Bittrich wohnte im ersten Stock des Löblichschen Hauses. Kurz nach dem Krieg hatte er als Schausteller eine Menge Geld verdient. Die Damenringkämpfe im Lunapark hatte er organisiert. An den Königskolonnaden besaß er früher eine Boxerbude und dann das Kino Odeon. Bei den Königsjägern hielten sie viel von ihm, das war kein Wunder, denn es gab Zeiten in den sogenannten Kampfjahren, da finanzierte er sie alle und ihren ganzen Kampf. Schimmelpfennig brachte er mit seinem Sohn Horst in der zweiten Etage des Löblichhauses unter, das war bei der Wohnungsnot keine Kleinigkeit. Später wurde Schimmelpfennig hier Hausverwalter. «Wir haben nicht genug Mitglieder», sagte Kunze beim Gruppenabend in Löblichs Vereinszimmer, «die Tradition geht zum Teufel.»

Der Boxer Bittrich tat, als höre er gar nicht hin.

«Eine Weiße», sagte er zu dem Wirt, der die leeren Gläser mitnahm, «aber mit viel Himbeer.»

«Sorgen wir dafür, daß die Tradition nicht flöten geht», sagte Kunze. Schimmelpfennig grinste.

«Was will er denn?» fragte ihn der Boxer zerstreut, aber mit eisernem Gesicht.

«Ihm ist so 'n junger Kerl über den Weg gelaufen, an dem hat er 'n Narren gefressen. Er will ihn bei der Polizei unterbringen und möchte deine Meinung darüber wissen.»

«Von mir aus», sagte der Boxer, ohne sich zu rühren.

Löblich brachte die Weiße. Vor lauter Himbeersaft hatte sie die Farbe einer Blutorange. Von nebenan hörte man Klavierspiel, das war Wolny, der klimperte hier dreimal in der Woche, dienstags, freitags und sonnabends, für ein gemischtes Publikum. An den anderen Abenden machte er im Odeon zu den Filmen die Geräusche.

Kunze kam am nächsten Tag zu Nikolovius in die Wohnung mit dem Vorschlag, er solle bei der Polizei eintreten. Nikolovius fuhr sich über das trotz seiner jungen Jahre schon dünne blonde Haar, er wußte auf einmal nicht recht, was er sagen sollte. Seine Mutter wunderte sich darüber. «Das kommt mir ein bißchen zu schnell, Herr Wachtmeister», sagte er. Schließlich mußte Kunze unverrichteter Dinge abziehen. Als er weg war, band sich Frau Nikolovius die Küchenschürze wieder um, stemmte die Fäuste in die Hüften und machte ihrem Sohn heftige Vorwürfe. Ihr erschien der Polizeidienst schon wegen der materiellen Vorteile das Richtige zu sein.

«Dort», sagte sie, «kannst du deine Pflicht erfüllen im Geiste deines Vaters, der ein Held war.»

Daran hatte Nikolovius noch gar nicht gedacht. Er sah seine Mutter groß an und nickte. Dabei überlegte er, wieviel Geld er monatlich erhalten würde, und ob es sich dafür lohnte, seine Vorliebe für die Uniform beruflich auszunützen. Das wollte genau bedacht sein, zumal in der damaligen Zeit, wo auch Amateure Uniformen trugen, die Stahlhelmer zum Beispiel, die Rotfrontkämpfer und sogar die Reichsbannerleute. Nur wegen des farbigen Tuches mit Abzeichen und blanken Knöpfen mußte es nicht gerade die Polizei sein. Er konnte ja auch bei den Eisenbahnern bleiben, wie es sein Vater getan hatte. Auch zur BVG konnte er gehen, als Straßenbahn- oder U-Bahnschaffner. Weiter kamen in Frage: Briefträger, Feuerwehrmann, Hotelportier, herrschaftlicher Schofför, Schausteller, Dompteur, Losverkäufer, Sanitäter, Heilsarmist, Straßenfeger oder Leierkastenmann mit Glockenspiel auf dem Helm. Soldat wollte er nicht werden. Dann schon lieber Schupo.

Er stimmte innerlich dem Kunzeschen Angebot zu, als eine Dame erschien, die alles wieder in Frage stellte: Frau Goldschmidt. Ihr Mann, Leo, war Juniorchef der Firma Sebastian Goldschmidt, Nutzholzhandlung und große Bauholzniederlassung an der Bautzener Straße. Frau Goldschmidt bedankte sich sehr freundlich dafür, daß Nikolovius die Ruhestätte ihrer Angehörigen auf dem Matthäifriedhof beschützt hatte. Für die Mutter brachte sie eine Flasche Portwein mit, der Sohn erhielt eine Kiste Zigarren. Sie saßen in der guten Stube, die seit dem Krieg nur selten benutzt wurde. Eine goldgerahmte Fotografie mit Trauerflor, Vater in Feldgrau, stand auf dem Vertiko. Goldschmidts brauchten einen Nachtwächter für ihren Holzplatz, und sie hätten Nikolovius gern die Stelle gegeben. Aber das kam gar nicht in Frage, nur konnte man es dieser Dame nicht so ohne weiteres sagen. Nikolovius war das sehr peinlich. Während er noch die Hände rang und schwer atmete, nahm seine Mutter ihm schon die Antwort ab. Sie erzählte, wie fleißig er immer gewesen sei, so daß er mit Zuschüssen einige Jahre die Realschule in der Kolonnenstraße hatte besuchen können. Dann sei er zur Bahn gekommen, habe sich jedoch dort leider nie recht heimisch gefühlt. Und nun sei ein Angebot von der Polizei da. Der Kommandeur des Bataillons an der Immelmannstraße interessiere sich für ihren Sohn. Frau Goldschmidt begriff das sofort. Vom Nachtwächter konnte nun keine Rede mehr sein.

Am nächsten Tag meldete sich Nikolovius bei Kunze und war ab sofort und dann zeitlebens Schutzpolizist.

Drittes Kapitel

Die Grundausbildung erhielt er zum Glück nicht mehr von Schimmelpfennig, der war bereits ausgeschieden und Hausverwalter geworden. Für den Außendienst bekam Nikolovius ein Revier zugewiesen, das genau dem Viertel entsprach, in dem er aufgewachsen war: der Kreuzberg im Osten, die Wannseebahn im Westen, die Kolonnenstraße im Süden, die Bülowbogen und das Gleisdreieck im Norden. Am Südwestrand lag der Matthäifriedhof, den brauchte er dienstlich nicht mehr zu betreten, außer wenn die Anwesenheit der Polizei zur Aufrechterhaltung öffentlicher Ordnung dort erforderlich oder erwünscht war.

Die Ausbildung hielt sich im allgemeinen an Richtlinien, die schon am Anfang des Jahrhunderts gegolten hatten: Unterricht über den Verkehr mit gesundheitsschädlichen Gegenständen, anschließend Rückenträgerübung. Mehrmals in der Woche wurden muskelstärkende Übungen mit besonderer Berücksichtigung der Greifmuskeln veranstaltet. Die Polizei ist dankbar für jeden, der verantwortungsbewußt in ihre Reihen tritt.

Lieber als den Unterricht hat der Polizist den Außendienst. Da muß er bedächtig einherschreiten, straßauf, straßab, die Hände auf dem Rücken. Er trägt den von der Republik eingeführten schwarzen Ledertschako mit der länglich schwarzsilbernen Kokarde oberhalb des Stirnteils. Die Vorschrift untersagt es Nikolovius nicht, vor Schaufenstern stehen zu bleiben, das kann sogar Vorteile haben für den Staat und für das Publikum. Während die Öffentlichkeit meint, er ergötze sich wie jedermann, etwa vor Tierhandlungen, in denen Kanarienvögel, weiße Mäuse oder Affen zur Schau gestellt werden, beobachtet er in der spiegelnden Scheibe vielleicht ein ganz anderes Treiben in seinem Rücken, auf der anderen Straßenseite. Zuweilen beschäftigt ihn weder die Auslage noch das öffentliche Geschehen, er schaut nur aus Gleichgültigkeit in einen Laden, oder weil er müde ist, und merkt gar nichts oder will nichts merken.

Manchmal bleibt er stehen und rührt sich nicht von der Stelle, bis der Dienst vorüber ist. Nikolovius steht am liebsten am Bautzener Platz, warum auch nicht, es ist ihm ja nicht verboten, steht seine zwei Stunden auf demselben Fleck und wartet. Worauf? Auf einen Unfall? Am Bautzener Platz ist wenig Verkehr. Im Winter kommt es vor, daß ein Pferd vor dem Wagen an der Ecke bei der Monumentenbrücke auf dem glatten Pflaster ausrutscht und hinfällt, ein dickes Brauereipferd von Schultheiß-Patzenhofer oder ein Warmblüter von Bolle. Dann steigt der Kutscher vom Bock, löst die Stränge, legt einen Woilach unter das Tier und ermuntert es mit lauten Zurufen zum Aufstehen. Die Hufeisen haben auf dem Woilach besseren Halt. Gut, wenn Stollen dran sind. Im Handumdrehen hat sich eine Menschenmenge versammelt und gafft. Wo kommen plötzlich all die Leute her? Sonst ist doch hier gar nichts los. Der Schupo verläßt seinen Standort, er läuft nicht, kommt mit kurzen, schnellen Schritten herbei und mahnt: «Treten Sie doch einen Schritt zurück, Herr, Sie stören ja bloß! Platz machen da drüben!»

So was passiert gelegentlich im Winter. Daß Frau Goldschmidt in ihr Holzgeschäft an der Bautzener Straße geht, und zwar zu jeder Jahreszeit, geschieht schon häufiger. Dann nimmt Nikolovius die Hacken zusammen, legt grüßend die rechte Hand an die Kopfbedeckung und strahlt. Frau Goldschmidt dankt lächelnd, sehr freundlich, sehr vornehm, das sieht die Polizei gern. Ungern sieht sie Straßenlümmel, die eine Schaufensterscheibe einwerfen und dann weglaufen. Es ist nicht immer Gesindel, das so etwas tut, Arbeitslosenkinder, Jungkommunisten, Sprößlinge kinderreicher Familien des dritten und vierten Hinterhofes. Auch andere kommen in Frage, zum Beispiel verzogene Einzelkinder aus besseren Kreisen oder solchen, die sich dafür halten, etwa Horst Schimmelpfennig, der gerade erst schulpflichtige Sohn des zum Hausverwalter avancierten Königsjägers und ehemaligen Polizeiwachtmeisters.

Nikolovius mochte ihn nicht. Es hatte damit angefangen, daß Horst Schimmelpfennig ein Portemonnaie an dünnem Bindfaden befestigte und auf den Bürgersteig legte. Mit dem andern Ende der Schnur hockte er in einem Kellerloch des Löblichhauses. Nikolovius kam, sah die Tasche, aber nicht den Faden, bückte sich danach. Horst zog an und ließ sie in seinem Loch verschwinden. Der Polizist schimpfte und schaute durch das Kellergitter. Horst grinste frech nach oben, dachte gar nicht daran, wegzulaufen. Denn sein Vater hatte hier etwas zu sagen. Außerdem besaß er einflußreiche Freunde und brauchte einen lumpigen Polizeibeamten nicht zu fürchten.

Über Horst beklagten sich auch andere Leute: die Inhaber des Grünkramladens, in den Erwin Frick später mit dem Fahrrad fuhr, als er – einen Handwagen voll Kartoffeln hinter sich – die steile Hochkirchstraße herabgesaust kam, als die Kette riß und die Handbremse versagte. Sie beklagten sich, weil Horst dort öfter im Vorbeigehen einen Apfel oder ein Bund Mohrrüben mitgenommen hatte. Simons beklagten sich, und das waren redliche Leute, die dreimal überlegten, ehe sie jemand beschuldigten. Ihnen hatte Horst ein Paar Schulterstücke, eine Schützenschnur und eine Säbeltroddel gestohlen, geringe Sachen, gewiß, sie brachten in den Jahren nach dem ersten Krieg ohnehin nicht viel. Aber keiner hatte ihm erlaubt, sie mitzunehmen. Wenn er sie gern haben wollte, warum fragte er dann nicht? Herr Simon hätte sie ihm wahrscheinlich geschenkt. Deshalb hatte er Horst ja auch allein in der Kiste kramen lassen, die hinter dem Vorhang im Korridor stand und alles enthielt, was an kommissionierten Militäreffekten nicht mehr abgeholt worden war oder nicht mehr verkauft werden konnte.

Eines Abends im Sommer, als mehrere Gewitter über der Stadt standen, als es sehr schwül war und frühzeitig dunkel wurde, beging Nikolovius, der gerade Dienst hatte, einen großen Fehler. Er war eben nie richtig Soldat gewesen, es mangelte ihm an jener gründlichen militärischen Vorbildung, die einen Mann besinnungslos macht in allen Erfordernissen des Dienstes. Er glaubte sich unbeobachtet an dem schwülen, jetzt plötzlich dunklen, scheinbar menschenleeren Bautzener Platz, nahm den Tschako ab, setzte ihn auf den breiten Rand des Beckens, das zu dem dort befindlichen Sandsteinbrunnen gehörte, zog das Taschentuch heraus und fing an, sich die verschwitzte Stirn abzuwischen. In dem Augenblick tauchte Horst Schimmelpfennig aus seinem Versteck hinter dem Brunnen auf, griff den Tschako und rannte weg. Ehe Nikolovius etwas merkte, war Horst schon um die Ecke und sauste die Bautzener Straße zur Yorckstraße hinunter. Nikolovius, der diensthabende Schupo, setzte ihm nach mit Verzögerung bei noch wachsender Dunkelheit, bei ersten Entladungen über der Innenstadt, über den grünkupfern behelmten Domen am Gendarmenmarkt. Der Polizist schlug ein Tempo an wie noch nie, nicht auf dem nächtlichen Friedhof, nicht im Kasernengelände bei der Ausbildung. Er rannte am Holzplatz entlang, niemand von Goldschmidts hätte es an dem Abend vermocht, ihn aufzuhalten, er wetzte die Bautzener Straße hinunter und sah nichts mehr von dem Lümmel. Er lief sogar ein Stück den Katzenkopfweg hinauf in Richtung Gleisdreieck. Dann gab er auf, keuchend und schwitzend, kehrte um, kam in die Yorckstraße und geriet dort wie im Traum in einen Hausflur, den er durchschritt, und in einen viereckigen Hinterhof. Unter Zeltplanen und großen Schirmen von Verkaufsständen, aber auch unter freiem Himmel war hier sitzend, stehend oder liegend eine gemischte Gesellschaft versammelt. Bis auf einen schmalen Durchgang zum Hintergebäude füllte sie den ganzen Hof aus: Rokokodamen und ihre Kavaliere aus Porzellan, verirrte Beerensammlerinnen nebst friedlichen Waldtieren, bunt bemalt, Schornsteinfeger und Harlekine und Gläser, Teekannen, Kaffeemühlen, Mausefallen, große Tassen mit Bartschonern und den Abziehbildern sämtlicher regierender Fürsten des untergegangenen Reiches. Bronzebüsten von Bismarck und dem Kaiser Wilhelm gab es in allen Größen, sie präsentierten sich, nach der Größe geordnet und sorgfältig ausgerichtet, in mehrgliedriger Paradefront, eine Ehrenkompanie von Bismarck- und Kaiserbüsten für den kleinen Mann, wenn er sich's leisten kann. Die größten Größen standen vor den großen Parterrefenstern des Hinterhauses, die hatten keine Gardinen. Sie schauten zu den Fenstern hinein, die größten Bismarcke und Wilhelme, hätten bei Kehrtwendung den ganzen Flohmarkt übersehen können, machten aber nicht kehrt, sie hatten anderes zu beobachten. Das Gewitterlicht glänzte auf den vielen blanken, in der Form gleichen, in der Größe unterschiedlichen Kaiser- und Kanzlerglatzen. Über ihnen schwebte eine Menge Lampen, darunter Lüster aus funkelndem Glas, lange Zapfen, Rübezahltränen und kleine Kugeln, die Schnüre, an denen sie hingen, wurden nach oben hin dünn wie Bindfäden und verloren sich in dem schwefligen Himmelsviereck, das die Dächer der Gebäude, die den Hof vier Stockwerke hoch umgaben, mit schwarzen Rändern einrahmten. Auf Holzgestellen glotzten Hunde, Katzen, Füchse, Wölfe, Schlangen, Affen, Schmetterlinge, die man als Tropfenfänger unter die Tüllen von Kaffeekannen hängen konnte; da hingen auch Handflatterer, der Abendsegler, die Mausohrfledermaus, da hockten Nachtraubvögel. Als sich eine Katze aufmachte und mit gekrümmtem Buckel über die Schultern mehrerer Bismarcke und Wilhelme verschwand, war der Betrachter nicht mehr sicher, daß all die Tiere ausgestopft waren. Es gab auch welche aus Glas, aus Porzellan, Eisen, Bronze und Gips.

Mit voller Gewalt setzte von einem Augenblick zum anderen das Donnerwetter ein, der Regen klatschte auf die Planen, alle Lampen und Lüster schienen mit ihren Bindfäden auf den überfüllten Hof herabzuprasseln, aber niemand lief davon, nicht Mensch, nicht Tier. Die großen Tropfen, die Blasen, die sich am Boden bildeten, waren Glasanhängsel, Perlen, Herzen, Kringel, Tränen, Zapfen von all den hochherrschaftlichen Leuchten. Nikolovius lief durch die offene Tür des Hinterhauses, ihr schwarzer Haken griff in eine Öse in der Wand. Ein Schild mit schwarzer, in schwarzem Ärmel und weißer Manschette steckender Hand mit ausgestrecktem Zeigefinger wies in die Geschäftsräume im Hochparterre. Auch dort stand die Tür mit einem Flügel offen, der Polizist trat ein. Im Vergleich zu der Dunkelheit, die hier herrschte, war es in den Fenstern mit dem schwarzen Kreuz hell.

Die großen Glatzköpfigen blickten vom Hof herein, auf ihre kahlen Schädel trommelte der Platzregen. Vorsichtig ging Nikolovius ein paar Schritte weiter, die Dielenbretter knarrten. Da blitzte es, zwei Sekunden lang, über dem Viertel, lange genug, um dem Besucher zu zeigen, in welcher Gesellschaft er sich hier befand. Er schien in eine Großhandlung von Schaufensterfiguren geraten zu sein. Es öffnete jemand die gegenüberliegende Tür, eine Hand tastete nach dem Lichtschalter und drehte ihn. Unter der Decke wurde eine kahle Birne hell, sie verteilte ihr spärliches Licht auf eine ganze schweigsame Armee. Da standen sie, wie sie einst marschiert waren, durch die Kolonnenstraße nach Tempelhof zur Parade, die Alexander-, die Augusta-, die Kaiser-Franz-Gardegrenadiere und andere, alle volluniformiert, es fehlte kein Knopf, kein Helm. Bunte Röcke wie diese hier hatte Simon früher in Kommission genommen. Sie hingen aber nicht auf kopflosen Schneiderpuppen, sondern auf Schaufensterfiguren mit freundlichen, starr-rosigen Gesichtern, angeklebten Bärten, Wimpern und Augenbrauen. Ernst und dunkelbronzen schauten Kaiser und Kanzler von draußen durch die Scheiben auf die Apfelbäckigen im Saal. Alle Truppenteile der alten Armee waren vertreten, rochen nach Mottenkugeln. Vor Wandspiegeln, in denen der Aufmarsch in umgekehrter Reihenfolge erschien, standen Soldaten verschiedener Größenordnung. Nikolovius blickte in die Spiegel und erschrak: dort ging sein fast wimperloses Mondgesicht mit den weit auseinander stehenden Augen über den Kompanien auf, sein spärlich behaarter Schädel zwischen all den Mützen, Pickelhauben, Tschapkas, Tschakos, Bügel- und Raupenhelmen – Kaiser Karl ohne Krone, Sonnenkönig ohne Allonge, Gipswilhelm ohne den Adler.

Das Wesen, das den Raum betreten und Licht eingeschaltet hatte, war ein schmales mittelgroßes Mädchen von etwa achtzehn Jahren, es besaß lange schwarze Haare und eine gelblich-graue Gesichtsfarbe. Über der Tür, an der es stand, war ein Schild angebracht mit der Aufschrift: Formanowitz, Altwarenhandlung.

«Was wollen Sie?» fragte die Schwarzhaarige schüchtern.

Nikolovius überwand seinen Schreck.

«Eine dumme Geschichte, Fräulein. Vielleicht können Sie mir helfen. Vor 'ner Viertelstunde hab' ich wegen der Hitze meinen Tschako abgesetzt und auf den Rand des Brunnens am Bautzener Platz gestellt. Dort hat ihn jemand weggenommen.»

Die Verkäuferin überlegte eine Weile.

«Warten Sie mal», sagte sie, ging in den Nebenraum zurück und kam gleich mit einer blanken, schwarzledernen Kopfbedeckung wieder. Nikolovius war sprachlos. Er nahm den Tschako mit beiden Händen, betastete ihn an allen Seiten, fand, daß nichts fehlte, nicht die Kokarde, nicht der Polizeistern, und konnte es doch nicht glauben, daß es sein eigener war.

«In Ordnung», sagte er und lächelte. «Was bin ich Ihnen schuldig?»

«Nichts», erwiderte sie. Nikolovius erkannte sie jetzt. Sie wohnte im Seitengebäude seines Hauses in der Großgörschenstraße, und zwar in der Schusterwohnung.

«Sind Sie nicht Fräulein Kasokat?»

«Ich heiße Lipschitz», sagte sie, «Dinah Lipschitz.» Kasokat war ihr Pflegevater.

Nikolovius stülpte sich den Tschako auf, legte die schmale Innenseite der ausgestreckten Hand an die Nase, um den genauen Sitz der Kokarde zu prüfen, deren unteres Ende die Fingerspitzen berührten.

«Leider muß ich schon wieder weg», sagte er. «Ich bin nämlich noch im Dienst. Sie haben mir aus einer sehr großen Verlegenheit geholfen.»

Dinah begleitete ihn bis zur Hoftür. «Kommen Sie doch mal wieder», sagte sie kaum hörbar.

«Wir können uns ja woanders treffen.»

«Mein Pflegevater ist so streng.»

«Es wird sich schon einrichten lassen.»

Nikolovius ging über den Hof. Es hatte aufgehört zu regnen. Er wich den großen Pfützen aus, die jetzt hier standen. Alle Lampen hingen wieder an ihren Schnüren. In der Flurtür des Vorderhauses drehte er sich noch einmal um. Dinah hatte ihm nachgesehen. Jetzt hob sie langsam die Hand. Nikolovius legte die Fingerspitzen seiner Rechten an den Schirm des Tschakos. Das Gewitter hatte sich verzogen, es war ganz still geworden. Von der Yorckstraße her hörte man Feuerwehrsirenen. Vielleicht war bei der Unterführung am Matthäifriedhof wieder eine Überschwemmung, vielleicht hatte es irgendwo eingeschlagen.

Viertes Kapitel

Freitags hängten die Schlächtermeister eine weiße Fahne vor ihre Läden, mit der rotgestickten Aufschrift *Frische Blut- und Leberwurst.* Am selben Tag hatten die Königsjäger abends bei Löblich ihre Zusammenkünfte. In den ersten Jahren hängten sie noch keine Fahne 'raus, obwohl sie mehr als eine besaßen. Wenn alle anwesend waren, schloß Löblich die Tür des Vereinszimmers und hängte ein Schild mit der Aufschrift *Geschlossene Gesellschaft* an die äußere Klinke, dann wußte im großen Gastzimmer jeder Bescheid. Bittrich, der Vorstand, den sie den Boxer nannten, kam meist pünktlich, war abwechselnd gut gelaunt oder mißmutig, benahm sich auffällig oder schweigsam hinter seiner Weißen, konnte sehr grob werden und sagte manchmal den ganzen Abend kein Wort, das ging alles ziemlich schnell bei ihm, die Mitglieder hatten allen Respekt davor. Ein Thema, das seine Laune immer verdarb, war Goldschmidts Holzplatz.

«Boxer», sagte der dicke Schimmelpfennig, «laß ihn sausen, den kriegst du nicht, der ist nicht zu haben.» Das konnte ihn zur Raserei bringen. Nicht zu haben, das gab es nicht bei ihm. In seinen Augen war alles zu haben.

«Goldschmidt gibt ihn allenfalls her, wenn er dafür am Gleisdreieck entschädigt wird», sagte Schimmelpfennig, «er braucht die Nähe des Güterbahnhofs, das ist klar. Aber wie soll jemand am Gleisdreieck entschädigt werden? Da ist kein Quadratmeter mehr frei, höchstens ein paar Schrebergärten, ich kenn doch das Terrain. Schneider Liesegang aus der Luckenwalder hat da solche Klitsche, eine Handvoll Blumenerde für Kartoffelschalen. Angenommen, er überläßt sie uns: glaubt ihr vielleicht, Goldschmidt geht auf einen Tausch ein?»

«Jetzt müßte dein Filius schon soweit sein, daß er in dies verdammte Geschäft einsteigen könnte, als Lehrling. Der würde den Laden bald in die Hand kriegen», sagte Kunze zu Schimmelpfennig. «Der kriegt doch alles, was er will!»

Der Hausverwalter machte eine wegwerfende Bewegung mit seiner fleischigen Hand und sog kräftig an der Zigarre.

«Nicht schlecht, sagte der Boxer. «Ich kenne einen jungen Arbeitslosen aus der Gotenstraße, der macht manchmal was für mich, er hat Buchführung gelernt. Den könnten wir da 'reinbringen. Aber das müßte einer besorgen, dem der Holzjude vertraut.»

«Nikolovius», sagte Kunze und strich sich eine Locke seines gewellten Haares aus der Stirn.

«Wer ist das?» fragte der Boxer.

«Der dumme Kerl vom Matthäifriedhof», grinste Schimmelpfennig, «jetzt ist er glücklich bei der Polizei.»

«Warum denn gerade den, Kunze?»

«Er kennt die Goldschmidts.»

«Na gut. Versuchen wir's mal.»

Kunze war das Thema ein bißchen unangenehm. «Und wie heißt dein junger Mann aus der Gotenstraße?» fragte er den Boxer.

«Schnappauf. Er ist Feuer und Flamme für uns und will eine Jugendgruppe der Königsjäger aufziehen. Für das Heim hat er schon was in Aussicht, die Parterreräume eines Gartenhauses in der Nähe des Kaiser-Wilhelm-Platzes, da war früher mal 'ne Klinik drin.»

Nicht lange nach dem Krieg wurde Fricks zweiter Sohn geboren. Von Anfang an war er ein zartes und scheues Kind, still und bescheiden, in allem ganz anders als sein Bruder Erwin. Der besuchte die Quinta jener Mittelschule in der Kolonnenstraße wie seinerzeit Nikolovius, war aber unaufmerksam und faul, trieb sich nachmittagelang in der Gegend herum. Nikolovius hatte bald eine Vorliebe für Max. Es war ihm gar nicht recht, als dieser dann zusammen mit Schimmelpfennigs Horst in die Volksschule kam. Jahrelang waren sie Klassenkameraden. Einmal sagte Horst zu dem zweiten Sohn der Milchfrau: «Zeig deine Flosse her!» Gehorsam streckte ihm Max die Hand hin. Horst zog wichtigtuerisch die Augenbrauen zusammen und studierte eine Weile die Innenfläche. Dann sagte er: «Deine Lebenslinie ist verdammt kurz.»

«Was kann man dagegen machen?» fragte Max.

«Nichts, es ist Schicksal.»

«Irgend etwas müßte man doch tun können, damit sie länger wird!»

«Was willst du gegen das Schicksal machen?»

Max dachte angestrengt nach, aber es fiel ihm nichts ein. Schließlich sagte er: «Quatsch, ich glaube nicht daran.»

Horst war ein neuer Gedanke gekommen: «Wir spielen jetzt die Erstürmung des Forts Douaumont.» Das gab es gerade im Kino, sein Vater hatte ihn ins Odeon mitgenommen, obwohl es für Kinder verboten war. Seiner Meinung nach konnten sich Jungen gar nicht früh genug an den Krieg gewöhnen. Herr Wolny machte Geräusche, die schweren Granateinschläge mit den unteren Oktaven des Klaviers, dazwischen ließ er Melodiefetzen aus dem Hohenfriedberger Marsch aufklingen.

Jetzt war die Steintreppe zu Löblichs Bierkeller der Kampfplatz vor den berüchtigten Kasematten bei Verdun, der kleine rundköpfige Max Frick mußte sie als Franzose verteidigen. Horst warf Handgranaten: Brennholzscheite der Witwe Wratsidlow, er hatte sie aus einem offenen Verschlag geholt, er stürmte, schlug seinen Gegner zu Boden und umklammerte ihm den Hals, bis er aufgab.

Als sie nach der Schlacht – noch keuchend – auf den Stufen saßen, fiel Max unglücklicherweise die Lebenslinie wieder ein.

«Wenn ich daran glauben täte», sagte er, «hätte ich sie natürlich gern länger.»

«Die Lebenslinie?» fragte Horst. «Ich wüßte ja was, aber du mußt dran glauben.»

Er verzog den schmalen Mund zu einem häßlichen Grinsen.

«Ich könnte sie dir mit dem Taschenmesser verlängern.»

«Du spinnst ja», rief Max und wollte weg. Horst hatte die kleine scharfe Klinge seines Messers aufgeklappt und hielt seinen Kameraden am Unterarm fest, Max schrie um Hilfe.

«Feigling, elender!»

Er drückte Max an das Eisengeländer des Bierkellers und boxte ihn ein paarmal in die Magengrube. «Was ist denn los?» hörte er jemand in Löblichs Küche fragen. Da gab er sein Opfer frei, flitzte in das Treppenhaus und versteckte sich. Löblich öffnete das Küchenfenster und sah Max, der wimmernd am Geländer lehnte und sich krümmte.

Kunze vergaß es, Nikolovius zu sagen, er solle in Zivil zu Goldschmidts gehen. In Zivil: das hätte der Polizist nie gewagt. Er bürstete den grünen Rock und polierte eine halbe Stunde das Koppel, die Schnürschuhe und die Ledergamaschen und kleidete sich sorgfältig an. In voller Uniform betrat er das Haus an den Bülowbogen, dessen Portal gipserne Karyatiden flankierten. Mit ihren Köpfen schienen sie den Balkon mit der Säulenbrüstung im ersten Stock zu tragen. Die Wände des Hausflurs waren aus Marmor, auf der Treppe lagen rote Läufer. Es gab auch einen Aufzug, aber den benutzte er nicht. Gemessenen Schrittes, den Tschako unterm Arm, begab er sich nach oben. Ganz kurz nur drückte er auf den Klingelknopf, der unter dem reichverzierten metallenen Namensschild neben der Wohnungstür angebracht war. Frau Goldschmidt öffnete, sie freute sich sehr über den Besuch. Ihr Mann trat in den Korridor und begrüßte ihn in seiner lauten, lebhaften Weise.

Und dann saßen sie zusammen in dem großen Balkonzimmer. Nikolovius sah vor den Fenstern die neugotische, aus roten Ziegeln erbaute Lutherkirche. Dort war er seinerzeit von Pfarrer Blaschke konfirmiert worden. Hinter der Kirche fuhren Züge der Hochbahn vorbei. Sie kamen aus dem gläsernen Tunnel des Bahnhofs Bülowstraße und verschwanden in einem Haus der Dennewitzstraße, um ihre Fahrt in Richtung Gleisdreieck fortzusetzen.

Nach einigen ungeschickten Ansätzen gelang es dem Polizisten, sich seines Auftrags zu entledigen. Goldschmidts schwiegen. Leo versuchte etwas zu entgegnen, aber das mißlang. Frau Goldschmidt kam ihm zu Hilfe.

«Das Geschäft geht nicht gut», sagte sie. «Warum sollen wir es einem Freund unseres Hauses verheimlichen? Die Firma hat vor dem Kriege jahrzehntelang von einem großen, in Rußland liegenden Waldbesitz gezehrt, das ist nun vorbei. Wir haben an der Bautzener Straße noch ein ansehnliches Lager Nutzholz. Wenn das verbraucht ist, und das kann ja nicht mehr allzulange dauern, dann wollen wir unser Geschäft aufgeben. Kinder haben wir keine. Wir werden uns zurückziehen und von unseren Ersparnissen leben. Es tut uns leid, Herr Nikolovius. Sie wären der letzte gewesen, dem wir etwas abgeschlagen hätten, aber es geht leider nicht, einen neuen Herrn werden wir nicht mehr einstellen.»

Kunze ärgerte sich sehr, als Nikolovius ihm das berichtete, ließ es ihn aber nicht merken. Er fürchtete sich, es Bittrich melden zu müssen.

«Wenn ich das gewußt hätte», knurrte der Boxer am nächsten Gruppenabend, «dann hätte ich deinen Blödian gar nicht erst geschickt.»

«Leo Goldschmidt will ja bald Schluß machen», erklärte Kunze, «seine Frau hat es klipp und klar gesagt. Er will bloß noch verkaufen, was er liegen hat, dann gibt er den Laden auf.»

«So lange kann ich nicht warten», sagte der Boxer. Die Stimmung an dem Abend blieb gedrückt. Bevor sie aufbrachen, fing Bittrich finsteren Blickes nochmal davon an; er hatte einen Entschluß gefaßt, den teilte er aber nur Kunze mit, als die andern schon gegangen waren.

«Wir werden», sagte er, «dem Juden das Zeug an der Bautzener Straße anstecken, damit es schneller aufgebraucht ist. Vielleicht können wir ihm einen Prozeß an den Hals hängen und ihm nachweisen, daß er es alleine gemacht hat, um die Versicherung einzustreichen.»

Bittrich kämpfte in diesem Viertel um mehrere Grundstücke. Eine Reihe von Häusern hatte er schon Privatleuten abgeluchst, hatte eine Wohngenossenschaft gegründet und Schimmelpfennig zum Generalverwalter eingesetzt. Er selbst blieb im Hintergrund, nur die unmittelbaren Nachbarn kannten ihn, weil er öfter angetrunken nach Hause kam und dann bei offenen Fenstern seine Lieder in den Hof grölte. Nachdem Beschwerden über Ruhestörung keinen Erfolg gehabt hatten, weil sie ja bei Schimmelpfennig eingereicht, von ihm aber nicht weitergereicht wurden, hatte man sich daran gewöhnt. Wenn Bittrich hier in der Gegend war, bewohnte er nach wie vor die bescheidenen Räume über Löblichs Lokal. Auswärts besaß er ganz andere Wohnmöglichkeiten, aber davon wußten nur die Königsjäger, und die verrieten nichts. Wohl hatte er Gegner in der Straße, heimliche, auch ein paar offene, Kasokat zum Beispiel, Schuhmacher im Haus Nummer sieben und Mitglied des Roten Frontkämpferbundes. Friseur Heikes und Frau Frick wären auch gegen ihn gewesen, wußten aber noch nichts. Als sie von ihm erfuhren, war es zu spät.

Die Verkäuferin Dinah Lipschitz besuchte Nikolovius mehrere Male in der Yorckstraße, er holte sie nach Geschäftsschluß von Formanowitz ab und begleitete sie bis an die Ecke Großgörschenstraße, weiter nicht. Sie hatte Angst vor ihrem Pflegevater. Kasokat hätte sie mit dem Knieriemen geprügelt. In der Schusterwohnung, die im Parterre des Seitenflügels lag, durften sie sich also auf keinen Fall treffen. Oben in der Wohnung der Frau Nikolovius wären sie nie allein gewesen. Sie konnten doch nicht immer bloß im Flur stehen bei Moltke, Roon und anderen Geistern. Gott sei Dank fanden sie bald einen Ausweg. Dinah schlief nicht in der Hofwohnung, sondern in einer Kammer neben dem Laden. Wenn Nikolovius dreimal leise an die Scheibe klopfte, wußte sie Bescheid. Sie warf sich einen Mantel über und ging auf die Straße. Er war dann schon voraus. Sie trafen sich in der Hochkirchstraße auf einem der Hinterhöfe, die an den Friedhof stießen, stiegen hinter Geißblattbüschen auf Müllkästen und gelangten von dort leicht über die niedrige Mauer und von den Denkmälern, die daran lehnten, auf den Friedhof. Sie kamen zu jeder Jahreszeit, meist bei Neumond, standen an Bäume gelehnt oder kauerten an den Hecken. Im Frühling, im Sommer, im Herbst legten sie sich in die schmalen Gänge zwischen zwei für sie namenlosen, von Efeu und Unkraut dicht bewachsenen Hügeln, bei trübem und bei klarem Wetter, wenn nur der Himmel dunkel war. Sterne störten nicht. Dinah verglich sie mit den Lampen des Formanowitz. Ein guter Geist hatte sie angezündet, aber sehr hoch hinaufgezogen, denn es durfte nicht zu hell sein. Neumonde spiegeln nicht auf Glastüren, in Kapellenfenstern und auf Emailleschildern. Nirgends gab es Laternen, Taschen- oder Karbidlampen. Die Zeit der Einbrüche war hier vorbei, die Verhältnisse hatten sich etwas gebessert, Bankraub war wieder lohnender geworden. Ferngerückte Sterne, schwarze Blätter, nächtlicher Wind, lautloses Auf und Ab ohne Licht. Nicht Wiedergänger kamen, nur kleine Feuerfliegen, verfolgt von dunklen Ungetümen, Fledermäusen, die stießen nirgends an. Eine Weile noch lagen sie nebeneinander, eng, zwischen Gräbern gar nicht anders möglich. Bei der nahen Bahn war es still. Nur ein langer Güterzug rappelte stadteinwärts. Er war schon zu hören gewesen, als er noch weit weg war, bei der Gasanstalt vielleicht, und hallte noch herüber, wenn er zur Yorckbrücke weiterfuhr, an den Hinterfronten der Dennewitzstraße, am Wasserturm vorbei und über den Landwehrkanal. Nikolovius lag, das Mädchen im Arm, schaute nach oben in die schwarzen Baumkronen und weiter, suchte die Sterne, dachte an die Lüster bei Formanowitz, an den ganzen Flohmarkt, lag mit Dinah fast im Grab, tausend Jahre alt. Die Zuflucht, ein Friedhof als Märchenwald mit dem Grab der Brüder Grimm, mitten in der Stadt. Draußen an der mit Glasscherben gespickten Mauer zogen um diese Zeit Nachtmahre vorbei, freitags Werwölfe, wenn sie aus ihrem Vereinslokal kamen. Sie konnten nicht hören, was Dinah leise sang, Lieder aus Masuren.

«Das kenne ich», sagte Nikolovius.

«Woher denn?»

«Die alte Wratsidlow singt es, sie stammt aus Ostpreußen und kennt eine Menge Lieder aus ihrer Kindheit.»

Dinah sang die Moritat von dem Raubmörder, der vor hundert Jahren gelebt hatte und in den masurischen Wäldern verschwunden war: Im finstren Wald, / dort wo die Räuber wohnen, / nahm Aufenthalt / der böse Jaromir. Die Königsjäger sangen sie neuerdings auch, aber mit anderem Text.

«Wo man singt …», sagte Nikolovius.

«Es ist nicht wahr, daß alle Menschen, die singen, gut sind. Kasokat singt auch manchmal, aber er ist ganz bestimmt kein guter Mensch.»

«Aber er kann gut besohlen.»

«Ja», sagte Dinah, «das kann er.» Sie fing das Lied von den fünf wilden Schwänen an, die alle nicht wiedergekommen waren. Nikolovius war in Gedanken bei der Polizei. Unter dem Zivilmantel trug er Uniform. Ohne sie hätte er sich unsicher gefühlt. Seine Mutter glaubte, er wäre im Nachtdienst. In der Aktentasche hatte er zwei Mützen, eine von der Polizei und eine Sportkappe. Er hörte, was Dinah sang, und wurde traurig.

«Sing was anderes», sagte er. Sie fing ein jiddisches Wiegenlied an, das war auch nicht lustig. Es ging gegen den Morgen. In Bolles Stallung klapperten die Milchkannen, Pferde wurden herausgeführt und stampften über die Bohlen der langen Stiegen in den Hof hinab.

Fünftes Kapitel

Die Bewohner der Hinterhäuser müssen eine Menge Lärm ertragen: Leierkastenmusik, die Schusterterzen der Hofsänger, verschiedene Ausrufer, Scherenschleifer, Lumpensammler. Sie hören das Teppichklopfen und das Gegröl des betrunkenen Boxers in seiner Wohnung über Löblichs Kneipe. Er reißt alle Fenster auf, entblößt den Oberkörper und wäscht sich an dem eisernen Waschständer in einer Emailleschüssel. Alle Leute, die aus dem zweiten und dritten Stock des Quergebäudes in seine Wohnung sehen können, Schimmelpfennigs schlechteste Mietezahler, überzeugen sich, wie einfach er es hat. Beim Abtrocknen fängt er an, die Waldeslust zu singen. Dunkelgrün und blechern klingt die Einsamkeit, bemächtigt sich vieler Ohren, keines hat sie gewollt. Breitbrüstig, herausfordernd steht er am Fenster, hält das Frottiertuch bei den Enden gefaßt, zieht es über Hals und Rücken hin und her. Das Seitengebäude schickt ihm böse Blicke hinüber, aber kein Wort. Er hört auf zu singen und lacht, daß es bis in den Nachbarhof schallt. Dann geht er vom Fenster weg ins Innere seiner Wohnung, in seine Küche, setzt Wasser auf, lacht immer noch, es gluckst und scheppert, meckert, grunzt aus der Tiefe, höhnisch, überlegen, siegesgewiß, aus dem Korridor, dann wieder aus der Küche, wird von dem Geräusch der Kaffeemühle übertönt. Er klemmt sie zwischen die Knie, sitzt auf einem Küchenstuhl und dreht die Kurbel, die Mühle, den Leierkasten: Waldeslust, o wie einsam schlägt die Brust. Du Hund, denken die Bewohner des Quergebäudes, man hört dich drei Häuser weit! Das Wasser kocht, der Boxer steht auf.

«Das macht uns gar nichts aus, ja gar nichts aus», singt er. Den gemahlenen Kaffee schüttet er in die braune Kanne, gießt kochendes Wasser drauf. «Das haben wir bald geschafft», sagt er und reibt sich die Hände. «Bloß noch den Holzjuden, dann haben wir's.»

Schimmelpfennig, eine Treppe höher, ist nicht so optimistisch. Er denkt an die Maßschneiderei Liesegang in der Luckenwalder Straße. Was soll er dort anfertigen lassen: einen Straßenanzug oder eine Uniform? Liesegang muß ihn beraten, der hat einen Riecher für kommende Moden. Am nächsten Sonntagvormittag wird Schimmelpfennig mit seinem Sohn Horst zu ihm gehen. Nur keine Sorge! Der Boxer macht sich auch keine, grölt weiß Gott was für dummes Zeug in die Gegend. Wenn sich die Mieter beschweren, kann er, Schimmelpfennig, ja sehen, wie er mit ihnen fertig wird.

An diesem Freitag fällt der Gruppenabend aus. Die Herren haben Wichtigeres vor, als bei Löblich herumzusitzen und Weißbier zu trinken. Der eine sitzt hier auf der Etage unter uns und tut, als koche er ganz harmlos seinen Kaffee. Dabei hält er alle Fäden in der Hand. Kunze im Polizeirevier telefoniert in der Gegend herum, muß seine Leute umdirigieren, Schupos von der Monumentenbrücke fernhalten, weil die Königsjäger Großeinsatz haben. Heute nacht soll Leo Goldschmidts ganzes Holz auf einmal verbraucht werden. Schimmelpfennig muß nicht überall dabei sein. Als ehemaliger Polizist und jetziger Verwalter einer Wohngenossenschaft hat er Rücksichten zu üben. Heute bleibt er zu Hause, geht früh ins Bett oder sieht sich in Bittrichs Odeon kostenlos den neuesten Fridericus-Film an.

Verflixt, denkt Kunze, ich habe vergessen, Nikolovius zurückzuziehen, er hat seinen Posten bereits bezogen, steht am Bautzener Platz, da kann ich ihn schlecht wegholen lassen. Na, auch egal. Vielleicht merkt er gar nichts, das wäre gut, dann haben wir einen Prügelknaben, wenn der Jude sich wegen mangelhafter Dienstaufsicht der Polizei beschweren sollte.

Er steht wie eh und je, Roland der Riese, fest und treu auf der Wacht, die Wacht in der Nacht am Bautzener Platz, gegenüber dem Goldschmidtschen Holz. Dahinter sind die Gleise der Anhalter Bahn, ist rechts ganz nah die Monumentenbrücke. Diesem Gelände nähert sich im Dunkeln, wahrscheinlich vom Bahnhof Kolonnenstraße her, von der Goten-, der Ebersstraße, von irgendwo rings um die große

Gasanstalt: Schnappauf, ziemlich klein und vierschrötig, nicht Däumling, eher Fäustling, hat Fäuste wie Vorschlaghammer, aber zwei linke oder zwei rechte Fäuste. Der Boxer hält ihn für Bürodienst geeignet, weshalb denn? Hat Flossen wie ein Bollekutscher oder ein Möbeltransporteur der Firma Knaur, Hemd ohne Kragen mit blauen Längsstreifen, vorbestrafter Sargträger bei Grieneisen. Oder er ist bei Bechstein auf Klaviere getrimmt worden, Zustellung erfolgt kostenlos, wir haben dafür eigenes Personal, Bittrich sagt: unsere Leute. Schnappauf, zur Zeit arbeitslos, Minderjährige werden vor ihm gewarnt, könnte des Boxers Sohn sein, ist es vielleicht, bei dem kennt sich keiner aus. Schnappauf, die Hoffnung der Jungkönigsjäger, Jungwespen, aller Jungstachligen mit Fahrtendolch und Jugend soll von Jugend geführt werden, dieser kurzbeinige Bursche streunt an diesem Spätabend an diesem Bautzener-Straße-Holzzaun, er hat die rötlichen, klobigen Hände zunächst noch in den Taschen der Knickerbocker untergebracht. Er streicht um all das schöne Holz, das soll er nun auf einmal verbrauchen, nicht so einfach. Jetzt zeige, daß sich der Boxer auf dich verlassen kann, mein Junge. Benzin ist vorhanden, ist in ausreichender Menge bereitgestellt, Benzinkanister, Benzinlumpen: unter der Monumentenbrücke lauert damit einer von seinen Strolchen aus der Goten-, der Ebersstraße. Beinahe hätte ihn die Bahnpolizei erwischt, der hat Kunze nichts zu befehlen. Die Reichsbahn hat ihre eigene Polizei, wenn die was merkt! Sie kommt den Hang herauf und an den Holzplatz. Schnappauf klettert über den Zaun, schiebt Benzinlumpen unter die vielen – es reichen die Lumpen nicht aus – die vielen säuberlich auf die Querhölzer geschichteten Bauholzstücke, Stämme und auch Bretter. Sie sind zweckmäßig gelagert, überall kann genügend Luft 'ran, das muß doch klappen. Irgendwo gibt es hier einen Wächter mit Hund. Er sitzt in einer Holzbaracke, brennt die ganze Nacht Licht, macht es sich gemütlich. Auf dem Bunkerofen wird Kaffee gewärmt. Auf dem Tisch steht die große Tasse des Wächters, daneben liegt Schreibzeug, liegt das Buch, in das die besonderen Vorfälle eingetragen werden sollen. Was außerhalb des Platzes vor sich geht, ist

Sache der Schutzpolizei. Wenn Nikolovius Verstärkung braucht, weil Zusammenrottungen stattfinden rings um den Bautzener Platz, wenn die Monumentenbrücke schwankt, weil – baupolizeiwidrig – im Gleichschritt darauf marschiert wird, dann kommt der Polizist in die Wächterbude und ruft von hier aus die Kaserne an. Nichts steht in dem Buch, das hier auf dem Tisch liegt, über das Wetter; nichts von plötzlich über dem Platz auftauchenden Fledermäusen, Wespenschwärmen oder anderen schwer erklärbaren Ereignissen, die ohne Ankündigung bei nur wenig veränderter Konstellation der Lüster, der Lampen, des gesamten Tierkreises, Fische, Steinbock, Skorpion, fast unauffällig und sehr schnell den Ruin herbeiführen, noch ehe eine Hand den Hörer ergreift. Daß sie hier auch ein Telefon haben, daran hat Schnappauf nicht gedacht. Der Nachtwächter heißt Bloedorn, er sitzt, Brille auf der Nase, am Tisch, liest die Nachtausgabe. Oder er liegt, ohne Brille, auf der Pritsche und döst, er kann sich das leisten, Harras paßt für ihn auf, nimmt alles wahr, jeden Laut, weniger als das, spitzt die Ohren, hebt die Schnauze, macht ganz leise blaff, das genügt vollkommen, Bloedorn weiß Bescheid. Harras müßte schreiben, Eintragungen besorgen können in das Buch, das auf dem Tisch liegt, dann wäre es der Mühe wert, nachzulesen.

Schnappauf hat schon längst, seit Tagen auf der Lauer, herausgekriegt, wann Bloedorn mit Harras seine Runden macht, er kennt die Tür der Wächterbaracke, weiß, daß dort ein Riegel ist, den man von außen zuschieben kann, schiebt ihn zu, nachdem Bloedorn mit Hund von einem Rundgang zurückgekehrt ist. Der Hund, innen, hört es sofort, wenn es auch leise geschieht, macht nicht bloß blaff, er schlägt an, ist innen hoch an der Tür. An diesem Abend, in dieser Nacht liest Bloedorn nicht mehr die Zeitung. Sonst liest er immer die Nachtausgabe von Scherl; in dieser deutschen Judenfirma wird Scherl gelesen, nicht Ullstein oder Rudolf Mosse; Goldschmidts sind kaisertreu, gipskaisertreu: der Kaiser aus Gips, die Treue aus Gold. Echte Goldstücke hat Sebastian Goldschmidt, der Seniorchef, hereingebracht, jetzt ruht er in antikisierter Gruft, war siebzig mit dabei gewesen, Sohn Leo anno vierzehn, beim Garde-Train, er ist sehr stolz darauf.

Bloedorn nimmt den Hörer ab, ruft die Schutzpolizei in der Eisenbahnerkaserne an, das ist nicht klug von ihm, denn dort sitzt Kunze wach, weiß alles und sagt: «Kommando kommt.» Denkt: Denkste! Aber es kommt wirklich, wenn auch nur in Person des einzigen Schupos vom Bautzener Platz. Nikolovius hat was bemerkt, nicht nur den kurzen, kurzhalsigen Protégé des Boxers, wie er an den Zäunen entlangschnüffelt und dann verschwindet, um an unbeobachteter Stelle 'rüberzusteigen und auf dem Platz von Stapel zu Stapel zu schleichen. Den Strolch unter der Monumentenbrücke kann er nicht sehen, Schritte, die sich in diesem Augenblick von der Großgörschenstraße, von Löblichs Ecke her nähern, nicht hören, aber es spürt der Laubfrosch, sagt man, Wetterveränderungen im voraus, er hat keinen Telefonbericht nötig wie der gerissene Kunze, er muß sich auf seinen Instinkt verlassen; und Spürsinn für kritische Augenblicke, den hat Nikolovius, den hat auch der Boxer, der Boxer traut ihn Nikolovius nicht zu. Für den Schupo ist das wieder so ähnlich wie seinerzeit auf dem Kasernenhof an der Immelmannstraße, als er noch nicht Schupo war: es entfällt, was an ihm registrierbar ist, Tschako, Uniformmantel mit Koppel, Schulterriemen und Pistolentasche, Ledergamaschen, Schnürschuhe, tadellos geputzt mit Erdalschwarz. Ins Unwesentliche lösen sich auf: die Trillerpfeife in der rechten Brusttasche, sie ist mit einer graugrünen Kordel an weißem Blechknopf befestigt. Der Knopf ist wie alle seine Brüder spiegelblank, später erst wird man sie durch mattweißgehämmerte ersetzen. Es vergehen wie Rauch: ein Kinobillett, Sperrsitz achtzig Pfennige, Aufschrift «Odeon», einige Erdnüsse als Reste eines Rummelbesuchs in der Hosentasche, was sonst noch? Kamm, Portemonnaie, Nagelreiniger, Taschenspiegel, nicht aber Dinahs Foto, das bleibt, transfiguriert, im schwebenden Bewußtsein eines großen oder kleinen geflügelten Tieres, das sich erhebt vom Beckenrand dieses Brunnens, Sandstein, am Bautzener Platz, lautlos und insektenflüglig. Ein Vogel mit gefranstem Flügelrand kerbt weich die Nachtluft. Oder ein Käfer überquert den Asphalt; eine Hornisse, eine Feuerfliege bremst nicht im Gebüsch vor dem Zaun der anderen Straßenseite, im Gegenteil, sie legt Geschwindigkeit zu bei unverändertem Kurs. Von unten, von den Gleisen herauf kommen Beamte der Reichsbahn, kommt die Bahnpolizei mit Revolver und Wachhund, Harras zwei. Sie schaut unter die Brücke neben der Strecke nach Zossen, findet Kanister, verdächtiges Material, feuchte Lumpen, Papier, Wein- und Bierflaschen voll Benzin, Brennholz, aber keine Kartoffelschalen. Dafür ein angerissenes Paket Welthölzer. Der Strolch von der Gotenstraße ist gerade nicht hier, er schleppt Brennstoff auf den Holzplatz und geht Schnappauf zur Hand. Nikolovius, das große oder kleine, insekten- oder fransenflüglige Ungeheuer, Käfer oder Vogel, trifft Schnappauf, Schnabel-Kralle, Stachel oder Mandibeln, stößt Schnappauf, Schnabel-Kralle. Der läßt die Welthölzer und alle Hölzer Hölzer sein, schlägt die Unterarme, die Ellenbogen über den Kopf, läuft davon, stürzt. Harras eins setzt über den Brandschatzer hinweg. Das Flügeltier, Nikolovius, bleibt mit dem Hund auf gleicher Höhe, faßt den Strolch von der Gotenstraße. Der Kanister kippt um, liegt da, rinnt aus. Benzin, Petroleum oder Brennspiritus läuft über Hände, geschwärzte Finger graben sich in den Sand. Boxer Bittrich kommt zu spät, steht unschlüssig am Eingang der Firma. Da stürzt das Tier mit den Flügeln auf ihn zu, geht ihm an die Kehle mit Schnabel und Kralle, an die Schläfe mit Stechwerkzeugen und Mandibeln. Der Hund packt ihn von unten, von hinten, nur noch von hinten. Das Angriffsziel ist erreicht: man denkt sich das so, denkst dir das, denkste, sagt man hierorts, tippt mit rechtem oder linkem Zeigefinger an die Stirn dabei. Unten an den Gleisen sind die Signale grün oder rot. Züge rollen wieder oder noch immer, stadteinwärts zum Potsdamer oder zum Anhalter Bahnhof, stadtauswärts nach Zossen, nach Königswusterhausen.

Geschlagen ist der Boxer, von Flügeltieren, allerdings nicht von Adlern. Adler haben es gut, sie tun nur so, als flögen sie, schlafen während der Attacke, blinzeln nicht dabei, ruhen sich aus, gipsern oder eisern, ehern, gestickt und gedruckt, lügen wie gedruckt auf Briefmarken und Stempeln, Dienstsiegeln und Helmen. Flügeltiere aus Stein oder Metall, nicht einmal Angst beflügelt sie. Nicht Spinnen fliegen, nicht Weberknechte, aber alle Arten von Wespen, Grabwespen, Feuerfliegen, Leuchtkäfer, andere Käfer, Vögel, Singvögel mit Singmuskelapparat, oberem und unterem Kehlkopf. Auch die Raben haben ihn, solang die alten Raben noch fliegen immerdar dem alten unbeweglichen Adler um die Nase. Tagraubvögel, Nachtraubvögel: Falken, Eulen, Käuze.

Käuze, denkt der Boxer. Diesen Kauz habe ich jetzt kennengelernt. Der kommt mir schon noch mal.

Dünne machen, Fahrgestell einziehen und ab, Schlappohren unter die Mütze, nischt wie weg, einfach verschwinden, hier habe ich vorerst nichts verloren, sagt sich der Boxer Bittrich. Die Platte putzen, 'runter von der Bildfläche, unter den Horizont tauchen. Nicht den tragischen Helden mimen, kein Schnellfeuer bis zum Untergang, keine Pose jetzt. Komm 'ran, wenn du was willst, Nußknacker vom Bautzener Platz, Schnabel-Kralle, bist ja feste dabei! Wetzt sich an Königsjägern, aber paß mal auf, wer zuletzt wetzt! Wenn ick mir jetzt dünne mache, so dünne kannst du gar nicht. Auf dem Absatz kehrt und zurück in die Puppenhülle, in die Larve, in die Ganovenhalbmaske, dazu kleiner Abendanzug, das macht Liesegang nach Maß. Gestärkte Hemdbrust, dezente Schleife und lange Manschetten mit großen Knöpfen, die verbergen die Hände. Braucht nicht gleich jeder zu sehen, was du für Pfoten hast, Arbeiter der Stirn und der Faust. Mit diesen Händen kommen wir eines Tages wieder, und dann werden wir ja sehen, was los ist mit dem Holzjuden, mit dem Nachtwächter und Harras eins und zwei, mit dem Knallkopf vom Bautzener Platz.

Nikolovius wischt sich die Stirn ab und setzt den Tschako wieder auf. Bittrich ist weg, die Goten von der Gasanstalt sind weg, retiriert über den Fußballplatz an der Monumentenbrücke, Hertha BSC, dann über Altmetallager zur Immelmannstraße, zur Polizeikaserne, da tut ihnen keiner was, soweit ist auf Kunze Verlaß.

Die beiden Hunde werden zurückgepfiffen. Kunze in der Kaserne ärgert sich über Nikolovius: Der muß uns das einbrocken! Das Telefon klingelt, Bittrich ist am Apparat, schimpft und tobt, will die Schöneberger Gasanstalt in die Luft sprengen, ein brennendes Streichholz 'rein in den großen Behälter, wenn er bis oben voll ist: die Explosion pulverisiert halb Schöneberg samt Polizeikaserne, Matthäifriedhof, Bautzener Platz. An den Bülowbogen und noch hinten bei Liesegang in der Luckenwalder Straße gehen die Fensterscheiben in den Eimer. Wir sprechen uns morgen wieder, Kunze, aber nicht bei Löblich oder bei wem!

Sechstes Kapitel

Alle sind sie weg, untergetaucht. Von dem Boxer Bittrich hört monatelang niemand etwas, auch Schimmelpfennig nicht. Den fragen natürlich die Leute, wenn sie Miete bezahlen kommen. Er muß ihnen die Auskunft schuldig bleiben. Kein Gesang mehr auf dem Hof, keine Waldeslust freitags bei geöffneten Fenstern zu jeder Jahreszeit. Die Mieter glauben es Schimmelpfennig nicht, daß er nichts weiß, aber der hat wirklich keine Ahnung, er ist politisch auf einmal ganz unsicher geworden. Den Weg zum Schneider verschiebt er von Woche zu Woche in der Hoffnung, der Boxer werde endlich schreiben oder vielleicht wiederkommen. Welchen Stoff soll er denn nun eigentlich nehmen? Welche Farbe? Grün oder grau oder braun oder pfefferundsalz? Er kann doch nicht einfach 'reinschliddern damit, es muß ihm doch einer sagen, was er zu tun und zu lassen hat, aber wer? Wenn nicht der Boxer, dann vielleicht Liesegang, der Schneider.

Eines Sonntags macht er es also wahr, nimmt seinen Sohn Horst mit, geht die Yorckstraße entlang, an Formanowitzens Laden vorbei, wo die Helme im Schaufenster stehen, Horst hätte sie gern länger angesehen, beherrscht sich aber. Sie gehen links den kopfsteingepflasterten Weg 'rauf, an den Kohlenplätzen hin, links und rechts Bretterwände, manche voller Plakate, Plakatfetzen, Mata Hari, das sensationelle Programm im Odeon. Der Tiger von Eschnapur. Das indische Grabmal. Wolny macht dazu Musike, auf der Bierorgel, aber nicht immer, es gibt auch schon Tonfilme. Der Kongreß tanzt! Der Kongreß bei Löblich ist vorerst aufgeschoben, aufgeflogen, in alle Winde zerstoben. Die Schlächter hängen freitags immer noch ihre weißen Fahnen 'raus mit rotgestickter frischer Blut- und Leberwurst, aber Löblich braucht sein Schild *Geschlossene Gesellschaft* nicht mehr vor das Vereinszimmer zu hängen, freitags nicht, unsertwegen überhaupt nicht mehr.

Der Boxer kommt nicht mehr, Kunze nicht, die Goten von der Gasanstalt nicht, Wolny gelegentlich noch, auch Schimmelpfennig, bloß auf ein Stehbier, wechselt ein paar Worte mit dem Wirt, er ist ja Hausverwalter. «Warum soller nich?» singt Claire Waldoff, die hört jeder gern. Nikolovius kommt nicht, ist noch nie gekommen, den können wir nicht gebrauchen. Außerdem hat er jetzt was Besseres, geht mich eigentlich nichts an, warum soll er nicht mit ihr. Geht mich nur insofern an, als die Schnalle was mit Kasokat zu tun hat, und der ist ein Kommuniste. Dinah heißt sie. Da kommt sie uns ja entgegen! Was will denn die hier am heiligen Sonntagvormittag?

«Sieh mal, Horst, kennst du die? Kasokaten seine Tochter oder Stieftochter oder Pflegetochter, bei dem kennt sich ja keiner aus, der ist Kommunist. Was macht die eigentlich?»

«Weiß nicht», sagt Horst. Denkt sich: Verkäuferin bei Formanowitz. Ich bin doch nicht blöd und sage das dem Alten. Ich kieke weg, damit sie mich nicht wiedererkennt, vielleicht ist was wegen dem Tschako. Wenn sie uns anredet, lüge ich das Blaue vom Himmel 'runter. Sie wird schon nicht, hat keinen Schneid dazu. Mein Alter sieht auch nicht gerade so aus, als ob man ihn mir nichts dir nichts anquatschen könnte, dazu noch hier, wo es einsam ist am Sonntagvormittag.

Als Dinah vorbei ist, kommt niemand mehr. Schimmel trab-trab auf dem Weg übers Gleisdreieck, mit Horst über die Katzenköpfe oder was für Köppe, immer an der Wand lang, an der Bretterwand –

da hängen noch andere Plakate, von der letzten Wahl, der Wind hat die meisten ganz schön ramponiert; haben viel zuviel Wind gemacht die letzte Zeit, das war unser Fehler. Statt bei Löblich zu mauscheln, hätten wir mal hier und da im Dunkeln dem einen oder andern aufs Maul hauen sollen. Den Gegner muß man schlagen, wo man ihn trifft, meinetwegen wenn er gerade Bier holt, bei Löblich in der Kanne, Hahn auf und zu. Dann muß er über die Straße und durch den dunklen Hausflur, die dunkle Treppe 'rauf, fummelt oben an der Wohnungstür mit dem Schlüssel 'rum, du stehst am Treppenabsatz mit Schlagring und Revolver, Schlagring genügt. Wenn das keine Gelegenheit ist!

Auch hier am Gleisdreieck gibt es Gelegenheiten, Gelegenheitskäufe bei Formanowitz um die Ecke und hier hinterm Zaun, hier kannst du dir in aller Ruhe einen kaufen und ihn um die Ecke bringen, kräht kein Hahn danach, wenigstens nachts nicht. Die einzigen Hühner, die es in dieser Gegend gibt, sind in den Schrebergärten am Gleisdreieck und im Hof von Schulzens Gärtnerei auf dem Matthäifriedhof, ich schlafe meistens noch, wenn sie krähen. Schlage den Gegner, wo du ihn triffst! Hole ihn heraus, wenn er Schlange steht, an der Kinokasse oder am Schalter auf dem Bahnhof oder auch auf dem Bahnsteig. Schubse ihn vor den fahrenden Zug, wenn nicht anders. Aber die Fahrkarte bleibt liegen, mein Junge, oder das Kinobillett oder zwischen den Schienen der linke Schuh oder der rechte, womöglich noch mit dem dazugehörigen Fuß darin. Oder ein Schnürsenkel bleibt liegen, oder Blut bleibt auf dem Asphalt oder verschmiert Fliesen, fließt die Fliesen lang oder irgendwelche Rinnen, lange Messer haben manchmal Rinnen, Blut ist nicht gleich trocken, und wenn es viel ist, trocknet es nicht schnell, fließt in die Rillen zwischen all den Katzenköpfen. Das macht nichts, im Gegenteil, sie wissen dann wenigstens, wie sie mit uns dran sind, daß auch sie drankommen, alle, wenn sie nicht parieren. Laßt ihn nur erst wiederkommen, den Boxer. Wenn er kommt, machen wir die Sache ganz anders. Dann gibt es Späne, und alle sollen sie sehen. Dann liegen hier Späne 'rum, Späne und Steine, Steinkohlen, Köppe und Briketts, das wäre ja gelacht! Wer sich nicht daran gewöhnen kann, wirft sie in den Ofen oder in den Kanal, hier in der Nähe ist ja der Landwehrkanal, die Mütze schwimmt oben, Hüte und Mützen schwimmen oben, Helme nicht, das muß einkalkuliert werden.

Wenn er aber nicht kommt, dein Boxer? Freilich, wenn er nicht mehr kommt, dann sieht es noch mal anders aus. Dann kriegst du im Leben keinen Dienstwagen und latschst dir die Botten ab bis auf die Brandsohlen, läufst dir die Füße durch bis aufs Zahnfleisch, das gibt es sogar bei der Kavallerie.

Ach was, Schimmel, noch geht es vorwärts, Zosse. Einer wie du fällt immer wieder auf die Beene. Jetzt sind wir erstmal zu Liesegang unterwegs, der wohnt in der Luckenwalder Straße, im Hintergebäude eines Hauses, vor dem die Hochbahn in der Höhe des ersten Stockwerks vorbeifährt, sie kommt in der einen Richtung vom Nollendorfplatz, von den Bülowbogen her, kreuzt die Dennewitzstraße und fährt durch ein Haus hinter der Lutherkirche.

Zwischen den Katzenköpfen wächst Gras, daran kann man sehen, wie wenig Verkehr hier ist. Fuhrwerke kommen nicht oder nur bis an diesen Steg, weiter können sie nicht, denn das hier ist die Zossener Strecke, über die führt bloß ein Steg für Fußgänger, ein eiserner Übergang mit je einer hohen steilen Treppe auf jeder Seite. An den Zäunen gibt es Löwenzahn, dem macht der Kohlenstaub nichts aus. Neben der Strecke steht ein dreistöckiges, schmales Wohnhaus für Eisenbahnerfamilien, es ist nicht verputzt, die roten Ziegel sind dunkelgrau verqualmt. Blumenkästen vor den Fenstern, weiße und ein bißchen bunte Wäsche im Hof vor der Haustür, eine Katze auf der Bank, sonnt sich, wenn möglich. Menschen sind nicht zu sehen. Ein Zug kommt vorbei, ein Vorortzug, mit einem Schild an der Lokomotive, darauf steht Marienfelde oder Lichtenrade oder Zossen, der Dampf dringt durch die hohlen Stellen der Treppenstufen, zwischen die Stangen des Geländers und die Bohlen des Steges, wir stehen wie auf einer brennenden Brücke. Hätte der Holzplatz da hinten an der

Bautzener Straße planmäßig Feuer gefangen, dann wäre der Rauch bis hier zu sehen gewesen, vielleicht sogar bis zum Anhalter Bahnhof, die Feuerwehren mehrerer Bezirke hätten anrücken müssen mit Oberbranddirektor Gemp an der Spitze.

Auf der anderen Seite unten, wo die Straße weitergeht, hört man Züge, aber die meisten sieht man nicht mehr oder nicht mehr so nahe, bald fangen hohe gelbe Ziegelmauern an. Zu sehen sind noch höhere Signale, wer sich da auskennt, grünes und rotes Licht, wirkt nett, besonders abends. Weit hinten die Hochbahn quer über das ganze Gleisdreieck, eine illuminierte Schlange, sehr hübsch, wenn es dunkel ist. Ausgehöhlte illuminierte Kürbisse sehen auch hübsch aus, manche Leute erschrecken davor. Hier müßte man irgendwo in einem stillen Winkel einen Schrebergarten haben. Und wenn Nikolovius erscheinen sollte – ach was, der Pflaumenaugust kommt hier nicht her –, wenn beispielsweise die Bahnpolizei auftaucht wegen Haussuchung, Laubendurchsuchung, dann verschwindet das eine oder andere in den Dielenritzen – auch ein Vorteil von Wohnlauben –, verschwinden Bilder mit Auf- und Unterschriften, verschwindet deine Dienstzeit, unsere Kampfzeit, beide gerahmt, in Gold gefaßt. Es verschwinden Schlagring und Revolver, die Trillerpfeife, Trommel und Gewehr, Fahnen, Säbel und noch mehr, der Angriff und die Judenfrage. Vor der Laube steht eine Reihe Goldlack und am Zaun Jelängerjelieber, blüht ein Buschen Kapuzinerkresse, stimmt sie sanft; deine alten bunten Filzpantoffeln stimmen sie vertrauensselig; sie gehen wieder, und wir kommen langsam zurück, wir mit die Kürbisköppe, die schwimmen oben, uns kann keener, und wenn es im Landwehrkanal ist.

Wie weit sind wir denn schon? Immer noch an der Treppenbrücke, am Fußgängersteig, an der Zossener Strecke? Von da oben hat man einen großartigen Überblick, da kriegt man gleich wieder Luft, wenn der Dampf weg ist, und die alte Kraft, das Halteausimsturmgebraus und das Zeigtderwelt, lasset hoch das Banner wehn – na jetzt noch nicht, aber bald. Die Kohlenplätze sind hier zu Ende, keine

Firmenschilder mehr mit gekreuzten Hämmern und großen schwarzen Buchstaben: Ilse-Briketts, Braunkohlenlager Senftenberg. Aber Schienen, Schienen, Weichen, wohin du siehst, Brücken mit und ohne Bahnen drauf, schwarze, riesige Eisenbrücken, die meisten fahrplanmäßig überrollt von bunten gefensterten Bändern, von Bändern durchflochten, gelbrotblauen der BVG. Was unter uns dahinstreicht, ist Reichsbahn, gleich welcher Richtung.

Sieh dir die Speicher an, Schimmel, alter Junge! Tür an Tür links und rechts des Weges, lauter alte hölzerne Speichertüren, oben abgerundet, die Räume befinden sich weit unter den verschiedenen Bahnkörpern, jeder Platz ist ausgenutzt. Oben fahren Züge, unter ihnen sind Magazine, die Wand zur Straße hin ist aus gelben Ziegeln. Firmenschilder über den Türen: Spedition Knaur, Spedition Boser, Weinhandlung Huth, Südfrüchte. Hier haben die Brüder ihre feinen Waren gespeichert, von hier rollt das Zeug auf den Rollwagen in die Innenstadt. Wenn wir gesiegt haben, speichern wir hier oder übernehmen gleich das Gespeicherte der anderen. Ja wenn, wenn! Wenn wir bei Liesegang sind, gebe ich eine Uniform in Auftrag, fragt sich bloß, was für eine. Wird langsam Zeit, daß ich schlüssig werde, wir sind bald da. Bloß noch unter der Hochbahn durch, die Luckenwalder Straße ein Stückchen nach rechts, drittes Haus linker Hand, durch den Flur auf den Hof und drei Stock im Rückgebäude 'rauf. Also was ist: SA-Braun oder Königsjäger-Grüngrau mit Stahlhelmabzeichen? Oder doch lieber Knickerbockeranzug, pfefferundsalz? Diese Gegend macht mich ganz konfus. Vielleicht hat Liesegang grüngrau, oder er hat braun, ich lasse es einfach drauf ankommen. Ein schlichter Straßenanzug wird schlimmstenfalls immer zu haben sein.

Aber Liesegang ist gar nicht zu Hause, ist kein Schneider mehr, wohnt nicht mehr Luckenwalder Straße, es ist alles ganz anders geworden, wer soll sich da auskennen, nicht mal der Mann im Stellwerk weiß was. Also zurück die Post, Schimmel trab-trab, dasselbe wie gehabt, zur Abwechslung andersrum, Hochbahn, Landwehrkanal, Ilse-Briketts, Kürbisplantage. Laß deinen Anzug und halte dich an die Laubenkolonie, das ist was Reelles. Du baust deinen Kohl, baust Kürbis, niemand fragt nach dir.

Schimmel ist verschwunden wie Liesegang, wie der Boxer, sie haben die Platte geputzt, haben sich dünne gemacht. Wo werden sie sitzen? Vielleicht auch in einer Laubenkolonie, bauen Kohl, bauen Kürbis, lassen Gras über die Sache wachsen. Ich bin für eingekochten Kürbis mit viel Zucker und Zimt, Essig und Nelken.

Vater hat einen Kürbiskopf, denkt Horst. Wenn ich es ihm sage, haut er mir eine 'runter und nimmt mich nie mehr mit, wenn er zum Schneider geht; also halte ich lieber die Klappe. Na, hierlang werden wir ja nicht mehr gehen, wenigstens nicht mehr zum Schneider, sonst ist es hier ganz praktisch, das muß man sich merken. Kunze hat einen Kürbiskopf, der Boxer hat einen und Nikolovius auch. All die Kommisköppe haben einen Kürbiskopf, vom vielen Helmtragen. Mein Vater und der Boxer tragen zwar schon lange keinen Helm mehr, weder die Hurratüte, bei den Königsjägern mit stählernem Nackenschutz, noch den Knitterfreien. Kunze kommt auch meist in der bequemen Mütze, der kann sich das leisten, der macht Innendienst. Aber Nikolovius muß. Toll, wie ich ihm den Tschako wegbesorgt habe! Darf keiner wissen, nicht mal mein Alter, ich weiß schon, wo bei den alten Knaben der wunde Punkt ist, auf die Umform lassen sie nichts kommen, da hört die Gemütlichkeit auf. Na, jetzt kiekt er erst mal in die Röhre.

Der Boxer ist weg. Zu Löblich gehen sie nicht mehr. Und Liesegang ist auch weg. Irgend etwas ist faul, wer weiß, was da gespielt wird. Vielleicht bereiten sie den Endsieg vor. Aber etwas ist in die Binsen gegangen, macht nichts, das wird schon wieder, das kriegen wir schon. Wenn sie siegen, kriege ich später auch einen Kürbiskopf. Kürbisse sind nützlich, brauchen hauptsächlich Wasser und haben viele Kerne, die kann man aussäen, zum Beispiel in dem verwahrlosten Garten da hinter den abgewrackten Lokomotiven. Dann gibt es immer neue Kürbisse.

Der Garten wär was für mich, denkt Schimmelpfennig, scheint ja nicht bebaut zu sein. Gehst morgen einfach mal hin mit Spaten und

Harke und einer Tüte voll Kürbissamen. Vielleicht brauchst du gar keine Laube, nimmst die Lokomotive hinter dem Zaun, richtest dich in dem Führerhaus und wenn möglich in dem ganzen langen Kessel häuslich ein, das ist 'ne Idee. Treffpunkt Kesselraum, da sucht dich kein Mensch. Was brauchen wir Löblichs Vereinszimmer? Wenn aber nichts mehr werden sollte aus dem Verein, dann ist doch die Laube besser, stellst dir 'n Sofa rein, ein rotbezogenes, kann ruhig alt sein, ganz billig von Formanowitz. Wenn du deine Wasserköpfe begossen hast, setzt du dich drauf und liest was: «Der Weltkrieg in Wort und Bild» oder «Im Felde unbesiegt».

«Es ist jetzt freitags immer so still», sagte Frau Wratsidlow beim Milchholen. Frau Frick füllte, mit dem Achtelmaß aus dem eingebauten Bottich schöpfend, ihre Kanne voll.

«Sie können sich doch nicht beklagen. Auf unserm Hof war noch nie Lärm.»

«Ich höre, wenn es sein muß, drei Häuser weit, unterscheide die Geräusche in jeder Wohnung, bei mir hinten und hier in Ihrem Vorderhaus sogar bis zum vierten Stock 'rauf.»

«Machen Sie keinen Unsinn», sagte Frau Frick.

«Sie brauchen es mir nicht zu glauben. Es ist gar nicht angenehm, wenn man so gut hört. Das geht schon frühmorgens los mit den Hähnen, nicht bloß Gärtner Schulz seine, sondern auch von da hinten an der Yorckstraße, ich weiß nicht, wer da welche hat. Und dann die Züge, von der Wannseebahn, von der Bautzener Straße, sogar die vom Gleisdreieck höre ich. Wir leben ja hier wie auf einer Insel zwischen lauter Bahnstrecken, Züge 'rein und 'raus, das geht die ganze Nacht. Bloß zwischen zwei und fünf ist es ein bißchen stiller, da fahren nur ein paar Güterzüge. Wenn es hell wird, geht es auf der Straße los, die Milchwagen, das Kannenklappern bei Ihnen um halb sechse. Nee, Frau Frick, ich weiß, das muß ja sein. Nicht daß Sie denken, ich will mich beschweren. Eigentlich meine ich gar nicht die Milch und auch die Bahn nicht oder die Hähne, es ist bloß so: eins kommt zum andern, nicht wahr. Warum wird denn jetzt nebenan nicht mehr gesungen, freitags? Zuerst habe ich mich gewundert, aber man gewöhnt sich an alles. Das ging immer mit der Waldeslust und mit dem andern, das aus meiner Heimat, Sie wissen schon, von dem Raubmörder Jaromir, den sie nicht erwischen konnten. Wenn bei uns zu Hause Jahrmarkt war, dann sang es Altenburg, der reiche Karussellbesitzer, auf Wunsch seiner Freunde, nötig hatte er es ja nicht. Sang es vor einer Tafel voller Bilder, die sah aus wie 'ne Schultafel. Darauf waren die Untaten des Verbrechers gemalt, schön bunt, für jede Strophe ein eigenes Bild, Altenburg zeigte es mit einem langen gelben Zeigestock und sang dazu mit seiner schönen dunklen Stimme. Mich mochte er von all meinen Geschwistern am liebsten, ich durfte auf seinem Karussell umsonst fahren. Ich blieb oft bei ihm, wenn es schon ganz dunkel war und die meisten Leute nach Hause gegangen waren. Dann zog er die große rote Lade auf, die unter seinem Wohnwagen angebracht war, und langte einen Totenschädel heraus, den hatte er immer darinnen liegen. Der bringt Glück, sagte er. Poltert er nicht hin und her, wenn Sie über Land fahren? fragte ich. Manchmal schon, sagte er, aber das macht nichts. Wenn Altenburg dabei war, hatte ich gar keine Angst vor so was. Bloß vor dem Mörder aus der Moritat hatte ich Angst, weil sie ihn nicht erwischen konnten. Ich mußte öfters an unserem Stadtgefängnis vorbei und an der hohen Mauer, hinter der, wie es hieß, die Schwerverbrecher hingerichtet wurden. Wenn sie ihn man da erst hätten, dachte ich. Bald traute ich mich abends nicht mehr allein vor die Haustür. Es war gut, daß Herr Altenburg damals in dem Winter bei uns wohnte, da konnte er mich beschützen. Wir haben ja große Wälder in meiner Heimat, denken Sie mal, die Romintener Heide, da kam der Kaiser zur Jagd, und die Johannisburger Heide, tagelang hätten wir gehen können, immerzu Waldeslust, das gab es bei uns, aber es war gefährlich, beim Beerenpflücken. Hinter jedem Busch hätte so 'n Kerl vorkommen können und uns überfallen! Ich träume heute noch manchmal davon, daß er wiederkommt, Herrn Altenburg umbringt und ihn in die Lade steckt zu dem Totenkopf

und mit gestohlenen Pferden, vierelang, über die Grenze nach Rußland rumpelt. Ach Gott, Träume sind Schäume, der Karussellbesitzer
ist lange tot, dem kann er nicht mehr schaden, der hat lustig gelebt
und ist selig gestorben. Eimerweise hat er das Geld gescheffelt, wenn
wir Jahrmarkt hatten, lauter Groschen und Sechser, davon ist nichts
übriggeblieben, wie gewonnen, so zerronnen, sagte meine Mutter.
Weihnachten fuhr er gewöhnlich nach Berlin, und wenn er zurückkam, brachte er für jeden von uns was mit, für Vater, Mutter, meine
Geschwister und für mich. Einmal war es sogar ein Grammophon, so
eins mit riesigem Trichter wie ein Lilienkelch, Sie wissen schon.»

«Elektrola», sagte Frau Frick und strich sich mit dem Handrücken
ein paar Strähnen ihres schon ergrauten Haares aus der Stirn, «die
Stimme seines Herrn, mit dem Hund und dem Trichter auf dem Plakat.»

«So was. Damals noch ganz neu und eine große Seltenheit. Um
Mitternacht kam er mit dem Zug an. Wir schliefen schon, als er ins
Haus trat, oder lagen doch alle schon im Bett. Er ging 'rein und sagte,
wir sollten aufstehen und ansehen, was er mitgebracht hatte. Und das
taten wir denn auch und standen, Vater, Mutter, meine Geschwister
und ich, in langen Nachthemden um den Tisch 'rum, auf den er den
Kasten gestellt hatte. Zuerst drehte er an einer Kurbel, dann legte er
die Platte auf, schraubte einen Stift an die Membrane, ließ die Platte
kreisen und setzte den Stift vorsichtig an ihren Rand. Es kratzte etwas, aber dann, stellen Sie sich das mal vor, kam seine eigene Stimme
aus dem Trichter, ein bißchen blechern zwar, aber doch ganz gut er-
kennbar, wenigstens für mich.»

«Wie denn? Dem Karussellbesitzer seine Stimme?» «Wirklich und
wahrhaftig, Frau Frick, es war Altenburg, der da sang, und zwar genau wie auf dem Jahrmarkt in meiner Heimat, so sang er die Moritat
von dem bösen Jaromir. Er hatte sich in Berlin für mich aufnehmen
lassen, Geld genug besaß er ja, Plattenaufnahmen waren nicht billig.
Nachher legte er auch noch andere Sachen auf, damit wir wieder lustig werden sollten. Aber ich war es ja längst, ich hatte auch noch

nicht geschlafen, weil ich wußte, daß er in dieser Nacht wiederkommen würde.»

Siebentes Kapitel

Ein paar Leute in der Gegend träumen, der Boxer habe wieder gesungen, nicht mehr die Waldeslust, sondern Siehst du im Osten das Morgenrot; kurz nach Mitternacht, wenn der Schlaf jüngerer Menschen tief ist, wenn andere nicht mehr so gut schlafen. Vielleicht ist er nachts wiedergekommen.

Schimmelpfennig träumt von Schneidermeister Liesegang, der hat ihm nun endlich eine neue Uniform angefertigt, so träumt er, SA-Braun mit den schwarzen Spiegeln der brandenburgischen, der kurmärkischen Landesgruppe. Schimmelpfennig ist im Traum Sturmführer geworden, er trägt drei silberne Sterne schräg auf den Kragenspiegeln. Vor dem großen Spiegel des Schneiders in der Luckenwalder Straße steht er und staunt über den tadellosen Sitz des Hemdes, des Waffenrocks, der Breeches. Er steht in Strümpfen. Die Stiefel fehlen noch. Er zögert, sie bei Kasokat zu bestellen. Aber er hat keine Ruhe mehr, es geht ihm alles zu langsam, mit den Klamotten wie mit der Politik. Er behält die Uniform gleich an, stürmt, der Sturmführer, ohne Gruß 'raus und stürmt heim. Die Vorübergehenden, an denen er vorbeiläuft, in der Luckenwalder Straße unter den Hochbahnbögen, sehen ihn verwundert an. Schimmel denkt: Das ist die Achtung, die alte Ehrerbietung des Zivilisten, die uns so lange gefehlt hat in der schlappen Zeit. Endlich kehrt der alte Respekt vor Uniformen zurück, die Zeit ist reif oder wieder mal reif, man wird sich nicht mehr bei Löblich im Hinterzimmer verkriechen müssen, es geht auf die Straße, damit Deutschland erwache, die Mißwirtschaft ist zu Ende.

Am Gleisdreieck trifft er niemand, aber gleich am Anfang der Yorckstraße ist es anders. Da glotzen ihn viele an, grinsen, bleiben stehen, fangen an, hinter ihm herzugehen, das macht ihn stutzig. Lebt da in dem Viertel ein vielleicht schon Sechzehnjähriger, sieht aber aus, als wäre er gerade erst schulpflichtig; er heißt Karlchen, ist ein bißchen zurückgeblieben, verblödet, und hat ein Froschgesicht. Hinter dem sind sie auch immer her, wenn auch bloß die Gören. Die hier sind aber alle erwachsen. Man sollte die Polizei rufen, aber wo ist sie? Wenn man sie braucht, ist sie nicht da: Nikolovius steht vermutlich am Bautzener Platz, das ist zu weit von hier. Kunze sitzt wie üblich im Büro, in der Eisenbahnerkaserne, macht Innendienst wie immer, hält den Kopf nicht gerne hin, wenn es losgeht. Er hat zwar viele Fäden in der Hand, kommt aber nicht auf die Straße, der kommt niemals aus irgendwelchen Büros auf irgendeine Straße, wenn der Rummel anfängt.

Schimmelpfennig beschleunigt den Schritt, auf einmal merkt er es: Hacke, Sohle sind aus Wolle, nicht aus Leder, nicht stoßeisenbenagelt, sondern gestrickt; es sind keine SA-Stiefel, nicht einmal Hauslatschen; Schimmelpfennig auf Strümpfen beschleunigt den Schritt, die Grinsenden im Gleichschritt hinterher. Es werden immer mehr, die ihm folgen oder die ihn verfolgen, wer folgt wem, verfolgt wen? Es ist allmählich eine ansehnliche Macht, die ihm folgt. Sie wollen ihren Führer sehen, und zwar von vorn, nicht von hinten. Er müßte stehenbleiben, sich umdrehen, aufhalten, was da folgt, organisieren, antreten, aufmarschieren lassen. Das drängt sich Schulter an Schulter von der Yorckstraße her bis in die Sackgasse am Friedhof, wo es nach Gewittern manchmal Überschwemmung gibt; das steht, staut sich vor Lehmanns Farbenhandlung an der Unterführung, oben fährt die Wannseebahn. Das füllt die ganze Unterführung aus, Kopf an Kopf, Kürbis an Kürbis, lauter Grinser, ein paar lachen schon frech heraus, man müßte ihnen was sagen, es kommen immer noch welche dazu, sickern bereits in den Friedhof ein, der Platz vor dem Eingang ist auch schon überfüllt, Gärtner Schulz öffnet das Hauptportal, damit immer noch mehr hinein können. Schimmel denkt: Dies ist der Augenblick, die einmalige Gelegenheit, jetzt fehlt der Boxer! Kaum gedacht, ist er auch schon da, klettert am Haus Nummer sieben die

Fassade hoch, von Heikes' Friseurschild aus über Konsolen und Tympanons, die alten Mietshäuser sind ja so praktisch für Fassadenkletterer, steigt an Wolnys, an Nikolovius' Fenstern vorbei, langt oben am Giebel an. Die Mauern von Nummer sieben werden auf einmal durchsichtig, wenigstens für Schimmelpfennig, er erkennt drinnen im Treppenhaus Kasokat, den Schuster, der hat das Tuch einer roten Fahne zusammengerollt unter dem Arm, er rast die Treppen 'rauf, nimmt zwei oder auch drei Stufen in einem Satz. Auch die Menge scheint das plötzlich zu sehen. «Boxer», schreit sie, «Boxer», und zwar im Chor wie bei Sportwettkämpfen, einige legen die Hände als Trichter um den Mund. Der Kommunist Kasokat hat den Trockenboden erreicht, schwingt sich zu dem rostigen Rahmen des Dachfensters empor. Als es ihm endlich gelingt, die Luke aufzustoßen, ist der Boxer schon oben bei Gipswilhelm, hat die neue Fahne mit dem neuen Kreuz an einem neuen Seil befestigt und zieht sie unter dem Gejohl der Menge an dem alten Mast hoch. Der Boxer ruft etwas herab, da vergeht denen da unten das Geschrei, alles Lachen erlischt den Lachern und Grinsern unten auf der Straße vor Lehmanns Farbenhandlung, in der Unterführung, auf dem Friedhof. Sie recken auf Kommando des Boxers den rechten Arm bis in Augenhöhe und rufen Siegheil. Als Kasokat das hört, läßt er von der Luke ab, geht zum Kamin, der durch den Trockenboden führt, öffnet die Blechtür, dann die Eisentür, steckt die zusammengeknüllte rote Fahne hinein, macht zu, schleicht die Treppen hinab. Währenddessen erreicht Schimmelpfennig, von niemand mehr behelligt, sein Haus, Löblich-Eck, das Haus gegenüber, geht zum zweiten Stock 'rauf, in seine Wohnung, schließt die Tür, legt die Kette vor, tritt an die Garderobe und sieht in den Spiegel, sieht die Bescherung: Liesegang hat ja die neue Uniform gar nicht fertig gemacht. Es fehlen noch die Ärmel, der Kragen, die Schulterstücke. Die Nähte sind nicht versäubert, auf Brust und Rükken stehen noch die Kreidestriche. Da packt Schimmelpfennig die Wut. Er rennt ins Herrenzimmer, nimmt den Briefbeschwerer vom Schreibtisch, einen bronzenen Stahlhelmer, Büste mit Helm, in eine

Marmorplatte geschraubt, damit rennt er zurück zur Flurgarderobe und wirft sie in den Spiegel. Das Glas splittert, die getroffene Stelle zeigt Holz, Scherben fallen herab. In die stehengebliebenen Teile fressen sich Sprünge, der Spiegel ist auf einmal Eis, ein zugefrorener Landwehrkanal, jemand ist 'raufgesprungen, eingebrochen, untergegangen. Schimmel wird wach, es ist zwei Uhr morgens. Träume sind Schäume, der Schneider wohnt gar nicht mehr Luckenwalder Straße, aber der Boxer ist wieder da, das träumt er nicht. Es ist Bittrich, oder in der Wohnung unter Schimmelpfennigs Wohnung singt einer mit der Stimme des Boxers Bittrich zwei Stunden nach Mitternacht, nicht die Waldeslust, sondern Siehst du im Osten, zwischen zwei und drei siehst du noch nichts, jedenfalls nicht um die Jahreswende, also mitten im Winter. – Es ist keine Täuschung, denn die Witwe Wratsidlow hat es auch gehört, auf sie kann sich jeder verlassen, was das Hören angeht.

Er ist also nachts wiedergekommen, bei Nacht und Nebel, nur für die Nacht; kommt, genauer gesagt, um Mitternacht und bleibt bis zum Morgengrauen, bis es im Osten morgenrot wird oder auch nicht. Er kommt in mehreren Nächten und ist morgens wieder weg. Wäscht und rasiert sich, kocht Kaffee, bestellt die Königsjäger und ist wieder weg. Auch Wolny wird bestellt, und zwar mit seiner Gitarre, zur Begleitung der Kampflieder, denn Bittrich hat kein Klavier. Er gibt Richtlinien, Anordnungen, Anweisungen, bestimmt Abordnungen und ist wieder weg. Dann kehrt er überraschend zurück, läßt Schnappauf von der Gasanstalt kommen und sagt: Hast du schon nicht, konntest du damals nicht, so beweise wenigstens jetzt oder stelle unter Beweis, zeige, was du kannst oder nicht kannst, was du im Kasten hast oder auch nicht. Klaue dem Holzjuden so viel Holz wie nur möglich, hole es unterm Zaun weg in der Bautzener oder nimm den Zaun selber, immer lange, handliche Latten, Knüppel oder Fackeln oder Knüppel für Fackeln, am besten Kienholz, gutes harziges Holz schneidest du, schneidet ihr von der Gasanstalt, von der Goten-, der Ebersstraße oder vom Kaiser-Wilhelm-Platz oder von wo, schneidet es handgerecht, fackelknüpplig, Apparate, die man fest in der Hand halten, die man schwingen kann, mit denen man Gegner notfalls zusammenschlagen, allen, die nicht mitmachen wollen, aufs Maul hauen kann.

Achtes Kapitel

Es gab da in diesem Viertel zu viele dunkle Ecken. Natürlich war das manchmal vorteilhaft. Hieß es zum Beispiel: Straße frei, und gleich darauf peitschten Schüsse, so war man schnell in Deckung. Abgesehen davon: die meisten Wohnungen waren viel zu dunkel. Hinter Tapeten, in den Ritzen alter Bettgestelle, in Türen und Portieren gab es Wanzen und in den Küchen Schaben, sie wurden auch Schwaben genannt oder Russen oder Franzosen, Preußen hierorts nie. Während der Woche saßen sie meist friedlich im stockdunklen Bratofenrohr, sonntagnachmittags aber wurden sie, wenn Vater Zeit hatte, mit kochendem Wasser aus ihren Schlupfwinkeln geschwemmt, schwammen massenhaft mit der zurückkehrenden, schon etwas abgekühlten Flut in den vor die Bratofentür gestellten Eimer, dicke braune oder schwarze Burschen mit großen Fühlern und sechs langen Beinen, die dann leblos waren und sich nur noch nach der Strömung richteten.

Am dunkelsten waren die Klosetts, und zwar wegen eines schmalen Hängebodens, der noch hinter dem – meist mit Holz verschalten – Sitzbecken als etwa drei Meter langer Schlauch zu einer Luke führte, die eine Art Fenster sein sollte. Ein nahezu kugelsicherer Raum also. Lesen konnte man dort nur bei hellstem Sonnenwetter, sonst mußte man Licht anmachen, das war nicht so einfach. Das Elektrische wurde in diese Wohnungen, die in den neunziger Jahren neu und mit ihren später meist sinnlosen Zimmerklingeln feudal und hochmodern gewesen waren, erst sehr spät eingebaut. Die sogenannte Gesellschaft, die Schimmelpfennig hier als Verwalter eingesetzt hatte, brauchte ihr Geld anderweitig. Wer das nicht einsehen wollte oder konnte, mußte ausziehen. Als dann das Elektrische endlich kam, blieb dennoch in vielen Klosetts die kleine Petroleumlampe griffbereit auf einem Paneelbrettchen stehen. Es war angebracht über dem einfachen Drahthalter für Zeitungspapier in Quartformat. Krepp-Papier war noch ganz ungewöhnlich in dem Viertel. Frau Jambor führte in ihrem Seifenladen bald, nachdem der Fliegenbart an die Macht gekommen war, die bekannten Rollen ein, sie wurden aber selten gekauft. Die Leute, vom Staat gezwungen, eine Zeitung zu abonnieren, hatten genug Papier. Frau Frick interessierte sich sehr dafür. Leider kam sie selten zum Lesen, nicht einmal am Feierabend, da gab es für die Söhne zu tun, eher noch untertags einmal, ausnahmsweise sogar zweimal in jenem dunklen Raum, das heißt, wenn es ein einigermaßen heller Tag war. Im Laden vertrat sie dann Erwin, später Max. Erwin war in einem schwierigen Alter. Er hatte sich – sehr gegen den Willen von Frau Frick – die halbe Fackelnacht um die Ohren geschlagen, jene Nacht, in der die Königsjäger und die Burschen von der Gasanstalt, Krethi und Plethi, Randalierer der ersten Sorte, mit Fackeln, teilweise aus Goldschmidtschem Besitz, durchs Brandenburger Tor, die Linden 'rauf und die Wilhelmstraße 'runtergezogen waren, um ihren Führer zu sehen. Frau Frick machte kein Auge zu vor Angst um ihren Ältesten, wartete in der Küche, bis er wiederkam, und zwar siegreich.

Erwin hatte nicht gut gelernt, war aus der Quarta der Fichte-Realschule geflogen, sollte dann bei Lehmann Maler werden, veruntreute Kassenbeträge und stieß zu Schnappaufs Jugendgenossen. Das Heim befand sich an der Hauptstraße, Nähe Kaiser-Wilhelm-Platz, im Hintergebäude der sogenannten Maison de santé, einer ehemaligen privaten Nervenklinik. Nun konnte Erwin, zumal an den Vormittagen, seine Mutter im Geschäft vertreten, wenn es nötig war. Gern sah sie es nicht, denn auf ihn war wenig Verlaß, aber was sein muß, muß sein, sie beeilte sich immer, kam kaum zum Lesen, schaute sich nur die Bilder an. Auf diese Weise hatte sie den neuen Mann kennengelernt – nicht ihren eigenen, Frick lebte noch, und nach seinem Tod heiratete sie nicht mehr. Sie erschrak, als sie das Bild in der Zeitung zum erstenmal sah, zeigte es ihrem Alten: Der sieht ja aus wie Heikes!

«Sage das bloß nicht, wenn Kunden im Laden sind», brummte Frick. Im Grunde gab er seiner Frau recht. Das Foto in der Zeitung, dieses fanatische Gesicht mit dem kleinen schwarzen Karo unter der Nase, glich, man kann sagen aufs Haar, dem Einseifer, der sich nicht ungern Haarkünstler nannte. Vater Frick ging zwar immer noch zu ihm, aber er war nicht gut auf ihn zu sprechen. Was war denn seine ganze Kunst gewesen? Er hatte eines Tages unter aufgebauschten Vorwänden Fricks ollen ehrlichen Zwirbelschnurrbart ebenfalls auf Kleinkaroformat gestutzt, und zwar unverlangt und, genau genommen, ohne Einwilligung des Kunden. Frick hegte sogar den Verdacht, der Friseur halte es mit den Königsjägern. Deshalb begrüßte er ihn eines Tages beim Betreten des Herrensalons mit «Heil Heikes». Der Angeredete wurde blaß. Als der Kunde, den er gerade unterm Messer hatte, weggegangen war, fragte er Frick etwas weinerlich, ob er denn seinen baldigen Ruin wolle. Er, Heikes, sei nicht ganz arisch, und Freunde von Fricks Erwin, arbeitsscheue Herumtreiber aus der Gotenstraße oder von sonstwo rings um die Schöneberger Gasanstalt, Brüder, die oft noch im Niemandsland zwischen Hakenkreuz und Roter Fahne pendelten, hätten ihn wissen lassen, und zwar im Sprechchor mit nachfolgendem Trommelwirbel, die Juden seien ihr Unglück. Er habe beteuert, daß er nur Halbjude sei. Darauf habe ihn einer von Erwins Clique «halbe Portion» genannt.

Nach den Schwierigkeiten in der Schule und bei Lehmann – Farben, Lacke, Bleiweiß – hatte Erwin beschlossen, politisch tätig zu werden, es fragte sich nur, für wen. Sollte er das Vaterland retten oder die Arbeiterklasse? Er wollte beides und zog deshalb das Braunhemd an. Als er Schnappaufs Jugendgruppe beitrat, war es gerade wieder verboten, und er bediente sich statt seiner eines gewöhnlichen weißen Oberhemdes. Dazu trug er schwarze Manchester-Breeches, die hatten ihm seine Eltern gekauft, nicht für die Jung-Königsjäger, sondern für eine Ferienfahrt in den Harz. Er trug auch noch die braune Samtmütze mit dem weißgrünen Band und den zwei Sternen, Überbleibsel seines Zwischenspiels an der höheren Schule. Ihretwegen gab es gleich

Streit mit dem Unterbannführer Schnappauf. Begreiflich, daß dieser – auch er hatte die Realschule nach drei Jahren verlassen, allerdings schon nach Quinta, die Sexta mußte er wiederholen –, begreiflich, daß dieser die braune Farbe so gut wie überall, nur nicht an Schülermützen vertragen konnte. Auch hatte er etwas gegen Samt, sprach sich gelegentlich gegen Samthandschuhe aus, obwohl solche noch nie zu irgendwelchen Dienstanzügen gehört hatten. Sterne waren den Jungbraunhemden nur auf Schulterklappen interessant, an Kragenspiegeln bedeuteten sie, da von der SA getragen, die Konkurrenz innerhalb der Bewegung, und an Mützen schlechthin ein Brechmittel: Abzeichen der Reaktion.

Vater Frick quittierte frühzeitig den Dienst im Stellwerk auf dem Gleisdreieck, er hatte Gallensteine und mußte sich pensionieren lassen, so erlebte er nur noch die Anfänge dieser Entwicklung. Den neuen Vorgesetzten seines Sohnes, Schnappauf, der ganze drei Jahre älter war als der Jugendgenosse Erwin Frick, kannte er gar nicht. Schnappaufs Vater war Mitglied der KPD, häufig betrunken und auch in nüchternem Zustand nicht gut auf seinen Sohn zu sprechen, was diesen in die Arme des Boxers und damit in die der endlich siegreichen Partei getrieben hatte.

Erwin war kein guter Sänger, deshalb mußte er gleich am Anfang seiner Tätigkeit für die Bewegung viel üben. Er saß dann in der Küche, einem schlauchartigen Raum nach hinten hinaus, saß dort an dem einzigen, furchtbar hohen Fenster und probierte Kampflieder, sang stundenlang in schleppendem Tempo jenes merkwürdige Lied, das immer die gelähmte, halbblinde, aber hellhörige Nachbarin, die Witwe Wratsidlow, auf den Plan brachte. Auch sie saß nachmittagelang am Fenster, verließ ihre Kellerwohnung, Stube und Küche, gewöhnlich nur morgens, wenn sie, am Stock mühsam über den Hof, durch den Flur des Vorderhauses in den Laden schlurfend, bei Frau Frick ihre Milch holte. Immer wieder mal kam sie auf Erwins neue Melodie zu sprechen, die eigentlich alt sei, fünfzig, sechzig Jahre, eine Moritat aus Ostpreußen auf einen damals berüchtigten Raubmörder, den die Polizei nicht hatte einfangen können. Er war in die Johannisburger Heide gelaufen und wohl nach Rußland hinübergewechselt. Später hieß es, er sei wieder aufgetaucht, in Angerburg, in Goldap und wo noch. Aber Genaueres habe niemand sagen können, und dann gab es Krieg. Erst kamen Rennenkampf und Samsonow, später Hindenburg und Ludendorff. Jahrelang wurden in den masurischen Wäldern Leichen gefunden, Skelette im Schlamm, der Moortod mit angerostetem Zarenadler, auch Schädel mit Spitzenhelmen, feldgrau überzogen, am Stirnteil farbige Regimentsnummern aufgenäht, 33, das Füsilierregiment Graf Roon aus Gumbinnen, die Acht auf der Tschapka der Donah-Ulanen, die Eins auf dem Überzug der hohen Pickelhauben mit langem Nackenschutz über dem welken Kürbiskopf eines toten, erst sommerroten, dann herbstbraunen, dann winterweißen Posener Königsjägers an irgendeinem Seeufer im Kranichland, letzte Biwaks im Schilf oder unterm Eichenstock, grenznah; Söhne vom San und aus Königsberg, vom Ural und aus Taganrog die einen, die andern aus Küstrin und der Uckermark. Da reicht die Moritat nicht aus, wenn die Kraniche ziehn, die wilden Schwäne und die Versprengten her und hin, da fragt keiner mehr nach dem Mörder in großer Zeit.

Frau Frick hatte wohl ihre Gründe, in der Fackelnacht besorgt zu sein, seufzend und einsam – Max schlief im Nebenzimmer – auf Erwins Rückkehr zu warten. Die Straßen waren in den Tagen vorher immer unruhiger geworden. Lastwagen brausten vorbei, solche voll Steif-, solche voll Schlappmütziger, die einen braun oder schwarz, die andern grau, die einen in Braunhemden, die andern in Windjacken, sie schwenkten rote Fahnen, die einen mit, die andern nicht mit den weißschwarzen Zeichen; sie warfen Zettel, denunzierten gegnerische Parteien oder brüllten Vorübergehende als Deutschland an und forderten sie auf, wachzuwerden, obwohl sie offensichtlich nicht schliefen.

Die Milchpreise stiegen. Schnappauf kam den Weg von der Gasanstalt, von der Goten-, der Eberstraße herüber, besuchte Erwin, kaufte auch mal was, trank ein Glas Milch, verzehrte einen Mohrenkopf und verabschiedete sich von Frau Frick mit Handschlag über dem Ladentisch. Der Fliegenbart – er erschien jetzt immer häufiger in den Zeitungen – wollte ihr gar nicht mehr so haarsträubend vorkommen, merkwürdig, an was man sich gewöhnen kann, vielleicht trugen auch die schlechten Lichtverhältnisse dazu bei. Man schrieb Januar, vormittags war es meist lange dämmrig, und auch später traute sich die Sonne kaum hervor. Auf den Straßen war es so unsicher geworden, wie es seit 1919 nicht mehr gewesen war. Begegneten sich in der Nähe des Milchladens zwei Lastautos mit Fahnenschwenkern und Zettelwerfern verschiedener Richtung, dann empfahl es sich, jenen zwar düsteren, aber nahezu kugelsicheren Raum aufzusuchen, auch wenn die Tageszeitung bereits ausgelesen war. Sie wurde dann gar nicht entbehrt. Man ist ganz Ohr, sitzt gleichsam in einem riesigen inneren Ohr auf dem Amboß des Klosetts, spielt aus Nervosität mit dem Hammer, dem Griff an der Spülung, zerrt an dem steigbügelartigen Drahtgebilde, wo fein in Quartformat geschnitten die Zeitungen von voriger Woche hängen, und horcht durch den langen schmalen Gang zur Luke, durch die Eustachische Röhre, Tube oder Ohrtrompete auf Geräusche vom Hof.

Die gefährlicheren Geräusche von der Straße nehmen durch mehrere Wände und geschlossene Türen ihren Weg. Da waren keine Pferde, aber scharfer Peitschenknall, und nachher zählten Straßenlümmel Schußspuren an der Hauswand. Mutter Frick fiel auf, daß die Polizei immer nachlässiger wurde, wenn es sich um die Randalierer mit den steifen Mützen handelte. Sie hielt das für ungerecht, aber der Fliegenbart in den Zeitungen war ihr schon ein gewohnter Anblick, und ein richtiger Unterbannführer, nämlich Schnappauf, hatte Erwin gelobt; sie war so etwas nicht gewöhnt, und daher stimmte sie nicht gleich zu, als Frau Wratsidlow ihrem Entsetzen Luft machte, weil braungekleidete Rowdies auf offener Straße den Friseur Heikes geohrfeigt hatten. Heikes war vielen Vorbildern gefolgt, die in jenen Tagen den Ruf Hakenkreuzfahnen schwenkender, Zettel werfender Lastwagenbesatzungen: «Deutschland, erwache!» mit dem Satz «Hitler kocht Kaffe», zweite Silbe von Kaffee ortsüblich abschwächend, beantworteten. Diese Antwort hatte einen Sturmführer veranlaßt, dem Fahrer des Wagens den Befehl zu geben, hart an die Bordschwelle zu steuern und anzuhalten. Ohne erst die Klappe aufzumachen, sprangen zwei steifmützige Schläger, Sturmriemen 'runter, vom Lastwagen auf das Trottoir. Der eine ergriff den verschreckten Barbier und hielt ihn fest, damit ihn der andere ohne die von Schnappauf verabscheuten Samthandschuhe mehrmals in jene – von dem Sturmführer als solche bezeichnete – freche Schnauze paukte, die einer prominenteren lächerlicherweise aufs Haar glich. Die Folge war, daß Heikes seinen Beruf fortan nicht mehr auszuüben wagte. Das Geschäft übernahm sein Schwiegersohn.

Eines Sonnabends lieh sich Schnappauf den Dienstwagen, mit dem der Boxer neuerdings seine häufigen Fahrten machte. Er lud Erwin und Frau Frick zu einer Spritztour in den Grunewald ein. Sie passierten das Riemeister Fenn, den kleinen Stern, Teufelssee, Eichkamp. Frau Frick freute sich, sie kam ja selten genug aus ihrem Laden. Was Schnappauf im Café Hundekehle bei Schwarzwälder Kirschtorte von der Bewegung erzählte, interessierte sie sehr. Später auf den Freibadterrassen hörte sie, Sahne-Eis oder Cherry Brandy standen zur Wahl, nicht vom Boxer, nicht von dem mißglückten Anschlag auf den Goldschmidtschen Holzplatz in der Bautzener Straße, sondern von Parteiaufmärschen in Harzburg, in Nürnberg. Die jungen Herren hatten je eine Weiße mit Schuß, also Landré-Breithaupt und Himbeersaft; sie fuhr mit ihren jugendlichen alten Kämpfern – Kavalieren der jungen Nation, Jugend von Jugend geführt, und Ein Volk steht und fällt mit seinen Müttern – durch den abendlichen Grunewald, ließ sich von ihrem Führer erzählen, tauchte ein in den Nebel der Saubucht, in den Mythos des laufenden Jahrhunderts angesichts der ernsten Bäume, meist Kiefern; sie war bereit, Eindrücke zu revidieren, zu korrigieren, als Erwin schrie: «Da ist er!» und Schnappauf stoppte. An ihnen vorbei, von der Wandalenallee her, sauste eine Autokolonne; vorn in dem schwarzen offenen Mercedes, das war er, neben dem Fahrer der Führer. Allen dreien, nicht nur der Frick, verschlug es den Atem, die beiden Jugendgenossen rissen den Arm empor, sie folgte mechanisch. Der andere grüßte finsteren Gesichts, ohne sie anzuschauen, Blick geradeaus in den Nebel, in die Zukunft, in das Volk hinein und wieder zum Volk hinaus; er malte mit Stechblick, stach Stahl, fabrizierte Stahlstiche, rot und schwarz kolorierte Postkarten des neuen Deutschland, er grüßte mit der rechten Hand, die er weit hinter die Schulter zurückbog. Heikes, dachte Frau Frick, und wieder: Das ist Heikes, nach durchzechter Nacht, durchwachter Nacht. Dachte sie, sagte aber kein Wort. Ihre Jugendgenossen, die jungen Helden, die Söhne, nun auch schweigsam, achteten das, sie hielten es für Ergriffenheit.

Fast so finster wie die Klosetts war der Flur des Mietshauses sieben. Bis zum Zusammenbruch der Westfront 1918 hatten sich hier die schwarzen Eisenreliefs Moltkes und Roons gehalten, dann wurden sie von Deckung suchenden Spartakisten entfernt und auch später nicht wieder aufgehängt. Es wäre ein günstiger Platz für die neuen Männer gewesen, für die Kürbisschädel der Kunze und Schimmelpfennig, aber Porträtbüsten von Staatslenkern oder Heerführern, Hautreliefs von Anschaffern und Einpeitschern in Hausfluren kamen aus der Mode. Noch weit in die Weimarer Zeit hinein zeigten die alten, längst abgehängten Reliefs ihre Konturen auf der schmutziggelben Wand. Nahe der Milchglastür zum Hof war die kleine dunkelbraune Tür, die zur Kellerwerkstatt des ständig unrasierten Schusters Kasokat führte. Den ganzen Tag dröhnten während der Woche seine Hammerschläge aus dem Keller durch das Haus. Hier kam Heikes, seitdem er nicht mehr ins Geschäft ging, täglich zwei- oder viermal durch: morgens, wenn er bei Fricks Milch, manchmal auch abends, wenn er bei Löblich Bier holte, öfter zeigte er sich nicht, aber auch das war den Leuten von der Maison schon zuviel. Selbst Erwin, dessen Mutter immerhin von diesen Gängen profitierte, fand es jetzt untragbar, daß ein Halbjude ganz offen die Physiognomie des Führers dem Gespött der Menschheit preisgeben durfte. Schnappauf, seit seinem Mißerfolg bei

Goldschmidt immer in Angst, erfolglos zu bleiben, wollte gleich aufs ganze gehen, ließ sich dann aber von Erwin beschwichtigen. Erwin erhielt den Auftrag, zu versuchen, ob sich das Ärgernis ohne Gewalt aus der Welt schaffen ließe.

Frau Fricks Ältester war kein Frühaufsteher von Natur, doch pflichtbewußt in allem, was die Maison betraf. Er paßte also frühmorgens den Friseur im Hausflur ab und legte ihm nahe, sich von dem kleinkarierten Bart zu trennen, wenn er nicht erhebliche Unannehmlichkeiten in Kauf nehmen wolle. Für Heikes wäre nicht einmal eine Ausgabe damit verbunden gewesen, sein Schwiegersohn bediente ihn selbstverständlich kostenlos. Aber er hatte bei seinem Temperament einen furchtbaren Zorn auf alles, was mit den Zettelwerfern zusammenhing; er schwieg, sah den Jugendgenossen starr an mit dem Stechblick, dem Stahlblick, dem Grunewaldblick, jenem aufreizenden Geschau, das bald danach berühmt und berüchtigt war, allerdings nur bei seinem prominenten Doppelgänger.

Erwin gab dem Friseur Bedenkzeit. Das sei nicht nötig, sagte Heikes, er behalte den Bart sowieso. Der Jugendgenosse Frick jedoch kam mittags wieder in den Hausflur, stieg die drei Stockwerke zu Heikes' Wohnung hinauf und läutete. Der Friseur schaute durch den Schlitz, Erwin spürte das, man spürt es immer, wenn durch das kleine verglaste Loch in der oberen Hälfte der Wohnungstür jemand ein Auge auf einen richtet, selbst wenn man, was gut möglich ist, das Wegschieben der kleinen blechernen oder ledernen Schutzplatte nicht bemerkt. So etwas wirkt meist beschämend, entwaffnend. Erwin versetzte es in Wut.

Friseur Heikes lag eines Morgens steif im Flur des Hauses Nummer sieben, wo Nikolovius wohnte und der letzte Kaiser in Gips hoch über dem Eckgiebel thronte.

Zu Hause war Erwin Frick immer schon sehr verschlossen gewesen, niemals aber so wie in den Tagen, die auf seine wiederholten Besuche im Haus Nummer sieben folgten. Nach jener Nacht, in der Heikes im Hausflur erstochen wurde, weigerte er sich sogar zu essen.

Stundenlang stand er an dem großen, furchtbar hohen Küchenfenster und starrte auf den Hof hinaus. Seine Mutter war halb krank vor Angst und Ungewißheit. Polizist Nikolovius ging ein paarmal an dem Milchladen vorüber, in Zivil. Frau Frick hielt dennoch den Atem an, wenn sie ihn sah. Die Polizei lenkte den Verdacht mit Kunzes Hilfe in den Schusterkeller des Hauses Nummer sieben, auf den jähzornigen Kasokat, dem konnte immerhin seine Mitgliedschaft beim jetzt verbotenen Rotfrontkämpferbund nachgewiesen werden.

Die Untersuchungen schleppten sich wochenlang hin. Zum Glück brannte bald der Reichstag, so daß die Leute anderweitig interessiert waren. Die gelähmte, halbblinde, aber hellhörige Nachbarin humpelte wieder über den Hof, durch den Flur, auf die Straße, in den Milchladen, barhäuptig, hatte aber gegen die kühle Luft des Frühjahrs ein dunkles Umschlagtuch mit Fransen über die Schultern gezogen. Sie redete von einem zweischneidigen blutigen Messer, dessen Klinge die Aufschrift Blut und Ehre trug, Frau Frick wurde ganz schlecht davon. Ein solches Messer sollte irgendwo gefunden worden sein. Frau Wratsidlow wußte von ähnlichen Messern aus früherer Zeit zu erzählen. Dann kam sie auf den toten Friseur zu sprechen.

«Ermordete, deren Tod nicht gesühnt wurde, gehen um», sagte sie, «suchen ihren Mörder» – Frau Frick starrte sie an – «und finden den Weg; eine verschlossene Tür hält sie nicht auf, Kette und Vorhangschloß nützen nichts. Haben Sie nichts gehört, Frau Frick? Ach, Sie hören ja nicht so gut wie ich. Das geht tripp-trapp, immer tripp-trapp. Liegen Sie mal die halbe Nacht wach, vielleicht hören Sie es dann auch.»

Was weiß denn die, dachte Frau Frick, ich kann jetzt nächtelang nicht schlafen. Sie sagte aber nichts.

«Ich höre die Türen gehen», sagte Frau Wratsidlow, «sogar Türen in den Häusern der anderen Straßenseite, höre den Schritt auf der Treppe und dann das, was im Flur war, wo der alte bartlose Moltke neben dem schnauzbärtigen Roon hing. Im Vergleich mit der Fliege ist der Schnauz ein harmloser Bart. Wenn ein Messer auf den Boden fällt, noch dazu auf Fliesen, na das muß doch einer hören, und wenn er halbtaub ist, in stiller Nacht! Aber Schritte laufen weg, und die Haustür wird von draußen wieder geschlossen, verstehen Sie, da muß es doch einen Nachschlüssel geben, oder einer der Hausbewohner hat seinen zweiten Schlüssel jemand ausgeliehen, der nicht in dem Hause wohnt. Kommen Sie man zu sich, Frau Frick, wir beide brauchen uns doch nicht zu fürchten! Was wollen sie denn mit uns alten Frauen? Leid tut er mir schon, der Heikes, obwohl er ein Dickschädel war. Und nun kommt er hier in jedes Haus, Nacht für Nacht, kommt auf jeden Hof und singt.»

«Was?» rief die Milchfrau, «Sie haben den Friseur singen gehört?» Die Wratsidlow nickte.

«Er singt das Lied, das jetzt wieder modern ist, aber er singt es mit meinem alten Text, manchmal ist es ganz nah und dann ein bißchen weiter weg, so, als wenn es draußen auf dem Hof vor Ihrem großen Küchenfenster wäre. Im finstren Wald, dort wo die Räuber wohnen …»

«Na nu machen Sie mal'n Punkt», sagte Frau Frick, «das müßte ich ja hören, aber ich höre nichts, obwohl ich auch mal 'ne ganze Weile wachliege!» Verdrehte Person, dachte sie. Wenn die nicht bald aufhört, werde ich ihr sagen, sie soll nächstesmal ihre Milch woanders holen.

Abends, als Max schon schlief, saß Erwin am Küchentisch, den Rücken zum Hoffenster, und tat, als ob er ein Buch läse. Seine Mutter saß ihm gegenüber und strickte, ließ das Strickzeug sinken und sagte: «Erwin, ist das wirklich wahr?»

Erwin schaute von dem Buch auf. «Was soll denn wahr sein, Mutter?» Es folgte eine lange Pause. Frau Frick hob ihre Schürze zum Gesicht und schluchzte lautlos. Erwin konnte das nicht ertragen, er stand auf, drehte ihr den Rücken und sah in den nächtlichen Hof hinaus.

«Dann mach, daß du rechtzeitig wegkommst», sagte seine Mutter hinter ihm.

«Wieso denn, warum denn? Weiß gar nicht, was du hast! Wir leben doch in einer ganz neuen Zeit, kannst du das nicht begreifen?»

«Geh wenigstens vom Fenster weg. Erwin, steh nicht immer so 'rum. Du mußt doch was tun.»

Heikes' Schwiegersohn verdächtigte, nachdem der Fahrtendolch gefunden worden war, die Maison de santé; Schnappauf wurde geladen, wenigstens pro forma, die Leute sollten sehen, daß man der Gerechtigkeit zuliebe bereit war, eigene Männer nicht zu schonen; später im Reichstagsbrandprozeß wurden ja auch nicht nur Kommunisten abgeurteilt, im Grunewald auch Braunhemden erschossen, wenn es auch nicht in den Zeitungen stand. Erwin sollte demnächst vor dem Richter erscheinen, aber noch war der Januar nicht ganz zu Ende, da kann man schon verstehen, daß Frau Frick besorgt war um den Ausgang des Fackelzuges für jenen berühmten Mann mit dem Fliegenbart, den sie – wenn auch nur noch insgeheim – verachtete. Sie atmete auf, als Erwin dann heimkam, müde, aber begeistert, die herabgebrannte Fackel in den roten Händen.

Diese Aufregungen blieben Vater Frick erspart. Er hatte es an der Leber gehabt und war im Herbst des Jahres vor der Fackelnacht im Virchow-Krankenhaus gestorben. Aber jetzt ging es erst richtig los. Eigentlich war es ein Glück, daß Erwin kurze Zeit später, als er den Handwagen voll Kartoffeln hinter seinem Fahrrad hatte und die steile Hochkirchstraße herabsauste, daß ihm da die Kette riß und die Handbremse versagte und er in das Schaufenster eines Grünkramladens unten in der Großgörschenstraße fiel und als alter Kämpfer der Maison de santé in eine Privatklinik für Blutzeugen am Teufelssee eingeliefert wurde, melancholische Grunewaldbäume vor den stillen Fenstern.

Als er dann wiederkam, spät, sehr spät, sahen die Straßen anders aus. Frau Frick war tot und die lahme Nachbarin war tot, Kasokat nicht mehr da. Wo früher Ecken waren, war es nicht mehr dunkel. Es grünte, es wuchs längst Gras darüber. Die Straße war jetzt hell, fast zu hell. Man konnte von Löblichs Ecke bis zum Gleisdreieck sehen, und dazwischen lagen viele, viel zu viele Gleise. Die meisten wurden gar nicht mehr benutzt.

Neuntes Kapitel

Überall tauchte Polizei auf. Anfang Februar überschwemmte sie die ganze Stadt, sie kam auch wieder auf Friedhöfe. Polizeieskorten in Paradeuniform mit Kränzen und Musik, hatt' einen Kameraden, drei Salven über dem offenen Grab, keine für den ermordeten Friseur, einen bessern findst du nit, wenigstens nicht in diesem Viertel. Er war eingebildet gewesen, hatte sich gern Haarkünstler genannt, ein Besserwisser und dennoch Meister seines Fachs, nicht nur auf dem Gebiet der Bartpflege, die der Anlaß, wenn auch nicht die Ursache seines Verhängnisses geworden war.

Nikolovius durfte schon wochenlang nicht mehr nach Hause. Er mußte alarmbereit in der Kaserne bleiben, schlief meist nur ein paar Stunden jede Nacht, wenn er Tagdienst, und jeden Tag, wenn er Nachtdienst hatte, in Hosen und Strümpfen auf der Pritsche, mit einer Wolldecke zugedeckt. Neben der Pritsche auf dem Schemel stand der Tschako. An der Tür hingen der Rock und das Koppel mit Schulterriemen und Gummiknüppel und der Pistole, geladen und gesichert, in der Pistolentasche. Draußen auf dem Korridor lehnte sein Karabiner neben vielen anderen Karabinern im Gewehrständer. Die meisten Einsätze wurden jetzt mit Karabiner gemacht. In allen Stadtteilen marschierten Polizeikordons mit umgehängten Karabinern. Hoch zu Roß kamen Polizisten mit Karabinern auf dem Rücken, Karabiner standen, zu Pyramiden zusammengestellt, auf dem Wilhelmplatz, dem Pariser-, dem Dönhoffplatz. Vor wichtigen Häusern waren Doppelposten aufgezogen, in allen Straßen gingen Polizeistreifen, Streifen wimmelten auf allen Plätzen, allerorten, trafen sich, begrüßten sich durch Anlegen der rechten Hand an die Kopfbedeckung, das war noch nicht abgeschafft, es geht nicht alles auf einmal. Erweisen des Grußes durch Heben des ausgestreckten rechten Arms bis zur Stirnhöhe, das kam erst später; überall dabei ist unsre treue Polizei. Wenn man sie braucht, ist sie nicht da, ist sie dienstlich verhindert.

Zwischen den Bülowbogen und der Monumentenbrücke war nicht viel Schutzpolizei zu sehen. Dennoch gab es mehr Uniformierte als sonst. Schimmelpfennig in Braun mit der bunten Ordensschnalle an der linken Brustseite trat mit benagelten Schaftstiefeln mehrmals das Trottoir vom Bahnhof Großgörschenstraße bis zu seinem Wohnhaus, Löblich-Eck. Manchmal fuhr er in Boxer Bittrichs Wagen vor, neben ihm saß in voller Uniform der Unterbannführer Schnappauf. In Schimmelpfennigs Wohnung fanden lange Besprechungen statt. Horst holte von Zeit zu Zeit Schnaps und Zigaretten von Löblich 'rauf. Auf langen Listen, Mietverzeichnissen der Wohngenossenschaft, wurden Namen studiert, Namen angestrichen, ausgestrichen. Heikes' Name wurde ausgestrichen. Man ging gründlich vor und nicht zu schnell, gut Ding will Weile haben, oft und lange leuchteten für die Rettung des Vaterlandes vor aufsässigem oder rassisch minderwertigem Gesindel Schimmelpfennigs hohe Fenster in solche Nächte des Anstreichens und Ausstreichens.

Die Fensterfront unter Schimmelpfennigs Wohnung blieb immer dunkel. In der Wohnung wurde weder gesungen noch rasiert, weder gewaschen noch Kaffee gekocht. Deutschland war jetzt wach, auch bei Nacht, nicht nur Frau Wratsidlow war wach, nicht nur Frau Frick, auch Kasokat in Nummer sieben und Goldschmidts an der Hochbahn. Dafür schliefen andere: Erwin am Teufelssee und Heikes auf dem Matthäifriedhof. Nikolovius ging zu dieser Zeit mit Dinah nicht mehr dorthin. Der Boxer hatte sein Quartier verlegt.

Während der ganzen Zeit, in der diese Dinge sich ereigneten, spielte Max Frick mit seiner Eisenbahn, oder genauer: er spielte Eisenbahn. Wenn er bei seiner Großmutter in der Dennewitzstraße zu Besuch war, konnte er vom Küchenfenster aus die Züge vorbeifahren sehen, alle drei Minuten ein Zug. Das breite Fensterbrett war sein

Stellwerk, da lagen als Hebel lauter Holzklötze verschiedener Länge. Er wußte ganz genau, wann ein Zug vom Bahnhof Großgörschenstraße wegfuhr und wann der Gegenzug vom Potsdamer Bahnhof kam. Am Wasserturm vor dem Landwehrkanal mußten sie sich begegnen, das konnte er allerdings nicht sehen. Sehen konnte er nur das Signal, am Abend grünes und rotes Licht zwischen der Kante des Seitenflügels und eines Speichergebäudes. Zu Hause besaß er eine kleine Eisenbahn aus Holz, einen Kipplorenzug, den ihm mal eine Kundin seiner Mutter mitgebracht hatte. Für ihn waren das nicht nur Kipploren, sondern auch Personen- oder Güterwagen, was er gerade brauchte. Horst Schimmelpfennig hatte eine elektrische Märklin-Eisenbahn, aber er spielte nicht damit, er war nur für Soldaten. Stolz erzählte er Max, daß sein Vater bei den Königsjägern gedient hatte.

«Beim König?» fragte Max.

«Eigentlich beim Kaiser. Wir hatten früher einen Kaiser. Drüben auf dem Haus Nummer sieben ist er ja noch zu sehen, natürlich nicht persönlich, bloß seine Gipsbüste.»

«Ich weiß schon», sagte Max, «die Figur mit dem Vogel auf dem Kopf.»

«Das ist kein gewöhnlicher Vogel, du Blödian! Das ist der Gardeadler auf dem Kürassierhelm.» Wenn Horst sich aufregte, sah er aus wie sein Vater. Er wurde so rot, daß die Sommersprossen kaum noch zu sehen waren. «Hinter ihm ist eine Fahnenstange, da wollten die Kommunisten immer ihren roten Lappen aufziehen. Einmal ist es ihnen auch gelungen. Als mein Alter das sah, war er sofort oben, hat das Mistding wegbesorgt und unser Banner gehißt. Sein Kriegskamerad, der Herr Kunze, ist ihm nach und hat es geknipst. Soll ich dir das Bild mal zeigen?»

«Zeige mir lieber deine Eisenbahn», sagte Max, «du hast doch eine Märklin!» Horst hörte gar nicht hin. «Ja, Junge», sagte er, «ich hab 'ne ganze Menge Soldaten, leider nicht viele Feinde. Aber wenn mein Vater befördert wird, dann bringt er mir welche mit. Jetzt habe ich nur Franzosen, ein paar sind schon kaputt. Wenn ich Krieg spiele, müssen immer meine Bauern ’ran, sie sind aus Holz wie deine Loren, und die Reisenden aus Blei und ein paar Bahnmänner. Auf die machen wir dann Jagd, das geht schon. Wenn mein Vater als Kreisleiter nach Hause kommt, fängt es erst richtig an. Du mußt mal mitmachen!»

«Ich würde lieber mit deiner Elektrolok spielen», sagte Max. Auf seinem Rundkopf standen die Haare wie kleine Spieße.

«Kannst du ja, wenn wir unsre Leute an die Front werfen. Im Krieg wird alles gebraucht, Eisenbahnen und Menschen. Hauptsache, mein Vater bringt genügend Feinde mit!»

«Ich habe auch ein paar Soldaten», sagte Max. Horst war gleich Feuer und Flamme: «Zeig her, Mensch!»

«Wenn du deine Eisenbahn ’rausbringst.»

«Sei doch vernünftig, ich hole sie schon. Was für welche hast du denn?»

«Reiter», sagte Max, «schwarze Husaren und auch noch andre, so graubraune.»

«Los, bring sie her, ich zeige dir auch einen Wagen von mir.»

Sie holten ihre Sachen.

«Prima», sagte Max, als er den Wagen sah, «ein richtiger Packwagen mit Schiebetüren.»

«Eignet sich tadellos für Gefangenentransporte, brauchst bloß die Griffe der Türen mit Draht zusammenzuketten. Und nun her mit deinen Reitern! Mensch, enorm! Das sind tatsächlich schwarze preußische Husaren, Leibregimenter eins und zwei mit dem Totenkopf an der Pelzmütze.»

«Und die Graubraunen?» fragte Max.

«Mensch, das ist ja toll! Weißt du, was das für welche sind? Feinde! Kosaken! Da bist du platt. Die mußt du alle mitbringen, wenn du zu uns ’rüberkommst. Dann spielen wir Krieg.»

«Denkste!» sagte Max. «Ich lasse doch nicht meine Reiter von dir kaputtschießen.»

Horst wurde wieder rot vor Wut. «Halt mal die Luft an, ja? Sei froh, daß man sich überhaupt mit dir abgibt, du Schlappschwanz von der Eisenbahn. Mein Vater ist hier Verwalter, vergiß das nicht. Jetzt ist er zum Gaukommando gefahren, und wenn er zurückkommt, ist er Kreisleiter, dann kannst du mal was erleben! Wer ihm nicht paßt, den schmeißt er 'raus.»

Von irgendwoher kam ein undefinierbares Geräusch. Frau Wratsidlow schaute ängstlich aus ihrer Wohnung und schloß dann das Fenster.

«Gib mir die Reiter wieder», sagte Max weinerlich, «ich muß nach Hause, es kommt ein Gewitter.»

«Gewitter? Daß ich nicht lache! Jetzt im Frühjahr.» «Das gibt es», sagte Max. «Was soll es denn sonst sein?»

«In unserem Haus nebenan singt der Boxer. Hast du schon mal erlebt, wie sich das anhört, wenn ein Boxer singt?»

«Ja, ich habe Max Schmeling auf einer Grammophonplatte gehört. »

«Quatsch. Das ist Herr Bittrich im ersten Stock, der beste Freund von meinem Vater. Deutscher Meister im Fliegengewicht. Wenn du nicht endlich den Mund hältst, rufe ich ihn, dann haut er dir ein paar hinter die Ohren.»

«Es ist nicht der Boxer.»

«Was denn sonst? Vielleicht Bierfässer; von Schultheiß ist ein Bierwagen gekommen, jetzt laden sie Fässer ab, rollen sie durch den Hausflur, über unseren Hof und die Steintreppen 'runter in Löblichs Keller.»

«Horst, das Geräusch ist in eurer Wohnung», sagte Max.

Mit den Bleisoldaten in der Faust sauste Horst ab und auf den Nachbarhof, Max hinterher. Als er Löblichs Bierkeller erreichte, war Horst schon im Treppenhaus verschwunden. Sein Vater war zurückgekommen, und zwar betrunken. Er grölte eines der üblichen Boxerlieder oder mehrere durcheinander.

«Horst», rief Max zu den Fenstern im zweiten Stock hinauf, «gib mir die Reiter wieder!»

Horst öffnete oben ein Fenster und schaute auf den Hof hinunter.

«Mein Alter ist wieder da», sagte er. «Ganz große Sache, Mensch.

Er ist tatsächlich Kreisleiter geworden. Morgen steigt die große Schlacht!»

«Gib mir die Reiter wieder», rief Max.

«Die müssen mitmachen.»

«Du wolltest mir doch deine Elektrolok zeigen.» «Laß mich jetzt mit der verdammten Eisenbahn in Ruhe», sagte Horst. «Hast du denn überhaupt keinen Sinn für das Große?» Er warf das Fenster zu. Max sah ein, daß es zwecklos war. Die Reiter gab er verloren.

Zu Hause saß er allein und dachte nach, dachte an Frau Wratsidlow, an den Schuster Kasokat, vor dem er Angst hatte. Dabei fiel ihm die eiserne Tür ein, oben unterm Dach des Hauses. Er wußte längst, daß sie zur Waschküche führte. Als er noch klein war, hatte ihm Herr Schimmelpfennig verraten, daß dort oben ein Menschenfresser wohne und an einem großen Schleifstein das Messer wetze. So etwas konnte er leider nicht vergessen. Schlächtermeister Krüger war ein freundlicher Mann, aber er besaß auch solch einen Schleifstein mit einer Kurbel. Wenn Max abends im Bett lag und nicht gleich einschlafen konnte, sah er bewegliches Licht über die Zimmerdecke und die Wände gehen. Scheinwerfer von Autos huschten nur so hinüber, Licht von anderen Fahrzeugen zog langsamer dahin.

Als Frau Wratsidlow seiner Mutter von dem Dolch erzählt hatte und von dem toten Heikes, der angeblich singend über die Höfe der Nachbarschaft zog, hatte Max zugehört. Er beobachtete lange seinen Bruder Erwin, wenn der am Küchenfenster stand und hinausstarrte. Warum eigentlich? Wenn er mit dem Schrecklichen, das im Flur des gegenüberliegenden Hauses geschehen war, zu tun gehabt hätte, wäre er doch hier längst verschwunden. Es ließ sich aber auch keiner seiner Jugendgenossen mehr blicken. Schnappauf war doch sonst alle Nase lang in den Laden gekommen und hatte seiner Mutter schöngetan. Sie kamen einfach nicht mehr, von ihrer Gasanstalt oder ihrer privaten Nervenklinik und weiß der Teufel von wo. Und Erwin ging nicht hin, ging überhaupt nicht aus dem Haus. Nur Wolny erschien eines Abends nach Ladenschluß in seinem abgetragenen Gehpelz mit Biberkragen. Erwin gab ihm einen Gegenstand, der in einem Briefumschlag steckte. Max wußte, daß es ein Schlüssel war. Bald danach hatte Erwin den schlimmen Unfall. Er kam nicht mehr nach Hause. Das Sanitätsauto holte ihn von dem Grünkramladen ab, in den er gefahren war, und brachte ihn in die Klinik.

Nikolovius wunderte sich, warum die Polizei nicht einfach in den Milchladen ging und den Täter festnahm. Allmählich begriff er, was gespielt wurde. Er stierte in seinem Zimmer herum und erschrak. Ja, wenn es so ist! Uns haben sie fein bedient, glänzend haben sie unsereinen zur Schnecke gemacht. Und alles wegen dem bißchen Grün und Blau, Grün und Rot und immer wieder Gold und Silber im Walzertakt, immer wieder mal einen neuen Orden an die Brust, bis der ganze klimpernde Klempnerladen voll ist. Dafür verkaufst du dich den Brüdern mit Haut und Haar. Die Hurratüte hast du schon mit siebzehn auf dem Kürbis gehabt, Rindvieh, das du gewesen bist.

Aber jetzt wirst du mal was erleben. Gleichgeschaltet haben sie uns schon, Tschakos und Totenkopfmützen. Sie haben uns bei Bedarf auch schon ausgeschaltet, nämlich dann, wenn ihre Geschäfte zu dreckig waren und sie uns nicht gebrauchen konnten. Paß auf, du wirst dich daran gewöhnen und eines Tages nichts mehr dabei finden.

Soll ich Alarm schlagen? Soll ich in alle Läden laufen, zu Jambor, zu Simon, zu Krüger, zu Kasokat – zur Milchfrau nicht, die müßte es selber wissen. Soll ich 'rumkrakeelen: Erwin Frick ist der Mörder, er hat Heikes umgebracht, warum hängt ihr ihn nicht auf? An die Laterne, die bei Farben-Lehmann steht, dann habt ihr nicht weit bis zum Friedhof, der ist eigentlich viel zu schade für solche Lumpenkanaille, der es nicht darauf ankommt, einen Menschen zu ermorden, und zwar bloß deshalb, weil ihr sein Gesicht nicht paßt. Mir paßt auch manche Visage nicht. Kann ich deshalb gleich 'reinknallen?

Dein Fehler, schien ihm der Karabiner zu sagen. Nikolovius hatte ihn zum Putzen auseinandergenommen. Die Teile des Schlosses, Schlagbolzen, Feder, Zubringer, Patronenlager und Sicherungsflügel lagen sauber auf einem Lappen.

Deine Unentschlossenheit! Die Nullacht steckte in der Pistolentasche, sie hing, auf das Koppel gezogen, über der Stuhllehne. Deine Feigheit! Das Seitengewehr steckte in der Scheide. Außer dem Gummiknüppel waren da noch Hammer, Zange und Stemmeisen im Werkzeugkasten, es gab eine Kohlenschaufel, eine Gardinenstange, einen marmornen Briefbeschwerer und ein Schlüsselbund. Warum gerade ich? dachte Nikolovius. Einer müßte es tun. Man kann doch nicht ein ganzes Viertel, von den Bülowbogen bis zum Kreuzberg, von der Gasanstalt bis zum Gleisdreieck, man kann doch nicht eine ganze große Stadt, ein ganzes Reich an ihre Blut-und-Ehre-Messer liefern!

Er öffnete das Fenster. Vom Friedhof roch es schon nach Frühling, die Kastanienknospen wurden klebrig. Unten fuhr die Grüne Minna vor. Uniformierte sprangen auf das Pflaster, es waren schwarze, nicht grüne Polizisten, Freiwillige mit Koppel, Schulterriemen und Pistole, mit dem Totenkopf an der Mütze, die besorgten das.

Nikolovius schloß das Fenster, zog die Gardine zu, blieb seitlich stehen und beobachtete durch die Gardine. Ein Märznachmittag zwischen vier und fünf, Anfang der dreißiger Jahre, Ecke Großgörschenstraße, Grenze zwischen Schöneberg und dem Bezirk Kreuzberg. Es war Freitag. Schlächtermeister Krüger hängte eine weiße Fahne vor seinen Laden, darauf stand, rotgestickt: «Frische Blut- und Leberwurst». In vielen Familien, besonders bei denen in den Hinterhauswohnungen, gab es heute Wurstsuppe, Brot dazu nach Belieben, wenn auch nicht überall. So schnell ging Deutschlands Erwachen auch wieder nicht. Sechs Millionen dreihunderttausend Arbeitslose waren nicht von heute auf morgen in Brot und Lohn zu bringen.

Frauen gingen mit Einkaufskörben vorbei, betraten Jambors Seifenladen, Simons Plättgeschäft. Die Röcke waren wieder etwas länger geworden, man trug nicht mehr kniefrei. Arbeiter, die Feierabend hatten, standen in Löblichs Lokal, tranken Molle und Korn, blickten durch das Schaufenster der Budike auf die Straße hinaus. Kinder sammelten sich um die Grüne Minna. An der Haustür dahinter bellte

Kasokats gelber Köter wie toll. Durch das Haupttor des Friedhofs kamen Nachzügler einer großen Beerdigung. Gärtner Schulz zog den schäbigen grünlichen Hut vor vielem Grau mit Rot, roten Doppelstreifen an engen grauen Hosen, vielem Silber und Gold, auch viel zivilem Schwarz. Wenig Uniformschwarz war dabei, wenig Braun, aber allerhand Kaiserzeit, als Staffage, als Bürgerfang, spukte hier überall herum in diesem Viertel, in Gips als Adler, Atlas, Amazone, Karyatide, als mythisches Gesocks unter Balkonen und Erkern, äußerlich stramm, innerlich hohl, von Eisenträgern gehalten. Wilhelms Ära konnte nicht sterben, bestieg am Stock in langer Agonie die Tribünen der neuen Männer, behängt mit Mackensens Leibhusarenschnüren, Pelzmütze mit Totenkopf auf einer Art Totenkopf mit weißem Schnauz, hob – soweit noch vorhanden – den Marschallstab, knickebeinte auf Ehrensessel zu, trat mit schleppendem Ehrensäbel an offene Kameradengräber, wohnte nahezu bewegungslos den Feiern der Bewegung bei, erhob sich wieder, hörte Lieder der Nation, Moritaten des Volkes, grüßte noch einmal mit dem Stab, trat ab, verschwand bis zum nächsten Auftritt in der Herrenhauskulisse irgendeines ostelbischen Rittergutes, dokumentierte zwar widerwillig, aber für einen Ehrensold, also gut bezahlt, die angebliche Kontinuität von Bismarck bis zu dem Fliegenbart, bis zum Boxer, der Kaffee kochte, offiziell Siehst du im Osten und ganz privat die Waldeslust intonierte. Dagegen das Proletariat der Hinterhöfe, die Mollentrinker bei Löblich, in Flugblättern angeredet als Arbeiterschaft, Antifaschisten, hört uns, wir rufen euch: Alarm, die Mörder marschieren! Polizeibeamte! Auch ihr seid Proletarier im Waffenrock, der Rotfrontkämpferbund ruft euch. Laßt euch nicht mißbrauchen, auf eure Väter, Brüder, Mütter, Schwestern zu schießen! Wir warnen euch. Der Rotfrontkämpferbund wacht. Der Tag ist nicht weit, wo unsre siegreiche rote Armee, die keine Polizei zu schützen braucht, mit der Waffe in der Hand die Todfeinde des werktätigen Volkes zum Teufel jagt.

Nikolovius trat zurück an den Tisch, setzte die Waffe wieder zusammen. Unten im Hausflur wurde es immer lauter, ein Kolben dröhnte, eine Tür krachte, jemand schrie: «Dinah.» Nikolovius war sofort auf der Treppe, sprang die Stufen hinunter, sah Schimmelpfennig, der schlug dem Mädchen ins Gesicht. Nikolovius riß es weg, zog es nach oben in seine Wohnung, damit wäre auch seine Mutter einverstanden gewesen. Aber die war zu der Zeit schon gestorben. Sie brauchte ebenso wie Herr Frick all das nicht mehr mitzuerleben.

Dinah lag auf dem Sofa und weinte. Nikolovius machte ihr Umschläge mit essigsaurer Tonerde. Etwas später ging er wieder zum Fenster hinter die Gardine. Unten jaulte Kasokats bissiger, gelbweißer Köter. Er hatte seinen Tritt mit Schaftstiefeln weg, zog den Schwanz ein und verkroch sich irgendwo an der Treppe.

Drüben aus dem Löblich-Haus kam im Braunhemd mit weißroter Armbinde der Staatsjugend, mit Koppel, Schulterriemen, Halstuch, Lederknoten und grüner Führerkordel zwischen der Schulterklappe und dem mittleren Knopf des Hemdes Horst Schimmelpfennig. Er wollte zum Dienst in die Maison de santé, führte jetzt bei Schnappauf stolz die Geschäfte des beurlaubten Erwin Frick und tat, als wären ihm die Vorgänge in Nummer sieben gleichgültig.

Der Kreisleiter hatte Nikolovius erkannt, obwohl es auf der Treppe dieses alten Hauses an einem trüben Märznachmittag ziemlich dunkelte. Der Anblick des Polizisten ohne Waffenrock und in Filzpantoffeln ekelte ihn an. Kasokat wurde auf die Straße geführt. Einer der Schwarzuniformierten hatte ihm Handschellen angelegt und boxte ihn jetzt in den Rücken, als er die Grüne Minna bestieg. Schimmelpfennig blieb in der Schusterwerkstatt und durchstöberte die Regale. Er riß Zeitungsknäuel aus reparaturbedürftigen Schuhen, faltete sie auseinander, um zu sehen, was für Blätter es waren, und warf sie auf den Boden. Einer mit dem Totenkopf an der Mütze stand dabei und grinste. Die Sache ödete ihn allmählich an. Er griff die gläserne Schusterkugel und goß den Inhalt langsam aus. Dann hatte er so etwas wie eine Idee und durchwühlte den Nagelkasten, steckte Reservezwecken ein – kann unsereiner immer brauchen –, nahm auch Stoßeisen, die nützten sich so schnell ab bei dem strammen Dienst.

Den Kreisleiter interessierten Familiennamen, sie standen auf Zetteln und hingen an all den Schuhen. Schimmelpfennig übertrug sie in sein Notizbuch. Einen Haufen Namen fand er in Kasokats Regalen, Nikolovius' Name war auch dabei. Zu Hause machte Schimmel eine neue Liste oder eine neue Rubrik auf seiner alten: Kasokats Kunden, ein neues Verzeichnis zum An- und Ausstreichen an alkoholreichen Abenden bei noch unverdunkelten Fenstern in seiner Privatwohnung über dem Restaurant Löblich-Eck.

Das Polizeiauto fuhr ab, die Gören liefen eine Weile hinterher, gaben bald auf, traten vom Fahrdamm auf den Bürgersteig, verkrochen sich, die einen in Hausfluren, die andern auf Höfen hinter Müllkästen, und hatten allerhand zu tuscheln. Die Straße wurde still, stiller Abend im Frühjahr, der Himmel hatte sich bezogen, es fing an zu nieseln. Auf dem Gipsadler Kaiser Wilhelms, dem höchsten Punkt dieser Gegend, saß eine Amsel und sang. Rotfrontkämpferleute aus verschiedenen Stadtteilen wurden in die Prinz-Albrecht-Straße in das Haus der Geheimen Staatspolizei geschafft. Unter ihnen war Kasokat. Hoffentlich gab er nicht so schnell auf, wenn sie ihm während der Vernehmung bei keiner, bei verzögerter oder bei unpassender Antwort die Stiefelbeschläge, Hacke und Spitze, morgen vielleicht schon welche aus seinem eigenen Laden, in die Nieren traten, so lange, bis er sagte, was ihnen paßte, oder bis er gar nichts mehr sagte. Dann konnten sie zu Hause in seinem Geschäft alle Schuhe verbrennen, die brauchten gar nicht erst abgestrichen zu werden; von welcher Liste denn auch, Kasokat besaß keine, und die Liste, die jetzt Schimmelpfennig anlegte, war streng geheim.

Wäre er als Verurteilter in einem normalen Gefängnis oder in einem der neuen Lager umgekommen, so wären alle Sachen, die er am Leibe trug, in Effektenlisten aufgenommen worden. Aber so weit kam es nicht mit ihm. Wer in der Vernehmung nichts sagte oder etwas sagte, was der Vernehmende nicht hören wollte, widersetzte sich der Staatsgewalt, hatte es sich also selber zuzuschreiben, wenn er gar nicht eingewiesen werden konnte, weil er im Widerstand gegen die

Staatsgewalt fiel. Auch im Gefängnis oder in einem dieser Lager war er nicht sicher, da konnte er jederzeit aus demselben Grunde fallen. Überall drohte der Tod für den Widerstand gegen die Staatsgewalt. Es geschah, daß Menschen einfach verschwanden, von heute auf morgen, niemand wußte genau, warum, Frau Frick konnte es gar nicht begreifen, viele konnten es nicht.

«Wenn die alle eines Tages wiederkämen!» sagte Frau Wratsidlow.

«Das ist ja Unsinn», sagte Kunze, der es zufällig hörte. Er setzte sein harmloses Lächeln auf. «Erstens sperrt der Staat nur Schädlinge ein, und zweitens kommt niemand wieder, wenn er tot ist.»

Fraglich, denkt sogar Nikolovius. Außerdem: mancher, von dem es heißt, er sei tot, ist es vielleicht gar nicht. Na, wenigstens habe ich Dinah retten können vor dem brutalen Schimmelpfennig. Und ihrem sogenannten Pflegevater braucht sie auch nicht nachzuweinen. Ich habe sozusagen außer Dienst Polizeidienst getan, meine Pflicht als Helfer der Hilflosen, diese Pflicht, jene Pflicht. Wie viele Pflichten sind eigentlich gleichzeitig und nebeneinander möglich?

Dinah muß auf andere Gedanken kommen und ich auch, gehen wir ins Kino.

Aber Dinah mag nicht, sie fühlt sich zerschlagen, sie will lieber schlafen, auf dem Sofa bei Nikolovius. In die Schusterwohnung geht sie nicht mehr. Nikolovius richtet ihr ein Bett her. Wäsche ist hier genug vorrätig.

Als sie eingeschlafen ist, schleicht er sich hinaus, möchte noch an die frische Luft, einen kleinen Spaziergang machen. Das Gehen tut wohl nach diesem Nachmittag. Er kommt an mehreren hellerleuchteten Kinos vorbei. Die Vorstellungen haben überall schon begonnen. Englische Heirat mit Adele Sandrock, Hans Albers in Wasser für Canitoga, macht nichts, macht ihm gar nichts aus. Nicht mal der Choral von Leuthen mit Otto Gebühr könnte ihn heute abend reizen. Er geht immer weiter, das ist schon kein kleiner Spaziergang mehr, er gelangt in immer einsamere Gegenden, Nebel steigt aus dem Landwehrkanal, da war Rosa Luxemburg 1919 tot ’rein- und ein Jahr später Anastasia Romanow lebendig 'rausgekommen. An diesem Abend sieht es so aus, als gäbe es hier keine Häuser mehr. Die ganze Stadt ist futsch. Ein großer Vogel stößt aus dem Geäst herunter, dicht an Nikolovius vorbei. Weich schneiden seine ausgefransten Flügelränder die Luft. Ein Taxi fährt die Uferstraße entlang, irgendwo schlägt es zehn. In der Maison de santé in Schöneberg endet jetzt der Dienst mit dreimaligem Siegheil auf Führer und Bewegung. Bewegung ist gut, denkt Nikolovius, obwohl er fröstelt. Man braucht nicht unbedingt ins Kino zu gehen, wenn man auf andere Gedanken kommen will.

Horst Schimmelpfennig zieht mit seiner Horde durch den düsteren Torgang des Vorderhauses der ehemaligen Klinik am Kaiser-Wilhelm-Platz. Draußen spiegelt das Licht einer Straßenlaterne auf dem feuchten Bürgersteig. Die beschlagenen Stiefel klappen. Gut, daß sie Nikolovius heute abend nicht mehr treffen.

Zehntes Kapitel

Seitdem das alte Lied, von dem die Witwe Wratsidlow erzählte, täglich mehrmals im Radio gesendet wurde, hörte man den Boxer nie mehr in dieser Gegend. Man sah ihn auch nicht, es ist fraglich, ob er überhaupt noch kam. Die Anführer und die Unterführer, Schimmelpfennig, Kunze, Schnappauf, wurden zu ihm bestellt, niemand konnte sagen, wohin. Bittrichs großer schwarzer Dienstwagen hielt dann vor der Tür des Löblich-Hauses. Der Fahrer öffnete den Schlag, ließ einsteigen, wen er abholen sollte. Damals war Blaschke für kurze Zeit Fahrer und Privatsekretär des Boxers, ein hübscher junger Mensch. Er hatte nie schlechte Laune, äußerte sich niemals über die Zeit, die große, in der sie lebten, war nicht niedergeschlagen, aber auch nicht begeistert. Seinen Spott nahm keiner in Bittrichs Umgebung ernst.

Es gab jetzt Aufgaben in der Bewegung, für die Erwin Frick nicht geeignet gewesen wäre. Auch Schimmelpfennig und Schnappauf waren dabei nicht zu gebrauchen. Andere waren jetzt nötig, nicht Schläger, sondern mehr freundlich-versonnene mit weichem, offenem Gesicht. Es begann eine sehr kühle, sorgfältige Arbeit, die gepflegte Hände, sauberes Schreibmaterial und klare Buchführung erforderte. Dabei war gegenüber der neuen Macht ein Verantwortungsgefühl nötig, das nicht durch Nervenschwäche beeinträchtigt werden durfte. Auch Bittrich sollte aus seinem Kreise eine solche Natur namhaft machen. Er überlegte nicht lange und meldete Kunze. Der mußte eines Tages seine Dienststelle in der Eisenbahnerkaserne verlassen, um anderswo der Polizei, und zwar der geheimen, zu besonderer Verfügung zu stehen.

Dinah wohnte bei Nikolovius. Beide kamen nun nicht mehr auf den Friedhof. Sonntags fuhren sie manchmal mit der Wannseebahn nach Schlachtensee, wanderten im Wald an den Ufern entlang und kehrten bei Leopolds ein, dort konnte man damals noch Kaffee kochen. Im Sommer wurden in den Gärten Feste gefeiert, es leuchteten die Papierlampions zwischen dem Laub, aber sicher war es auch dann nicht. Man floh durch die Hecken und lief durch den Föhrenwald zum Seeufer oder an die Havel. Dort konnte man sich im Schilf verstecken, langausgestreckt auf einem flachen Kahn. In überfüllten Cafés, in Hundekehle zum Beispiel, gab es schon mehr Aufsehen.

Wonach hatten sie Kasokat in der Prinz-Albrecht-Straße gefragt? Auch nach Dinah? Nach Wäldern hinter Neidenburg, wo der Schuster herstammte, und hölzernen Synagogen in Westpolen? Wo die Lampen an schönen Ketten von der Decke hingen wie in dem Hof des Formanowitz? Was hatte er ihnen gesagt? Was geschah, wenn er es ihnen sagte?

Ein geschlossener schwarzer Mercedes trieb durch die Stadt, kam die Dennewitzstraße entlang, fuhr unter der Hochbahn weg und an der roten Lutherkirche vorbei, kam in die Yorck-, in die Großgörschenstraße ohne Erfolg. Kreuzte den ganzen Nachmittag durch den Grunewald, Riemeister Fenn, Großer Stern, und fand sie in einem Lokal an der Krummen Lanke. Ein junger hübscher Mensch forderte Dinah sehr höflich auf, einzusteigen. Sie protestierte, Nikolovius wollte die Polizei rufen, aber es standen zwei in Zivil am Eingang, die zeigten ihre Ausweise, die Polizei war also schon da, wenn auch nicht in Uniform. Auf einmal ging alles sehr schnell. Zwei Mann faßten Dinah an, und bevor Nikolovius eingreifen konnte, hielten ihn ein paar andere fest, ehe er sah, wo die eigentlich hergekommen waren. Ein Leierkasten spielte in der Nähe Waldeslust; Nikolovius riß sich los, da war der Mercedes schon unterwegs, die Rücklichter verschwanden in einer Villenstraße Zehlendorfs. Bis man hier ein Taxi herangerufen hatte, konnten die Entführer schon in der Prinz-Albrecht-Straße sein. Nikolovius fuhr mit der Bahn heim, ging in die Eisenbahnerkaserne, aber Kunze war nicht mehr da, und sein Nachfolger kannte sich nicht aus. Dennoch telefonierte er, wenn auch ergebnislos, bis in die Nacht hinein.

Dinah kam nicht, bloß Kasokat kam, und zwar stark verändert, nämlich tadellos rasiert, gut genährt, ordentlich gekleidet. Das machten die guten Zeiten, die jetzt anfingen, weil einer einem oder allen die Zähne gezeigt hatte. Der Betrieb durfte wieder eröffnet werden, die Schusterwerkstatt in Nummer sieben. Kasokat behielt nicht mehr halbe Tage lang einen erloschenen Zigarrenstummel im Mund; er hatte jetzt genug Tabak, ob er nun seinen Bedarf von Schmielke in der Mansteinstraße oder von anderswo bezog. Er war kein Rotfrontkämpfer mehr, kein Anhänger von Schalmeienkapellen, machte auf einmal Boxer-Musik, Herms-Niel-Bum-Bum, oder tat so. Alle seine alten Kunden stellten sich wieder ein und noch mehr. Er hämmerte in den lieben langen Tag hinein, mußte wohl ein bißchen behämmert sein, er war früher immer mürrisch gewesen und tat jetzt so freundlich. Weil Dinah weg war? Oder warum? Seine Werkstatt wurde renoviert, mit bester Lehmannscher Ölfarbe ganz hell gestrichen. Et mußte ziemlich viel Geld haben, der arme Hund. Nach Feierabend im Dunkeln bekam er öfter Besuch. Der ging selten oder gar nicht in den Laden, sondern gleich in seine Wohnung, Seitenflügel parterre, durch die rückwärtige, zum Hof führende Milchglastür des Flures. Mehrere Leute waren es, vielleicht immer dieselben. Die Portierfrau hatte welche gesehen.

«Sie klopfen in ganz bestimmter Weise», sagte sie, «und lange nach Feierabend, an der kleinen dunkelbraunen Tür.»

Diese Leute brachten genügend Flaschenbier mit und anderes und brauchten niemand im Laufe des Abends oder der Nacht zu Löblich zu schicken wie Schimmelpfennig, wenn er im Eckhaus gegenüber seine Leute und Listen um sich versammelte. Kasokat verdunkelte sorgfältig das große Fenster des Berliner Zimmers, lange bevor allgemeine Verdunkelung vom Staat angeordnet wurde.

Kam Nikolovius erst gegen Morgen vom Nachtdienst nach Hause, dann hörte er manchmal etwas, wenn er in seiner Küche stand, Brot abschnitt, Butter und Wurst herausholte und Bier eingoß. Er hörte vom Hof herauf einen ganz bestimmten Pfiff, eine kurze Tonfolge. Gleich danach wurde im Erdgeschoß ein Fenster geöffnet. Wenn dann Nikolovius sein Küchenfenster aufmachte und hinausschaute, wurde unten sofort alles still. Er kam mit der Portierfrau darauf zu sprechen. Sie hatte es auch gehört, sie war der Meinung, der Pfiff bestehe aus den ersten vier Noten des Horst-Wessel-Liedes. Nikolovius dagegen meinte, den Anfang der Internationale gehört zu haben. Sie konnten sich nicht einigen. Sogar einzelne Besucher hatten sie erkannt. Die Portierfrau hielt sie für Schimmelpfennig, Schnappauf, den Boxer Bittrich. Auch Erwin Frick und Herr Kunze seien schon dagewesen. Nikolovius meinte, Heikes' Schwiegersohn, Formanowitz aus der Yorckstraße und den Boxer gesehen zu haben. Der Boxer war die einzige Person, über die sie sich einigen konnten.

Daß die Portierfrau Herrn Kunze erkannt haben wollte, beunruhigte Nikolovius schon sehr. Im Laufe der gemeinsamen Dienstzeit hatten sie sich etwas angefreundet. Jetzt, da Kunze nicht mehr in der Eisenbahnerkaserne arbeitete, kam er manchmal zu Besuch. Natürlich war er ihm keine Rechenschaft schuldig. Aber seltsam erschien es doch, daß Kunze gelegentlich in das Haus Nummer sieben kam, ohne seinem Freund davon zu erzählen. Nikolovius beschloß, ihn beim nächsten Treffen einfach zu fragen, was er bei Kasokat wolle.

«Wie kommst du darauf?» fragte Kunze zurück.

«Ich hab dich gesehen», log Nikolovius. «Ist ja nichts dabei. Mich wundert bloß, daß du nie davon gesprochen hast.»

Kunzes freundliches Gesicht wurde düster.

«Jetzt will ich dir mal was sagen», entgegnete er. «Du hast wohl nachts, wenn du heimkommst, nichts weiter zu tun als herumzuschnüffeln. Leg dich lieber schlafen. Was bei Kasokat los ist, weiß ich nicht, es geht mich auch gar nichts an.»

«Dann mußt du einen Doppelgänger haben.»

«Ich habe nichts damit zu tun», sagte Kunze. «Ehrenwort. Genügt dir das?»

«Warum denn nicht?» brummte Nikolovius. «Brauchst dich doch deshalb nicht aufzuregen.»

Dennoch traf Nikolovius bald danach seinen Freund im Heikes-Flur, er wollte gerade die Milchglastür zum Hof öffnen.

«Kunze», rief der Polizeibeamte, er hatte nicht die Treppenbeleuchtung, sondern nur seine Taschenlampe angeknipst, «bist du es nun oder bist du dein eigenes Gespenst?»

«Ich bin es, was denn sonst?»

«Weil du neulich erst auf Ehre erklärt hast, du seist es nicht.»

«Neulich war ich es auch nicht. Aber du machst einen ja ganz konfus. Denkst du, es beunruhigt mich nicht, wenn ich höre, daß ich einen Doppelgänger habe, der nachts auf die Höfe geht?»

«Bloß auf diesen Hof hier, Nummer sieben», sagte Nikolovius.

«Auf die Höfe geht», fuhr Kunze scheinbar ungerührt fort, «und die Internationale pfeift?»

«Es kann auch das Horst-Wessel-Lied gewesen sein.»

«Das ist gleich. Schließlich bin ich in einer Vertrauensstellung und muß der Sache auf den Grund gehen. Ich kann es mir nicht leisten, irgend jemand ähnlich zu sehen.» Er strich eine Haarsträhne zurück, die ihm in die Stirn gefallen war.

«Das müßte schon ein großes Tier sein, sonst ist es doch nicht so schlimm, jemand ähnlich zu sehen.»

«Was weißt du denn», sagte Kunze. «Ich bin nicht von der Schutzpolizei weggegangen, um mich zur Ruhe zu setzen. Ich muß an meine Karriere denken.»

Nikolovius hatte keine Ahnung, daß es der Boxer Bittrich gewesen war, der Kunze von der Polizei in der Eisenbahnerkaserne weggerufen hatte. Er wußte nur, daß sein Freund jetzt ein großes Effektendepot verwaltete, dachte dabei an Simons Kommissionseffekten, die im Ersten Weltkrieg in dem Schaufenster des Plättgeschäftes ausgestellt gewesen waren, dachte an Formanowitzens großes Uniformenlager oder gar an das Heeresbekleidungsamt in Spandau. Er hielt es durchaus für möglich, daß Kunze zum Reichsverwalter sämtlicher Polizeiuniformen bestellt worden war, aber an Zivil hätte er bei dem Wort Effekten nie gedacht. Tatsächlich beschäftigte sich Kunze mit der Registrierung und Verteilung, einige Jahre später auch mit der Umwertung oder schließlichen Vernichtung von sehr vielem Zivil.

«Gute Nacht», sagte Kunze.

Nikolovius staunte, daß er einen Hausschlüssel für Nummer sieben bei sich hatte. «Wollen wir nicht bei mir oben ein Glas Bier trinken oder wenigstens einen Schnaps?»

«Mir ist nicht danach.»

Am nächsten Morgen beim Milchholen erfuhr der Polizist von Frau Frick, daß Formanowitz in der Nacht verschwunden war.

«Was ist los?» fragte er.

«Die Geheime hat sich den Trödler aus der Yorckstraße gelangt. Schwindeleien, Diebstähle, wenn auch verjährt. Angeblich hat er sich Ende des Krieges an Heeresgut bereichert. Aber wer will denn heute die alten Klamotten? Da muß was andres hinterstecken.»

Frau Wratsidlow war eingetreten.

«Heikes läßt wieder keine Ruhe», sagte sie. «Die ganze Nacht wandert er 'rum und singt oder pfeift.»

Frau Frick grinste.

«So? Pfeifen tut er neuerdings auch? Was pfeift er denn?»

«Manchmal die Moritat und manchmal die Internationale.»

Nikolovius zog die hellen, kaum sichtbaren Augenbrauen hoch.

«Das haben Sie gehört?»

«Jaja, Herr Wachtmeister», sagte die Alte, «wir sind hier unsres Lebens nicht mehr sicher, alle miteinander.»

Sie sah aus wie ein kleines Wurzelweib und schien jetzt immer mehr in den Boden zu schrumpfen. Frau Frick tippte sich an die Stirn, aber so, daß es nur Nikolovius sehen konnte.

«Erst hat der Herr Kreisleiter Listen aufgestellt, nach denen Leute abgeholt wurden, jetzt kommen ein paar von den Leuten zurück und besorgen für ihn das Listenschreiben.»

Als Frau Wratsidlow gegangen war, fragte der Polizist die Milchfrau, ob er sie unter vier Augen sprechen könne. Frau Frick schloß die Ladentür ab und ging mit Nikolovius nach hinten in den Korridor.

«Was soll ich denn machen, Frau Frick?» (Sie wußte sofort, daß es wegen Dinah war.)

«Ob ich mal mit Kunze drüber rede?»

Das knochige Pferdegesicht der Milchfrau wurde noch länger vor Schreck.

«Auf keinen Fall», sagte sie. «Gehen Sie lieber zu Wolny, der muß Beziehungen haben. Sagen Sie ruhig, ich hätte Sie geschickt. Max hat ja neuerdings Klavierstunde bei ihm.»

«Was ist das eigentlich mit Kasokat?»

«Weiß ich? Sie werden in der Albrechtstraße allerhand mit ihm angestellt haben. Vielleicht hat er ihnen was unterschrieben.»

Da wußte Nikolovius, daß er den Pfiff richtig gehört hatte. Aber auch die Portierfrau hatte richtig gehört. Geradezu unheimlich war Frau Wratsidlows Gehör.

Elftes Kapitel

«Max», sagte Nikolovius, «wann ist Herr Wolny zu sprechen?»

«Am besten nachmittags. Vormittags schläft er meistens.»

Max Frick ging jetzt in die Realschule. Nikolovius hatte ihm eine elektrische Eisenbahn geschenkt. Wegen einer Spielzeugeisenbahn sollte er nicht auf Horst Schimmelpfennig angewiesen sein.

Wenn Wolny in seinem abgetragenen, mit schwarzseidenen Knebeln und Schlaufen besetzten Biberpelz, Kalabreser auf dem grauen langen Haar und Spazierstock mit Silberknauf in der Hand, die Straße heraufkam, dann war er für die kleinen Leute des Viertels der Inbegriff des Bohemiens. Viele wußten, daß er Klavierspieler war, während der Stummfilmzeit in Bittrichs Odeon und außerdem dreimal jede Woche in Löblichs Kneipe. Er wohnte in Nummer sieben, dem Haus gegenüber. Gekocht und aufgeräumt wurde in seiner Wohnung meist nicht. Wenn es doch einmal geschah, dann besorgte es Freund Bloedorn, ein Faktotum, das auf Goldschmidts Holzplatz Nachtwächter gewesen war. Nach Formanowitzens Verschwinden führte Bloedorn die Altwarenhandlung in der Yorckstraße. Wolnys Wohnung sah wie eine morgenländische Filiale jenes Geschäftes aus. Aber es gab auch noch eine ganze Menge anderes Gerümpel. In dem großen, nur in Fensternähe einigermaßen hellen Berliner Zimmer stand ein Tisch am Fenster, daneben ein braunes Klavier mit verschnörkelten Kerzenhaltern aus Messing. Der Deckel war vollbesetzt mit Vasen, Nippes und anderem Kram. Ein Hirsch hatte drei Gipsbeine und ein Drahtbein, eine Gruppe nackter Majolikaknaben übte sich unentwegt im Lauf, ein bunter Porzellangrenadier der ehemals königlichen Manufaktur präsentierte neben einem untersetzten Bierkrug mit dem zinnernen Kopf Bismarcks als Deckel. Die neuen Männer waren nicht vertreten. Aber eine Hakenkreuzschleife war vorhanden. Sie schmückte eine Gitarre, die ohne Saiten an der Wand hing. Es war ein Geschenk Bittrichs für kulturelle Verdienste. Irgendwo lehnten wie in einer Leichenhalle vergessene, vertrocknete Kränze, Lorbeer-kränze mit dick eingestaubten Vereinsschleifen. Das Zimmer wurde enger und dunkler zu einer verhängten Tür hin. Niemand hätte sie beim ersten Besuch wegen der dort herrschenden Düsternis als Tür erkannt. In diesem düsteren Teil des Raumes standen eine ausgeblichene Ottomane und mehrere Sitzgelegenheiten um einen maurischen Rauchtisch. Die hellere Wand gegenüber dem großen Fenster nahm ein riesiger Renaissanceschrank ein. An seinem Aufsatz hingen über-eck ein Tropenhelm und eine lange Offiziersschärpe aus schwärzlichem Silber mit zwei langen Quasten. Wandteile, die nicht durch Möbel oder Behänge verdeckt wurden, waren von größeren und kleineren verglasten Bildern gleichsam tapeziert. Außer einem Kristall-leuchter in der Mitte des Plafonds gab es hinten vor der ottomanischen Samthöhle eine Stehlampe mit rosafarbenem, reich gefaltetem Seidenschirm, schwarzem Band und schwarzen Perlen.

All das Zeug lenkte Max natürlich ab, wenn er hier Klavierunter-richt hatte. Er lernte nicht viel bei Wolny, wenigstens nicht das, was seine Mutter meinte und was er selber erwartet hatte. Oft ließ ihn sein Lehrer allein. Er saß dann auf dem Drehschemel, drehte nach links, nach rechts, betrachtete die vielen Bilder: Felsen, Tiere, ein Meer, ein See, eine Insel, die Toteninsel von Wolny, Max wußte nicht, daß der sie von Böcklin abgemalt hatte. Es gab auch Schlangen und Tiger, nackte Menschen, meist Knaben, wenige Frauen. Max sah die Decke grauweiß, braungrau, wolfsgrau, sah die bröckelnden Stucklinien. Wolny redete viel, lachte meckernd und geriet in röchelnden Raucherhusten. Max sah ihn ununterbrochen Zigaretten rauchen, aus einer langen schwarzen Spitze mit Silberrand. Wenn Wolny lachte, zeigte er die vielen Goldzähne. Er war nervös, seine Finger mit den nikotinbraunen Kuppen bebten auf den Elfenbeintasten seines Kla-viers. Dann suchte er in Heften herum, die auf dem Notenständer lagen, und tastete die Rücken seiner Bücher auf einem dreiviertelhohen Regal ab.

Überall schien es in der Behausung zu knistern und zu wispern, als flögen immerzu Schmetterlinge an die Wände. Sie strömten den Geruch abgerauchter Zigaretten und süßlichen Kaffeesatzes aus, der in unabgewaschenen Tassen geblieben war. Auf einem Stapel alter Zeitschriften lag ein brauner Totenkopf wie ein riesiger angefaulter Apfelgriebsch.

«So was schon mal gesehen?»

«Nein, Herr Wolny.»

Der Totenkopf paßte zu dem goldenen, an den Rändern oxydierten Küraß der Gardekürassiere auf der Standuhr, zu diesen goldbraunen Käferschalen ehemaliger Gardereiter. Zwei gekreuzte Karabiner mit bläulichen Läufen, abends bedrohlich, wenn das bläuliche Licht des Kasokatschen Hofes auf sie fiel. Wolny dachte: Stell doch den Schädel dazu und male ihn mit den Käferschalen, den gekreuzten Läufen und den gekreuzten Knochen.

Bilder lagen auf dem Tisch, ein Fotoalbum, Postkartenserien, heimlich gekaufte, die verkauft wurden hinter dem blechernen, blaugrau gestrichenen Paravent am Eingang von Rotunden. Neben dem Renaissanceschrank war die Tür nach dem Korridor, da roch es nach Rotunde, nach der Bedürfnisanstalt, denn das Klosett befand sich zwischen dem Zimmer und der Küche. Nicht sehr praktisch gebaut war dieser Trakt. Und es roch nach Leuchtgas, der Gasautomat stand neben der Garderobe. Das Fotoalbum lag auf dem Tisch neben dem Klavier. Max hätte es sich gern ansehen wollen, traute sich aber nicht danach zu fragen, weil er fürchtete, Wolny würde ihm das mit Freuden erlauben, sich neben ihn setzen und ihm die einzelnen Bilder erklären. Als Wolny mal hinaus mußte, steckte Max das Album in die Tasche. Er wollte es nächstes Mal wiederbringen, Wolny würde es wahrscheinlich gar nicht vermissen.

Nach der Klavierstunde schlich sich Max auf den Hof des Hauses gegenüber. Nach hinten begrenzte ihn ein ehemaliger Pferdestall, er diente jetzt als Speicher. In einer der beiden Türen hing eine lose Latte, da konnte man bequem durchkriechen, wenn man noch nicht fünfzehn war, konnte drinnen neben der Tür im Halbdunkel stehen und die Karten durchblättern, aufgeregt, hastig. Man weiß, wie Hunger tut. Wolny hatte manchmal Hunger, weil er faul war. Mutter gab ihm etwas aus ihrem Laden, wenn sie das merkte, Heinersdorfer Mühlenbrot und ein Paket Butter. Manchmal bettelte er sie einfach an, er war nicht schüchtern.

Es waren fast alles junge Burschen auf diesen Fotos, die meisten nackt, einige mehrmals fotografiert, mal nackt, mal angezogen, auch in verschiedenen Kostümen. Da lächelte Ernstl Waldemann mit der Schmachtlocke. «Ein Wunderkind», sagte Wolny. Na, von Kind konnte schon keine Rede mehr sein, er zeigte sein breites Gebiß, bitte recht freundlich. Das war gar nicht zum Lachen. Wolny fotografierte auch Seriöses, wenn es gewünscht wurde. Familienbilder, Gruppenbilder von verschiedenen Festlichkeiten, auch Glückwunschkarten, mit Bruder Erwin zum Beispiel; er steckte den Kopf durch den Riß in einem großen Stück Karton, hatte ein Sektglas in der Hand und lächelte. Unten auf dem Karton stand «Prosit Neujahr» mit irgendeiner Jahreszahl dabei. Oder die Eltern Hand in Hand, als sie noch keine Eltern waren. Die jungen Goldschmidts grüßten als Verlobte vom Teichufer im Lankwitzer Stadtpark mit Kalksteinmauer und Trauerweide als Hintergrund. In Lankwitz lag Maxens Vater begraben, der Frick vom Stellwerk im Gleisdreieck und von der Somme, dem Heikes unverlangt den Schnurrbart gestutzt hatte, als er aus dem Schützengraben in die Großgörschenstraße zurückgekommen war. Wolny hinterm Stativ mußte man gesehen haben, schwarzes Tuch über Kopf und Schultern, die braunen Finger am Auslöser. Er hatte auch Max schon mehrmals fotografiert, sogar nackt, aber da war er erst ein Jahr alt gewesen auf dem üblichen Eisbärenfell; seine Mutter hatte es von irgend jemand geliehen, vielleicht von dem Trödler Formanowitz. Ein Bild in diesem Album zeigte einen Menschen mit Tanzmaske in ziemlicher Verrenkung, Wolny selbst, von Bloedorn oder Ernstl oder irgendwem geknipst. Maxens Gedanke: Heikes, und zwar nach seiner Ermordung! Max war auf dem Weg zur Schule an dem Hausflur vorbeigekommen, hatte hineingeluchst, zwischen allerhand Menschen, Hausbewohnern und anderen, es war noch nicht abgesperrt gewesen. Lag da so ein Bündel, den Scheitel der Straße zu, kein Rundschädel, kein Kürbis, sondern ein reichlich bewachsener Eierkopf, etwas Schwarzgelocktes ohne Gesicht. Unter dem Bündel kam es zäh und dunkelrot die Fliesen langgeflossen; die Flossen, dachte Max, wo waren denn die? Eine Hand lag auf den Fliesen in dem Dunkelroten, teilweise schon Eingetrockneten, die andre war nicht zu sehen.

Max hatte genug von all den weißen jungen Burschen auf diesen Fotos; er suchte sich die Frauen heraus, es waren nicht viele. Er hörte wieder Wolnys meckerndes Lachen wie an dem Abend, als er es zum ersten Mal gehört hatte. Es war schon zu dunkel gewesen, um die dunklen Zähne sehen zu können. Bloß der Schädel auf dem Stuhl war noch leidlich hell und sammelte das ganze bißchen Helligkeit auf seiner Kuppel.

Klavierstunde: Pause zwischen zwei Etüden bei Schädellicht, Gas gab es nicht, weil keiner einen Groschen hatte, um ihn in den Automaten zu werfen.

«Da müssen wir auf Bloedorn warten», sagte Wolny, «oder du, Max, mußt heimgehen. Kasokat hämmert im Keller, davon wird es nicht heller.»

Die Standuhr schlug siebenmal, der Klang fing sich oben in den großen Käferschalen, dem alten Küraß, rumorte eine ganze Weile in dem metallnen Käfig herum, konnte nicht heraus, erstickte schließlich. Einer der beiden Karabinerläufe zielte auf die Korridortür, der andere auf den Tropenhelm am Schrank. Draußen an der Wohnungstür wurde ein Schlüssel ins Schloß gesteckt und gedreht. Tür auf, Schritte im Korridor, Zimmertür auf, Bloedorn: «Wie gewöhnlich, im Dustern.»

Bloedorn machte die Tür wieder zu. Man hörte, wie er ein Geldstück in den Gasautomaten steckte. Wolny zog die Hängelampe herunter, zündete ein Streichholz an, drehte an dem Messinghahn und hielt das Streichholz an die Öffnung: weißliches Licht für die halbe Nacht und länger. Die Samthöhle, die persischen oder türkischen

Waffen auf dunkelgrünem Samt und auf schwarzem Staub an der Wand wurden nüchtern, gaben kalten Glanz. Max schaute das große Ölbild des nackten Jünglings an, seine Augen mußten sich erst an das Licht gewöhnen.

«Von mir», sagte Wolny.

Bloedorn kam zurück. Er hatte die Schiebermütze noch auf dem Kopf. Max wunderte sich darüber.

«Weil er die Perücke oben in seiner Wohnung vergessen hat», erklärte Wolny. Bloedorn brummte irgend etwas, holte eine chinesische Teekanne aus der Vitrine und ging quer durch das Zimmer.

«Schau», redete Wolny weiter, «wie er die notleidende Kunst ins Herz geschlossen hat!»

«Halt's Maul», sagte Bloedorn.

In dem Verschlag also, dem Speicher, dem ehemaligen Pferdestall, stand Max mit dem interessanten Album, hinten im Hof des Boxerhauses. Alle Häuser auf dieser Straßenseite waren Genossenschaftshäuser, also Boxerhäuser. Ein Volk, ein Haus, ein Führer, dieser Betrieb ist geschlossen in der Deutschen Arbeitsfront, Arbeit adelt, wir bleiben bürgerlich, sagte Wolny, denn für ihn sorgte Bloedorn. Hinter der mit Werg und Rupfen gepolsterten Tür lehnte Max Frick nach der Klavierstunde und suchte Frauen in dem Fotoalbum, blätterte aufgeregt und leicht enttäuscht, hatte genug von all den nackten Ernstln, suchte Frauen und fand endlich eine, aber sie war nicht nackt. Barbara stand unter dem Bild. Barbara mit ihrem Freund Wolny in einer Kaschemmennummer der Bühnenschau in Bittrichs Odeon. Während der Stummfilmzeit gab es manchmal statt des Vorfilms Bühnenschau.

Max stand so in der halboffenen Tür, daß sich durch das Loch neben ihm ein Arm hindurchzwängen und daß Horst Schimmelpfennigs Hand das Album blitzschnell packen und damit sofort wieder verschwinden konnte. Max schrie auf.

«Horst!» Max wußte gleich, daß der es war, obwohl er sich jetzt hinter dem Speichereck versteckte.

«Gib mir die Bilder wieder!»

Glaubste selber nicht! Wann hat der je was wiedergegeben? Max wollte 'raus, verheddere sich in den Latten, das dauerte ja eine Ewigkeit! Inzwischen wartete Horst, lauerte frech, ließ sich Zeit; Zeit genug für den Vorbeimarsch ganzer Reiterregimenter, Leibhusaren eins und zwei mit dem Totenkopf an der Mütze und dann die andern, die Graubraunen, Don- und Astrachan-Kosaken, die Regimenter Orenburg und Ural oder die asiatischen Transbaikal, Ussuri, Amur. Hat Horst Schimmelpfennig sie dir wiedergegeben? Keine Rede davon. Dann schreib sie ab, und Wolny kann seine Fotos auch abschreiben.

«Gib die Bilder her, das sind nicht meine, die gehören Herrn Wolny!»

«Erst mal ansehen lassen und drei Schritt vom Leibe!»

Horst blätterte das Sortiment gemächlich durch und grinste.

«Bist wohl ein Schwuler, was? Schlappschwanz von der Eisenbahn!»

«Das sind Herrn Wolny seine!»

«Haste ihm die geklaut?»

«Nein.»

Max griff an, bekam aber einen Schlag in die Magengrube und taumelte zurück. Er stützte sich an der Speichertür, krümmte sich, preßte die Fäuste in den Magen und stöhnte. Horst war in der Wut zuerst wieder so rot geworden, daß seine Sommersprossen verschwanden. Dann wurde er weiß bis unter den Haaransatz. Das Grinsen war auf seinem Gesicht stehengeblieben, es sah grauenhaft aus. Er steckte das Fotoalbum in die Brusttasche und knöpfte sie sorgfältig zu. Dann knöpfte er sich gemächlich den Hosenschlitz auf, holte seine Rute heraus und fing an, im hohen Bogen in das niedrige Abflußrohr zu pinkeln, das ungefähr zwei Meter von seinem Standpunkt entfernt an der Ecke des Speichers aus dem geteerten Boden ragte. Die Regenrinne des Gebäudes sollte eigentlich da hineinmünden, aber sie war seit Jahren kaputt. Max richtete sich auf und wollte Horst in den Rücken, aber Horst drehte sich um und ließ seinen Urin wie aus einem Gartenschlauch ringsherumspritzen. Unwahrscheinlich, über wieviel Wasser der Bursche verfügte. Auf diese Weise zog er sich, rückwärtsgehend, in das Treppenhaus zurück und schob innen den Riegel vor. Max mußte draußen bleiben, das Album war er endgültig los. Den ganzen Weg vom Speicher bis zur Hoftür des Treppenhauses zeichnete Horsts Pinkelspur.

Max ging gleich wieder zu Wolny 'rauf, um ihm zu beichten. Er kam ungelegen. Ernstl war da, kriegte die Schmachtlocke von Wolny frisch onduliert, fing an, sich zu schminken, schaute dabei lange in den kleinen Spiegel, der in der Küche über dem Ausguß hing. Ein Mädchen kam herein, als Colombine kostümiert, Max kannte es aus dem Album, es war Barbara; sie häufte Tortenstückchen auf einen großen persischen Metallteller, der sonst in der Samthöhle hing.

«Was willst du denn noch?» fragte Wolny. Max hatte nicht mehr den Mut, die Wahrheit zu sagen. «Ich habe meinen Drehbleistift bei Ihnen vergessen.»

«Hast ihn doch gar nicht gebraucht», sagte Wolny. «Sieh mal nebenan nach.»

Max ging ins große Zimmer, es hatte keinen Zweck, dort was zu suchen, was gar nicht verloren war; er kam wieder in den Korridor, schnüffelte am Gasautomaten herum, sah sich an, wo der Groschen eingesteckt werden mußte, las den Zählerstand ab, ging dann langsam auf die Wohnungstür zu.

«Hast du ihn?» hörte er Wolny aus der Küche fragen.

«Ja», sagte Max. «Wiedersehen.»

Auch Nikolovius hätte mit Wolny sprechen sollen, brachte es aber lange nicht übers Herz. Bloedorn, dem er das erzählte, sagte zu ihm: «Gehen Sie doch ruhig mal hin.» Seit dem abgeschlagenen Überfall auf den Holzplatz mochte er den Polizisten gern. Und als der dann endlich in dem Trödlerladen von Zimmer stand und seine Sorgen wegen Dinah vortrug, strich sich Wolny vornehm die langen grauen Haare hinter die Schläfen, spielte den Mann von Würde und Einfluß, der er nicht im geringsten war: «Mal sehen, was sich machen läßt, bitte etwas Geduld, versprechen kann man natürlich nichts, es ist sehr riskant, fragen Sie in ein, zwei Wochen wieder nach.» Dabei blieb es dann, wochenlang. Nikolovius: «Ich will es ja nicht umsonst.» Er kam immer und immer wieder, kümmerte sich nicht mehr darum, ob Wolny auf der Eisenbettstelle lag, die in der schmalen Küche stand, oder ob er sich vor dem kleinen Spiegel über dem Ausguß rasierte oder für irgendeinen Auftritt zurechtmachte, ob er mit Tabakfingern Elfenbeintasten niederdrückte oder gerade Gitarrensaiten zupfte. Nikolovius stand auch mal mitten in einer Gesellschaft bei Wolny vor der grünen Samthöhle, in der etwas ältere, stark geschminkte und gepuderte Damen plauderten, Tee tranken und sich bemühten, nicht zu grell zu lachen. Über ihnen ging sein breites rundes Gesicht mit den ausgeblichenen Augenbrauen auf. Er hatte einen langen, schlecht schließenden Hausmantel an, man konnte die Polizeihosen, das weiße Hemd und die Hosenträger darunter sehen. Wolny war in Frack und Weste, Kleidungsstücke, die Bloedorn von Formanowitz übernommen hatte.

«Tut mir unendlich leid», sagte Wolny leise. «Meine Erkundigungen blieben ohne Ergebnis, Herr Nachbar. Fräulein Lipschitz scheint nicht mehr da zu sein.»

Nicht mehr? Wo nicht mehr? Nicht mehr in der Albrechtstraße oder in Oranienburg? Vielleicht in Plötzensee? Auch nicht? Wo denn sonst? Nirgends mehr.

Nikolovius blieb stehen, kalkweiß, schlug Wurzeln vor der Samthöhle, neben dem Renaissanceschrank, die Gesellschaft kümmerte sich nicht weiter um ihn. Barbara kam vorbei als Colombine, präsentierte ihm gutmütig den großen Teller mit den Dessertstückchen: «Nehmen Sie doch bitte etwas Torte!» In jedem – Nougat, Krokant oder Marzipan – steckte eine kleine deutsche, schwarzweißrote Papierfahne mit der Gösch der neuen Männer. Nikolovius schlug unhörbar die Hacken seiner Kamelhaarschuhe zusammen, verbeugte sich stumm, verzichtete auf beflaggte Portionen, blieb aber stehen. In der Küche erzählte es Barbara kichernd Ernstl, der sich am Ausguß schminkte.

«Laß den Mann zufrieden» schimpfte Bloedorn.

«Hab ja nichts gegen ihn, sag ja bloß», maulte die Colombine.

Bloedorn ging zu dem Polizisten ins Zimmer.

«Wollen Sie noch was, Herr Nikolovius?»

Der Polizist redete nur, damit die hier sehen sollten, daß er noch nicht für immer stumm war, sie schauten alle so komisch über ihre Tee- oder Mokkatassen zu ihm herüber, er sagte: «Bei Ihnen oben klappt es schon eine ganze Weile so. Da muß ein Fenster offen sein.»

Bloedorn ging mit, stieg gleich zum obersten Stockwerk, da wohnte er, unter dem Gipskaiser. Der Polizist schloß seine Wohnung im zweiten Stock auf, wartete an der Tür, bis Bloedorn wieder herunterkam, das dauerte aber eine ganze Weile. Selbst wenn da oben zufällig ein Fenster offen gewesen sein sollte, solche verrückten Zufälle gab es ja, wäre doch das Klappen nie bis zum zweiten Stock zu hören gewesen, höchstens für die Wratsidlow. Zwischen Bloedorns und des Polizeibeamten Stockwerk lag die Wohnung des ermordeten Friseurs. Sie war nicht mehr bewohnt. Frau Heikes blieb jetzt monatelang in der Bülowstraße bei ihrer verheirateten Tochter.

Vielleicht habe ich mich geirrt», rief Nikolovius zum vierten Stock hinauf, «es kann auch Kasokat gewesen sein.»

Bloedorn kam herunter. «Nein», sagte er, «Sie haben sich nicht geirrt. Bei mir war tatsächlich ein Fenster offen.»

Horst Schimmelpfennig hatte sich bereit erklärt, Max Frick zu einer bestimmten Zeit in der Maison zu erwarten, um ihn Schnappauf vorzustellen. Der Termin lag so, daß Max bei Wolny die Klavierstunde absagen mußte. Wolny stand gerade mit dem Rücken zum Fenster und sah sich Fotos an, Max kamen sie wie Bilder aus dem Album vor, aber sie waren lose – dieselben oder ähnliche, wer wollte das entscheiden!

«Schon mal sowas gesehen?»

Meckerndes Lachen. Max wurde rot, schaute zu Boden, fing an zu stammeln: «Ich bin heute leider verhindert … Entschuldigen Sie bitte.»

Wolny hörte kaum hin, betrachtete die Fotografien und grinste. Da drehte sich Max um und verließ ohne Gruß das Zimmer, rannte im Korridor am Gasautomaten vorbei, schlug die Wohnungstür zu. Barbara steckte den Kopf aus der Küche: «Der hat es aber heute eilig!»

Er die Treppe in Sätzen hinab. Kasokat hämmerte. Weiter durch den Hausflur und 'rüber in die Wohnung seiner Mutter, und zwar durch den Flur. Der Laden war geschlossen, Frau Frick nahm in Lankwitz an einer Beerdigung teil. Innen drehte Max den Schlüssel zweimal 'rum und legte die Kette vor. Dann riegelte er sich im Klosett ein und hockte sich auf den geschlossenen Deckel. Damals waren noch das Becken und die ganze Nische mit Holz verschalt. Auf einem Paneelbrett stand unbenutzt die Petroleumlampe. Badewanne und Badeofen tauchten aus dem Dunkel. An der Tür hingen Bademäntel, unter ihnen auch Erwins Mantel, bleich und schlaff im halben, im geviertelten Tageslicht, das durch ein schmales Teilfenster fiel. Max sah nichts mehr, hielt das Gesicht mit den Händen bedeckt. Nach einer Weile klingelte es an der Wohnungstür, einmal, zweimal, dreimal, dann nicht mehr. Schritte entfernten sich die paar Stufen zum Flur hinab. Mutter würde nicht vor sieben aus Lankwitz zurückkommen.

Max verließ das Klosett, ging in die Küche, sah durch das große Fenster auf den Hof. Der lag ausgestorben vor ihm mit der Teppichstange, dem Bretterzaun, der das Nachbargrundstück abgrenzte, dem dürftigen drahtumzäunten Garten, unter dessen Geißblattbüschen Vater Frick, als Max klein war, den toten Kanarienvogel, in Goldpapier gewickelt, in einer Zigarettenschachtel begraben hatte. Max öffnete einen Fensterflügel. Kein Laut war zu hören, kein Wind in dem hohen, mageren Baum in der Mitte des Gartens, kein Fässerrollen von nebenan, aus Löblichs Flur, kein Klavierspiel im Lokal, kein Gegröl aus der Boxerwohnung oder bei Schimmelpfennig, die Moritat nicht und nicht die Internationale. Es dämmerte, aber es gab keine schönen Lampen, keine roten und grünen Signale wie in der Dennewitzstraße, nur hier und da in den Stockwerken schwächliches Küchenlicht hinter irgendwelchen häßlichen Gardinen. Max sehnte sich nach den Stadtbahnzügen, die zwischen dem Potsdamer Bahnhof und Großgörschenstraße oder Kolonnenstraße verkehrten, nach dem strahlend erleuchteten Nachtschnellzug nach Köln. Er ging in den Korridor, nahm die Kette ab und schloß auf, damit seine Mutter nicht zu klingeln brauchte. Dann ging er wieder in die Küche, machte Licht, zog die Vorhänge zu und fing an, seine Eisenbahn aufzubauen.

«Nanu», sagte Frau Frick, als sie heimkam, «du hier? Wolltest du nicht zu Horst Schimmelpfennig gehen?»

«Nein», sagte Max.

Zwölftes Kapitel

Die Straße lang und um das Karree: Mansteinstraße, Yorckstraße, Trödelladen Bloedorn, vormals Formanowitz. Der Hausgang zwischen den Schaufenstern, der Hof: unten Fliesen, oben der Wald von Lampen ohne Licht. Dunkle Großgörschenstraße, dunkler Friedhof, im Sommer um sieben, im Winter schon um sechs geschlossen. Nikolovius braucht sich nicht daran zu halten, er braucht auch den üblichen Eingang nicht, er kennt hier Zugänge von Müllkästen her, von Kisten unter Geißblatt und Klopfstangen auf den Höfen der Hochkirchstraße. Er wandert die schmalen Pfade zwischen immer dickeren Efeuhügeln ab, ist hier so gut wie zu Hause. Nikolovius bleibt, so lange es geht, bis keine Stadtbahnzüge mehr fahren, nur noch Güterzüge, als wenn nichts gewesen wäre, Lichter rot und grün über der Mauer zwischen der häßlichen Rückfront von Bolles Stallungen und den Häusern an der Unterführung.

Keiner vermißt hier irgendwen. Wenn es Sommer ist, fährt morgens die ganze gleichgültige Blase nach Wannsee, zum Großen Fenster oder nach Schildhorn zum Baden. Das müßte verboten werden, bis Dinah wiederkommt. Nikolovius verschanzt sich auf seinem Balkon, läßt die Marquise herunter, so weit es geht. Liest Zeitung, die Grüne Post – sie erscheint nur sonnabends, die Anzeigen interessieren ihn. *Ladenmädchen gesucht,* sieh mal an, die suchen auch. Aber sonst geht ihnen anscheinend nichts ab, manches ist womöglich besser geworden. Küchenschaben gibt es kaum noch, sind wohl ausgewandert, dies Pflaster wurde ihnen zu gefährlich. Berlin ist jetzt siebenhundert Jahre alt, sein Stolz ist die gute Küche, sagt die Illustriertenreklame. Bier- und Speiserestaurant im Hochhaus Berolina am Alexanderplatz eins. Klassisches Lindeneck bietet Musik und ausgezeichnete Biere. Zum alten Schweden. Kottler, der Schwabenwirt in der Motzstraße. Besuchen Sie die Stadionterrassen am Reichssportfeld, das ganze Jahr geöffnet, zivile Preise, auch für Uniformierte. Wer gesund werden und gesund bleiben möchte, sollte eine Trinkkur zu Hause machen. Häusliche Trinkkuren sind ärztlich empfohlen und haben sich seit Jahrhunderten bewährt. Auskunft und Broschüre kostenfrei durch die Hauptniederlage Brunnenvertriebs-AG, Yorckstraße 59. Wenn Kunze zu Besuch kommt, wird zu Hause getrunken, im Sommer auf dem Balkon unter der Marquise, aber nicht Brunnen, sondern Mampe Halbbitter mit dem Schimmelgespann, Fugger-Kirsch oder Korn und auf jeden Fall Schultheiß hell, unter laufendem Wasserhahn in der Küche gekühlt. Jeder hat eine Flasche und ein Glas vor sich auf dem Balkontisch stehen. Nikolovius trägt Hauslatschen, Kunze bequeme braune Halbschuhe. Den Tisch haben sie morgens erst aus dem Keller heraufgeholt, die Geranien stehen schon länger oben. Nikolovius hat die Kästen frisch gestrichen, mit guter grüner Ölfarbe von Lehmann, ein volles, sattes Grün; sieht gut aus zu dem Rot der Geranien.

Man muß staunen, wie still es hier wieder geworden ist, seit die Randalierer ihre Kampfzeit hinter sich haben. Auf dem Matthäifriedhof singen die Vögel so friedlich, ein Straßenhändler ruft «Blumenerde». Kasokat besohlt Schuhe, sein Hämmern hört das ganze Haus, soweit es noch hören kann. Bald blühen die Kastanien hinter der

Friedhofsmauer. Wenn es Gewitter gibt, kann das Wasser in der Sackgasse vor der Unterführung schlecht ablaufen, es steht noch stundenlang vor Lehmanns Malerladen. Kinder ziehen Schuhe und Strümpfe aus, gehen mit Zubern, Wannen, Segelschiffen ins flache Wasser, Schuhe und Strümpfe bleiben am Rinnstein, auf der Bordschwelle, auf den Stufen der Läden.

Nikolovius in Biesenhose, aber ohne Rock, Hosenträger über weißem Hemd, Ärmel hochgekrempelt, eine blaue Schürze vor dem Bauch, sitzt, den Klappstuhl von der Tischkante weit genug abgerückt, mit einem langschäftigen Stiefel auf den Knien. Sein linker Arm steckt bis zum Ellenbogen im Schaft. In der rechten Hand hält er einen weichen Wollappen, der vollführt Kreisbewegungen auf dem schon spiegelnden Schwarz. Kaffee braucht er nicht zu kochen, er trinkt Schultheiß, zwischendurch auch mal einen Mampe oder Fugger, er poliert und singt dabei. Kunze sieht zu, oder es sieht so aus, als ob er zusehe; er hört kaum und sieht was ganz anderes. Kasokat unten im Keller besohlt Damenschuhe, Herrenhalbschuhe, Haferlschuhe, die sind nicht mehr modern, das kümmert Kasokat nicht, er kriegt ja dafür bezahlt. Er näht Sandalen, repariert die hölzernen Sohlen von Opanken, schmeißt Sportschuhe, Spikes, Niedertreter aus Segeltuch zu den Fußballmauken in die Ecke. In seinen Regalen stehen Fußmodelle aus Holz, aus Gips, alle Formen, normale und abnorme. Kunze auf dem Balkon schüttet den Inhalt einer Schachtel Streichhölzer, Welthölzer, morgen die ganze Welt, auf den Balkontisch; er fängt an, Streichhölzer zu sortieren, immer zehn zu zehn. Am ersten Mai marschieren sie in Zehner-, in Zwölferreihen zum Tempelhofer Feld, morgen ist erster Mai, darum schlägt Kasokat die Stöckelschuh, Kinderschuh, Damenschuh. Die letzten Schaftstiefel wurden gestern abgeholt, müssen heute poliert werden, haben morgen schon Dienst. Wieviel Schuhzeug habe ich, verdammt noch mal, denkt Nikolovius, seit meinem Eintritt in die Polizei schon verbraucht? Schnürschuhe mit Ledergamaschen, mit Wickelgamaschen; Schaftstiefel gibt es in dieser Branche erst seit kurzem, zwei Paar für jeden Beamten, eins für den gewöhnlichen Dienst, eins zur Parade. Aufmärsche sagt man jetzt. Beide Paare gut benagelt und an Hacken und Spitzen mit Stoßeisen versehen. Auch die vorschriftsmäßige Anzahl von Zwecken darf nicht fehlen, Waffen unter der Sohle, Stich und Hieb und ein Lieb muß ein, ja muß ein Landsknecht haben, singen die Burschen von der Maison, nicht die Polizei singt das. Die Polizei in Hemdsärmeln und Hauslatschen singt den Zigeunerbaron, mein idealer Lebenszweck. Kunze schweigt, legt immer zehn zu zehn; er ist jetzt was Besseres als bei der Polizei, nicht bloß gewöhnlicher Kammerbulle, sondern großer Effektenzähler, wenn auch vorerst für die Winterhilfe. Daß er gleichzeitig für die geheime Polizei tätig ist, davon weiß Nikolovius nichts.

Simon hatte auch mal Effekten, militärische, in seinem Schaufenster stehen, das ist lange her. Aber gebügelt wird bei ihm immer noch. Er bügelt trotz seines Alters noch selber mit, Weißwäsche, Unterhosen, Unterhemden, auch Oberhemden, prima-prima, zu erschwinglichen Preisen. Was fertig ist und nicht gleich abgeholt wird, kommt aufs Regal. Herr Simon in Filzschuhen und blütenweißem Hemd ohne Kragen, aber mit blinkendem Kragenknopf, nimmt es vom Bügelbrett, steckt mit der Nadel einen Zettel an, auf dem der Name des Besitzers steht; er schlurft zum Regal hin, geht schon ziemlich gebückt, legt es zu den andern Stücken, die sich dort stapeln.

Bei Goldschmidt an der Monumentenbrücke stapeln sich Bretter und Rundhölzer, gut ausgetrocknete Ware, meist von vor 1914. Goldschmidt hat aber die Firma gar nicht mehr, arbeitet noch ein bißchen als Buchhalter dort und wohnt mit seiner Frau bei Schmielke, Mansteinstraße, der handelt mit Zigarren, Zehner-, Fünfundzwanziger-, Fünfzigerpackungen; die Sorten sind selbstverständlich auch einzeln erhältlich. Das Textilgeschäft Josef Ecke Hauptstraße ging auch in arische Hände über, die Leute sagen aber immer noch Josef. Im Parterre gibt es dort Knöpfe, Wäscheknöpfe, Garn, Nähseiden, Nähnadeln, Stricknadeln, Stecknadeln, Fingerhüte, Strümpfe, Wollsachen. In der ersten Etage hängen Hosen, Jacken, Kleider, Mäntel auf Bügeln an Stangen in langen Reihen.

Das ist bei Kunze anders. Da liegen sie, zehn zu zehn, in Bündel sortiert; an den Bündeln sind Nummern, nicht Preise oder gar Namen. Hüte gibt es bei Josef ebenso wie bei Kunze. Kunze hat vor allem viele Sport- und Baskenmützen, er könnte eine ganze Partisanenarmee damit ausrüsten. Seine Sachen sind alle nicht mehr ganz neu, auch die neuesten unter ihnen mindestens ein dutzendmal gebraucht. Mit gebrauchten Sachen handelten früher die Kleiderjuden, aber nicht in dieser Straße. Die Wratsidlow kann, Dinah könnte ein Lied davon singen. In Masuren gingen Zigeuner mit alten Kleidern von Haus zu Haus. Die Hüte trugen sie alle übereinander auf dem Kopf, das war sehr praktisch. Manche hatten fünf und mehr Hüte auf. Wenn Kunze nur all seine Hüte, von den Mützen nicht zu reden, übereinander aufsetzen wollte, so ergäbe das mindestens die Höhe eines der alten vierstöckigen Mietshäuser samt den Kaiserbüsten mit den Adlerhelmen.

Aber Kunze handelt ja nicht mit seinen Hüten, er zählt sie nur. Er registriert und legt ab, oder besser: läßt registrieren und ablegen, hat seine Leute dazu. Er steht sich jetzt nicht schlecht als Oberinspektor, hat eine Sekretärin und zwei Gehilfen. Der Schriftverkehr ist umfangreich und schlägt in mehreren Ordnern und Heftern zu Buch. Wenn die Ordner voll sind, werden sie in den Panzerschrank gestellt.

Die Sachen, um die es sich bei der Winterhilfe handelt, liegen auf großen wackligen Gestellen aus rohem Fichtenholz. Aber in ein paar Jahren ist Krieg, da avanciert Kunze zum Depotkommandanten eines anderen Unternehmens, das hat ihm der Boxer schon unter vier Augen verraten, die Pläne dafür sind bereits fertig. Dann liegt das Zeug haufenweise auf dem Betonboden von Steinbaracken: keineswegs gespendetes, sondern konfisziertes Material. Dann werden die Sachen öfter als bloß einmal im Monat mit Lastwagen abgeholt. Wo bringt sie der Fahrer hin? Er transportiert sie zu bestimmten Papierfirmen, auch zu Zellstoffabriken, klappt den einen Seitenbord seines Wagens 'runter. Was darauf geschieht, ist schon die Angelegenheit der Lageristen des betreffenden Werkes. Sie räumen das Material in ihre Rohstoffspeicher und quittieren ihm die Ablieferung. Gleich danach fährt er wieder los. In Kunzes Dienststelle übergibt er die Quittung. Fräulein Mertens oder wie die Sekretärin gerade heißt, locht sie und heftet sie ab. Mehrere Ordner stehen dann im Panzerschrank. Trotzdem ist es fraglich, ob wir damit auskommen werden, denkt Kunze schon jetzt, und der Schweiß steht ihm auf der Stirn. Denn der Boxer hat ihm ein ebenso großartiges wie schauriges Bild der nächsten Zukunft entworfen. Kunze fürchtet, er werde nicht die Nerven dafür haben. Aber irgendwann wird doch wohl mal Schluß sein. Oder soll es immer so weitergehen? Tausend Jahre, sagt der Boxer, auch Schimmelpfennig sagt das. Der hat gut reden, er streicht bloß Namen auf irgendwelchen Listen an und aus. Was dann geschieht, davon hört und sieht er nichts.

Also einmal ist es zu Ende, oder nicht? Man darf es ja nicht laut sagen, eigentlich nicht mal denken. Aber gesetzt den Fall, es kommt alles so, wie sie es planen: der große Krieg, die Abrechnung mit allen offenen und heimlichen Gegnern, die Lösung der Judenfrage oder wie sie das nennen … und irgend etwas geht schief und plötzlich ist Schluß, was dann? Was machen dann zum Beispiel wir vom Kleiderdepot Oranienburg, Außenstelle?

Nikolovius natürlich ahnt von alledem nichts. Es wäre auch dumm, ihm was zu stecken, das hätte gar keinen Zweck. Er ist ein zu harmloser Mensch, harmlos und pflichtbewußt, das brauchen wir, von der Sorte können wir gar nicht genug haben. Er poliert seine Stiefel für den Aufmarsch am Tempelhofer Feld und singt dabei den Zigeunerbaron. Was soll man bloß mit ihm reden, wenn man ihn besucht? Als Schupo war er immer treu, nicht dran zu tippen. Aber er ist niemals richtig Soldat gewesen.

Wirklich größere Sachen hat der nie erlebt, und er wäre dabei auch wohl nicht zu gebrauchen. Wahrscheinlich hat der noch nicht mal auf einen richtigen Gegner angelegt. Der versteht unsereinen ja gar nicht, denkt, wir kommen vom Mond oder sind so was wie Marsmenschen. Was tu ich denn hier bei dem Heini auf dem Balkon? Ein Helles kann ich mir selber kaufen, wenn ich eins will. Die neue graugrüne Uniform der Schutzpolizei mit braunen Aufschlägen und mattweißen Knöpfen, das wäre vielleicht ein Thema für ihn. Mich interessiert es nicht.

«Kunze, sing mit», sagt Nikolovius, «glücklich ist, wer vergißt, was nicht mehr zu ändern ist!» Jetzt verwechselt er schon den Zigeunerbaron mit der Fledermaus!

«Haste noch einen Mampe?»

«Kannst auch zweie haben.»

«Nee, mittags vertrag ich nicht so viel.»

Früher hat Kunze ganz gern gesungen, beim Königsjägertreffen zum Beispiel, wo Schimmelpfennig tonangebend war, da sangen sie, meist alte Soldatenlieder: Der Leib gehört der Erde, die Seel' dem Himmelszelt, der Rock bleibt in der Welt. Das kann man wohl sagen, bleibt in der Welt. Und wird registriert. Bleibt in der Welt und geht in andere Hände über. Oder er kommt in eine Zellstoffabrik, wird in große Bottiche geschüttet, verändert sich, bleibt aber in der Welt, da ist gar nichts zu machen. Auch die Panzerschränke bleiben in der Welt und werden immer voller. Weiß Gott, was da noch alles hineinkommt! Und wenn die dann eines Tages jemand von denen aufkriegen sollte, für die sie geschlossen wurden, so weiß er Bescheid. Er weiß dann, wie viele Röcke in der Welt geblieben sind, und wenn Feuer vom Himmel fällt. Wenn es Phosphor regnen sollte und die Schränke bis auf die feuerfesten Innenkassetten ausgeglüht werden, gehen die Originale zum Teufel. Aber – das haben Versuche gezeigt und Erfahrungen aus dem spanischen Bürgerkrieg, ich habe die Berichte gelesen – die ganz dünnen, feinen Durchschläge, die bleiben beständig. Man muß zwar sehr vorsichtig mit ihnen umgehen, damit sie nicht gleich zerfallen. Aber die Maschinenschrift wird auf ihnen zu lesen sein, im umgekehrten Farbenverhältnis, was weiß war, wird schwarz, was schwarz war, wird weiß: weiße, geisterhafte Buchstaben auf katafalkschwarzem Papier. Wer will, wird es lesen können. Dann werden sie kommen und beweisen, an Hand der Zahlen von Röcken,

Hosen, Herrenulstern, Windjacken, Damenkleidern, Kindermänteln, Strümpfen und Schuhen, meist Halbschuhen, Pumps und Kindersandalen, an Sport- und Baskenmützen, Skikappen, Damenhüten, Schlapphüten und Homburgs, an Handschuhen und Schals werden sie beweisen, wie viele dazugehörige Leiber die Erde verschweigt, besonders rund um all die Hauptlager, denen vielleicht keine genaue Zahl nachzuweisen ist. Das ist dann die Zeit der Außenstellen, Kunze, da mußt du über alle Berge sein, falls das noch möglich ist. «Leg endlich die Streichhölzer weg», sagt Nikolovius und gießt den Mampe ein. «Du zählst dich ja tot!»

Dreizehntes Kapitel

Herumlaufen war glatter Blödsinn. Aber bei bestimmten Stellen Eingaben machen, als einfacher Schupo, noch dazu ohne Parteibuch, das war noch verrückter. Niemand wußte etwas, und viele wollten nichts wissen. Irgend jemand hätte wenigstens ihren Tod bestätigen sollen. Einen Totenschein stellte doch, wenn nötig, jeder beliebige Arzt aus, das kostete natürlich eine Kleinigkeit und konnte es ja auch. Man mußte sich abfinden, drüberwegkommen. Das Leben geht weiter, heißt es, wenn du nicht mehr weiter weißt. Bist nicht auf der Welt, um glücklich zu sein.

Das Radio ließen manche Leute von morgens bis abends gehen, Unterhaltungsmusik, Wiener Klassik, Wasserstandsmeldungen, Nachrichten, Sendung für das Landvolk. Dann wieder Musik, Gold und Silber von Lehar, Erika und Madrigale aus dem 16. Jahrhundert, es singt und spielt die Rundfunkspielschar des Deutschlandsenders, da schalteten viele ab. Bei dieser Spielschar war Ernst Waldemann, Wolnys blondlockiges Ernstl, es bot sich an, Max Frick auch dahin zu bringen, aber Max wußte noch nicht recht. Denn Horst Schimmelpfennig hatte zu ihm gesagt: «Wenn du zu uns kommst, in die Maison de santé, dann kriegst du das bewußte Album wieder, sonst nicht.»

Nikolovius las jede Zeitung, die er haben konnte, am liebsten den Anzeigenteil. Er las beim Friseur, wenn er nicht gleich an die Reihe kam, damit die Zeit besser verging. Ein Jammer um die Zeit, die schneller vergehen soll! Mensch, wie haben sie dich verladen! Weiß denn Wolny wirklich nichts? Kunze zuckte bloß mit den Achseln und sagte: «Tu mir den Gefallen und frage nicht auch noch Schimmelpfennig, so was kriegst du fertig. Dann kann ich dir nicht helfen.»

Was denn, dachte Nikolovius, du kannst ja jetzt schon nicht helfen oder willst nicht. Du hast vielleicht Angst und redest große Töne. Kann denn ein Mensch einfach verschwinden?

Eine Flucht, sagte er sich, aber die müßte gut vorbereitet sein. Für die nähere Umgebung genügt eine der neuen, preiswerten Ullstein-Wanderkarten. Sonntagsausflüge in die Umgebung sind seit eh und je mit Recht sehr beliebt. Heutzutage werden sie meist organisiert. Man muß also vor übenden halbmilitärischen Gliederungen der Partei auf der Hut sein. Für Fahrt und Wanderung ist der bunte Vogelschau-Plan der B.Z. am Mittag geeignet, Sehenswürdigkeiten sind hervorgehoben. Die Rückseite zeigt ein plastisches Bild der Umgegend, Preis fünfzig Pfennig.

Es blieb dennoch beim alten Trott. Aufstehen, waschen, rasieren, Stiefel putzen, während das Kaffeewasser kochte. Mittagessen zu Hause oder in der Kaserne, manchmal auch bei Aschinger. Abends eine Molle, einen Korn, bei günstiger Jahreszeit auf dem Balkon. Vor allem: stehen, immer wieder stehen, auf dem Bautzener Platz neben dem Sandsteinbrunnen mit dem breiten Rand, auf dem nie mehr ein Tschako abgestellt wird, du Maske, du Figur, du Abziehbild! Unsere treue Schutzpolizei, das sind lauter Pappkameraden, mit denen kann man es machen.

Wie lange soll man das noch ertragen? fragte sich Leonhard Goldschmidt, einst Inhaber, jetzt geduldeter Buchhalter der Holzfirma vormals Sebastian Goldschmidt. Er wurde unter dem Tarif bezahlt, hatte aber noch ein paar Ersparnisse, von denen lebte er mit seiner Frau, nicht mehr in der feudalen Wohnung an den Bülowbogen, im

Haus mit den Karyatiden, sondern in einem Hinterzimmer der Tabakhandlung Schmielke in der Mansteinstraße.

Alle Leute, die zur Luthergemeinde gehörten, und das waren die meisten in dieser Gegend westlich des Kreuzbergs, wurden nicht auf dem alten Matthäifriedhof, sondern in Lankwitz begraben. Für den, der dahin wollte, kam hauptsächlich Bahn in Frage, die Stadtbahn, eine der ältesten elektrischen Strecken, nach Lichterfelde Ost. Eine Station vorher mußte man aussteigen. Oder die Dampfbahn bis Marienfelde: einsamer Bahnhof, Fußweg über Felder, die waren flach wie ein Brett. Vom Bahnhof Lankwitz aus ging man erst ein Stück durch diesen Vorort, dann durch den Stadtpark; er hatte einen Hügel, gemessen an den Äckern von Marienfelde war es schon ein Berg. Auf dem Gipfel stand das Kriegerdenkmal, ein Rundbau aus Kalksteinen, von großen Bögen durchbrochen, innen war alles voller Namen. Zu erwähnen wäre noch der längliche Teich, er schlängelte sich in breiten Windungen durch die Anlage, ein paar Schwäne glitten dahin wie Firmenzeichen. Das See-Ende war eine niedrige Mauer aus dem gleichen Material wie oben das Denkmal. Trauerweiden in ihrer Nähe dienten seit eh und je als beliebtes Hintergrundmotiv für Fotografen.

Hier hatte Wolny für Familienalben geknipst.

Mit dem Park war der Vorort zu Ende. Hinter Schneebeerenbüschen tauchte links an einer Allee die Kaserne auf, in der Leonhard Goldschmidt kurz vor dem ersten Krieg gedient hatte, beim Garde-Train, er war sehr stolz darauf. Vor dem Friedhof ging rechts eine stille Straße ab. In einer ihrer kleinen hellgrauen Villen gab es eine Konditorei. Man traf sich dort nach Beerdigungen und am Totensonntag. Die beiden Räume waren dann von Zigarettenrauch und Kaffeeduft erfüllt. Wenn es draußen nicht regnete, so war doch Nebel. Die Sonne schien niemals.

Herr Schmielke, bei dem Goldschmidts neuerdings in einem Hinterzimmer wohnten, war dick und rosig, er trug immer einen pfefferundsalzfarbenen Anzug mit ebensolcher Weste, an der eine breite goldene Uhrkette hing. Ständig hatte er einen Zigarrenstummel im Mund. In seinem Laden hing Simon Arzt an der Wand mit rotem Fez auf dem Kopf, daneben der Hafen von Konstantinopel, das Goldene Horn mit Minaretts und Zypressen. Diese Räumlichkeiten waren ganz anders als Goldschmidts frühere Wohnung Ecke Bülowstraße. Dort hatte schon Leos Großvater gewohnt, als er seinen ersten Erfolg errang mit Bauholz an der Bautzener Straße, damals sagte man: an der Anhalter Bahn. Großvater Goldschmidt lag jetzt in dem antiken Mausoleum, genauer im Kellergeschoß jenes Landhauses im römischen Stil auf dem Matthäifriedhof, das Nikolovius aus seiner Jugend so gut kannte. Der alte Goldschmidt hatte in den siebziger Jahren die Bekanntschaft eines russischen Großfürsten gemacht, zu einer Zeit also, als Schmielke auf die Welt kam; an Leo war noch nicht zu denken. Der Fürst war mit Gefolge in Baden-Baden gewesen, hatte gespielt und hoch verloren, sein gesamtes Bargeld, er konnte für sich und die Seinen die Rückreise gerade bis Berlin bezahlen. Hier nun machte er, weiß Gott auf welche Weise, die Bekanntschaft jenes tüchtigen Herrn Sebastian, des späteren Kommerzienrats Goldschmidt. Dieser konnte ihm mit einer großen Summe helfen. Die Firma verdiente in den Gründerjahren ausgezeichnet, die Gegend zwischen der Anhalter Bahn und der Stamm- beziehungsweise Wannseebahn brauchte viel Bauholz. Auch jenseits des Matthäifriedhofs und des Bahnhofs Großgörschenstraße wurde gebaut. Die Maison de santé entstand damals, zu ihrem ursprünglichen Zweck errichtet. Die letzten Schöneberger Bauern verkauften ihren Grund zu Wucherpreisen, überall wuchsen Wohnblöcke empor. Die große Gasanstalt gab es selbstverständlich noch nicht. Hoch- und Untergrundbahn kam erst ab 1902 in Frage, auch daran hat Sebastian dann verdient. Die spätere Gotenstraße war noch eine Art Wüste vor den Toren; andere Straßen, die in jenen Jahren schon florierten, sind heute wieder in den ehemaligen Zustand innerhalb der Tore, der Kontrollstellen – Feldmark, Wüste, Steppe – zurückgekehrt.

Die Bedingung, zu der Sebastian dem Großfürsten die Summe lieh, war merkwürdig. Es sollte nicht bar zurückgezahlt werden. Wälder, über deren Ausdehnung Goldschmidt staunte, als der Fürst sie ihm auf einer Karte des Zarenreiches mit dem Rotstift umrandete, sollten ihm gehören. Um die Gegend kennenzulernen, fuhr Sebastian bald darauf nach Rußland. Diese Wälder waren von Generationen nicht, wahrscheinlich niemals zu erschöpfen. Es hieß, noch kein Mensch habe sie je durchquert. Wie weit sie überhaupt nach Osten reichten, wußte wahrscheinlich nicht einmal der Großfürst ganz genau. Bauern der westlich von ihnen gelegenen Dörfer begannen für Goldschmidt Holz zu schlagen. Die abergläubischen Leute trauten sich zuerst nicht allzu weit hinein, sie fürchteten sich vor Gespenstern. Glaubhaftere erzählten von großen Unterschlupfen, ganzen Walddörfern, die es in den Dickungen und auf entfernten, schwer zugänglichen Lichtungen gäbe. Es hieß, dort lebten noch die Nachkommen von Strelitzen und Dekabristen, zu ihnen wären in neuerer Zeit polnische Patrioten, Nihilisten und Juden gestoßen. Goldschmidt kümmerte sich nicht weiter darum. Das Innere dieser Wälder hielt er nicht für sein und seiner unmittelbaren Nachfolger Problem. Er und sie würden nur mit dem Kahlschlag einiger westlicher Ränder zu tun haben. Er ließ die alten Bestände fällen, auf Panjewagen und im Winter auf Schlitten verladen, über hundert Werst weit zu den nächsten Stationen, Juchnow und Martinowka, und dann mit der Bahn über Brjansk, Brest, Warschau, Posen zum Bautzener Platz fahren. Nahezu vierzig Jahre lebte die Firma davon. Dann brach der Erste Weltkrieg aus. Leonhard Goldschmidts Frau stammte aus Pommern, sie war mit Waldemann verwandt, dessen Sohn Ernst mit Wolny befreundet war. Seit Frau Goldschmidt nicht mehr an den Bülowbogen wohnte, kam sie kaum noch unter Leute. Früher hatte sie immer für ihren Mann Zigaretten eingekauft, nicht in den feudalen Geschäften der Innenstadt, nicht bei Loeser und Wolff am Halleschen Tor, sondern bloß bei Schmielke in der Mansteinstraße, wo die zierliche blaue Flamme auf dem Dauerbrenner stand und wo auf den dün-

nen Klang der altmodischen Türglocke hin Herr Schmielke, breitge-
sichtig und rosig, den Stummel im Mund, goldene Uhrkette über dem
Bauch, durch den Vorhang zwischen den Regalen in den Laden trat.
Jetzt brauchte sie nicht mehr hier einzutreten, sie war schon drin,
wohnte mit ihrem Mann dort, seit ihm die alte Wohnung enteignet
worden war. Schmielke überließ ihnen für wenig Miete das Berliner
Zimmer mit dem großen Fenster nach hinten hinaus. Er selber, seit
Jahren alleinstehend, behalf sich mit Küche und Kammer.

In Goldschmidts altem Haus in der Bülowstraße wohnte im ersten
Stock eine Familie, die wegen der sportlichen Verdienste des ältesten
Sohnes, er ritt für Deutschland, berühmt zu werden versprach. Nebenan hatte Dr. Marx, einer der späteren Leibärzte des Staatsober-
hauptes, seine Praxis. Die Leute nannten ihn wegen seiner einförmi-
gen Therapien den Schnapsdoktor, das klang komisch, denn sein be-
rüchtigtster Patient war, wie es hieß, Abstinenzler. Oben auf dem
Dach stand eine schmiedeeiserne, verschnörkelte Reklame aus dem
Anfang des Jahrhunderts, sie warb für Liebigs Fleischextrakt.

Frau Goldschmidt saß in Schmielkes Hinterzimmer oder bei günstiger Jahreszeit auch mal im nahen Kleistpark und las oft Fontane,
dessen Treibels und Poggenpuhls auch hier ganz in der Nähe behaust
gewesen waren. Leonhard interessierte sich mehr für das, was man
damals vaterländische Literatur nannte: Bismarcks «Gedanken und
Erinnerungen» und die Memoiren des letzten Kaisers. Diese Bücher
hatte er aus der alten Wohnung zu Schmielke mitgeschleppt. Er saß
abends im Hinterzimmer an dem Fenster und las, wenn draußen die
Signale erleuchtet wurden und Fernzüge und Stadtbahnzüge mit hellen Abteilen vorbeifuhren. Viele seiner Glaubensbrüder hatten zu der
Zeit die Stadt längst verlassen, auch er wäre vielleicht schon fortgewe-
sen, aber seine Frau wollte es nicht, sie fühlte sich für eine fluchtartige
Reise nicht gesund genug, außerdem hing sie sehr an der Stadt. So
blieb Leo also weiter auf seinem Posten, Buchhalter in der eigenen
Firma, schwärmte unentwegt für Bismarck, für Kaiser Wilhelm, dachte
natürlich auch an das verlorene Geschäft und an die verlorenen Wäl-

der. Die beschränkten Verhältnisse, in denen er nun mit seiner Frau leben mußte, waren seine geringste Sorge. Die Goldschmidts waren preußische Juden und hatten nie auf großem Fuß gelebt, selbst dann nicht, als es unter dem letzten Kaiser Mode wurde.

Helfen konnte eigentlich nur Mampe, Halbbitter. Nikolovius brachte Herrn Goldschmidt manchmal eine Flasche, denn zu Löblich traute sich Leo Goldschmidt nicht, er ging in fast gar kein Geschäft mehr, er wurde abends bald müde am Fenster. Er ließ das Buch sinken, sah die Bahngleise wie etwas ganz Fremdes, schlief ein und träumte. Von Dr. Marx zum Beispiel und dem Jockey aus dem ersten Stock des Hauses mit den Karyatiden, in dem er bis vor kurzem fast sein ganzes Leben verbracht hatte. Marx und der Jockey kauften in Leos Traum bei Schmielke eine Riesenzigarre, steckten sie an der kleinen Gasflamme in Brand, liefen zum Bautzener Platz damit und beleuchteten den Häuserblock bis zur Hochkirchstraße, bis zum Matthäifriedhof. Vor dem Sandsteinbrunnen stand, groß und mit hohem Tschako, Nikolovius, weder grün noch blau, sondern sandfarben, aus Sandstein, rotgelb beleuchtet. Schöneberger Roland ohne Schwert, steinerner Gast auf Erden. Leo spürte plötzlich, daß er selbst eine Sandsteinsäule war und neben dem Polizisten stand. Die Flammen hatten jetzt das Holz seiner Firma erfaßt. Sie brannten es vollends zu Asche, ohne daß er sich von dem Brunnen rühren konnte. Auch dann hatte das Feuer noch nicht Ruhe. In breiter Welle kam es über die Bautzener Straße. Züge fuhren auf der Anhalter Bahn heran, erschienen unter der Monumentenbrücke, offene Güterwagen, Plattenwagen, endlos, voller Stämme. Goldschmidts russische Wälder kamen an, wurden von ihren bisher verborgenen Bewohnern begleitet, dann abgeladen von Strelitzen, Dekabristen, polnischen Patrioten, Nihilisten, von allen, die für die Freiheit kämpfen, ins Feuer geworfen, es fraß schon die Großgörschenstraße an, fiel ein bei Löblich und in die Wohnungen des Kreisleiters und des Boxers. Bald brannte das ganze Viertel; vom Kreuzberg und von der Anhalter Bahn im Osten bis zur Wannseebahn im Westen, vom Gleisdreieck und den Bülowbogen im Norden bis zur Gasanstalt, zur Goten-, zur Ebersstraße im Süden war der Himmel rot. In dem anschwellenden Feuersturm standen auf dem Brunnen Leonhard und Nikolovius angeschmiedet, beide aus feuerfestem Stein, fühllos, schmerzlos, mitleidlos.

Jahre früher, in der Nacht des Reichstagsbrandes oder am Tage danach, konnte man von der Monumentenbrücke aus fern im Stadtinnern nachts die hellen Flammen und tags noch stundenlang den dicken schwarzen Qualm aus der Wallotschen Kuppel schlagen sehen. Unter der Brücke fuhren Triebwagen nach Lankwitz, Dampfbahnen über Marienfelde nach Lichtenrade, nach Zossen, Fernzüge nach München und Prag. Linkerhand grenzte die Firma Goldschmidt an, Baumaterial, Brennmaterial für Täuschung und törichte Hoffnung. Daneben fuhren so viele Züge, aber kein Zug für Leo und seine Frau.

Auf dem Dach des Hauses, in dem Leonhard geboren worden war und den größten Teil seines Lebens verbracht hatte, stand in schmiedeeisernen, kursiven Lettern: *Liebigs Fleischextrakt ist gesund.* An dem Abend, als sie zu ihm kamen, wie sie vorher zu Kasokat gekommen waren, benutzten sie nicht den Fahrstuhl; sie sprangen sofort die Treppe hinauf. Aufgang für Herrschaften mit rotem Läufer, nahmen zwei Stufen auf einmal, läuteten Sturm an der Wohnungstür und riefen: «Aufmachen, Staatspolizei!» Sie waren schwarzuniformiert und hatten gleich einen eisenbeschlagenen Stiefel zwischen Tür und Schwelle. Es lief glimpflicher ab als bei Kasokat.

Bei Schmielke hielt sich Frau Goldschmidt Tauben in einem Schlag auf dem Hof, vor ihrem Fenster, an der Wannseebahn. Auch als sie schon schwer krank war, sie litt an Herzasthma, las sie noch gern Zeitungen. Nikolovius brachte ihr am Wochenende die Grüne Post. Wie er, so studierte auch sie mit Vorliebe die Anzeigen: Kapitol-Lichtspiele bringen im nächsten Programm Gefährliches Pflaster und Reiter ohne Gnade. Chinchilla-Zucht daheim. Sonderangebot von Lederjacken, Lederriemen, Lederpeitschen, ausgesuchte Qualität in modernen Farben zur Auswahl. Arzthelferin, der ideale Frauenberuf.

Leonhard hatte immer auf Hindenburg gesetzt, auch das war ein Irrtum gewesen.

«Machen wir doch eine Reise», sagte Leonhard, «da kommt man auf andere Gedanken.»

«Wohin denn?»

Ins Westend-Krankenhaus. Frau Goldschmidt war sehr krank.

Hoffentlich vergißt Herr Schmielke die Tauben nicht, wenn ich nicht mehr da bin, dachte sie. Auf Leonhard ist gar kein Verlaß mehr.

Manchmal vergaß er, daß er jetzt in der Mansteinstraße wohnte. Er strebte am Feierabend den Karyatiden zu. Yorckstraße, Wannseebahn, Eckkneipe zum Afrikaner, die Promenade, die Lutherkirche, dann die Bülowbogen. Eine Hochbahn kam und verschwand rechts in den Häusern. Links war das Gebäude mit der Liebig-Reklame, die Haustür unter griechisch gestütztem Balkon. Im Flur echter Marmor, der Fahrstuhl eine frühe Konstruktion der Firma Flor. Wenn er gerade unterwegs war, hörte man oben im Schacht ein beunruhigendes Geräusch. Zuerst schwebte das Seil herab, der Fahrstuhl folgte mit leiser Bewegung, rastete dumpf ein. Die Kabine war nach zwei Seiten verglast, das war altmodisch, aber vorteilhaft. In den modernen geschlossenen Lifts weißt du nicht, wie dir geschieht. Manche werden von dem Portier oder von dem Boy bedient, aber die bleiben draußen. Solche Lifts fahren unheimlich schnell, das merkst du gar nicht. Plötzlich geht die Tür auf, und du kannst von Glück sagen, wenn es bloß ein Restaurant ist, in das du kommst, hoch über Manhattan oder dem Hamburger Hafen. Hier bei den Karyatiden war also der Lift durchsichtig, wenigstens an zwei Seiten, das genügte schon. Erster Stock Nickels und Tomaschecks, zweiter Stock wir, vormals Sebastian Goldschmidt, dritter Stock – wohin denn? Dritter Stock Doktor Marx, Facharzt für innere Krankheiten, der praktiziert auch nur noch nebenbei, hat es nicht mehr nötig. Lausige Gegend hier: Taxischofföre, Zuhälter, Juden und verarmte Adlige. Marx war früher in Kliniken tätig, vielleicht auch am Teufelssee. Jetzt wachte er über die Gesundheit der Staatsführung, aber nicht mit Schnaps. Den trank er vermutlich allein, wenn er nur noch einen Funken von Gewissen hatte.

Vierter Stock – schon vergessen, obwohl ich so lange in diesem Hause wohnte und so kurze Zeit erst bei Schmielke bin, dachte Leo. Aus den Augen, aus dem Sinn; ich habe die Leute selten gesehen, aber die geheime Polizei kennt sie. Die kennt alle. Nächste Etage Dachgeschoß, dann käme Fleischextrakt, so weit sind wir noch nicht, wir kehren um. Ich muß noch mein Fahrgeld abfahren, Ring über Westkreuz, über Ostkreuz, ohne Umsteiger. Und dann abwärts bei gedämpftem Trommelklang, gedämpfter Treppenbeleuchtung, vorbei an dem roten Läufer mit den Messingstangen in den Stufenwinkeln, wir machen noch ein bißchen auf vornehm. Immer das gleiche Bild und immer leise an der Glastür vorbei.

Am Bautzener Platz passierte nicht viel. Nikolovius hatte dort Zeit zum Nachdenken. Sollte er mit Kasokat sprechen? Sollte er nicht? Der wußte ja auch nichts, und wenn er was wußte, dann sagte er es nicht, der würde sich hüten. Sie kommt, sie kommt nicht mehr, pfiff Nikolovius vor sich hin. Ihr haben sie es besorgt. Sie ist nicht so gefügig gewesen wie ihr brutaler, sogenannter Pflegevater. Vielleicht hat man sie schon bei der Vernehmung totgeschlagen; wenn schon, dann am besten schnell, was du tun willst, tue bald.

Wenn er zufällig den Kreisleiter vorübergehen sah, dann konnte er sich nicht mehr beherrschen. Er ließ zwar die Pistole an Ort, aber den Kragen mußte er aufhaken; das war im Dienst verboten, es mußte jetzt aber sein, etwas wollte 'raus. Aber es kam nichts mehr, kein wilder Vogel mit Schnabel und Kralle, nicht einmal eine Wespe. Das nannte sich nun innerer Widerstand!

Im Spätsommer war es dann soweit. Die letzten Augusttage brachten strahlendes Wetter, alle Schwimmbäder an der Havel waren überfüllt. Am ersten September begann der Krieg. Als die deutschen Panzerspitzen Warschau erreichten, starb in Westend Frau Goldschmidt. Sie wurde nicht in dem alten Mausoleum auf dem Matthäifriedhof beigesetzt, sondern in Lankwitz begraben, auf dem Friedhof der Luthergemeinde. Zu der hatte sie gehört, ob sie nun an den Bülowbogen oder bei Schmielke zu Hause gewesen war.

Zum Lankwitzer Friedhof gelangt man durch den Stadtpark, da steht auf herbstlichem Hügel ein Denkmal voller Namen, es gibt gar keinen Platz mehr für die neuen. An der Allee, die an dem Park entlangführt, liegt Leonhards Kaserne, sie steht jetzt fast leer, die meisten Bewohner kämpfen in der Tucheler Heide oder im Weichselbogen.

In seiner Jugend hat hier Leonhard Goldschmidt Kaiser Wilhelms Garde-Train vorbeigefahren, zuerst in blauer, später in grauer Uniform. Heute geht er zu Fuß, in schwarzem Anzug, und trägt einen großen Kranz. Gärtner Schulz hat ihm den Preis herabgesetzt («alles, was ich für Sie tun kann, lieber Herr Goldschmidt»). Die wenigen Spaziergänger werden immer weniger, Schmielke ist unter ihnen. Er geht eigentlich nicht spazieren, er geht zur Beerdigung, ohne Zigarrenstummel, in seinem Pfeffer-und-Salz-Anzug, mit Trauerflor am rechten Ärmel. Auch er trägt einen Kranz. Es ist neblig und kühl an diesem Morgen, Marienfelde ist nicht zu sehen. Die kleine Konditorei in der Nebenstraße ist nicht zu sehen, auch Lichterfelde nicht. Von dort kommt Marschgesang, da steht die alte Kadettenanstalt, heute eine Unterkunft der Leibstandarte, da sind die Kasernen am Gardeschützenweg, da ist Ersatz, der zum Bahnhof marschiert. Leonhard Goldschmidt stapft mit dem Kranz an den Marienfelder Äckern entlang, wird kleiner, immer kleiner, bald ist auch er nicht mehr zu sehen; er verschwindet im Nebel, im Osten, da gibt es die Wälder von Juchnow und Martinowka, die hat er von seinem Großvater geerbt, die hat ihm Stalin gestohlen. Da halten sich jetzt die Versprengten, die letzten Zarentruppen, Kornilows Weißgardisten, Budjonnys Deserteure, unbotmäßige Kommunisten und Berliner Juden, lebenslängliche Partisanen, die Stämme sind hundert-, die Wälder tausendjährig, nicht zu erschöpfen.

Vierzehntes Kapitel

Wenn Max Wolnys Fotoalbum wiederhaben wollte, so blieb ihm gar nichts anderes übrig, als Horst Schimmelpfennig in jenem Heim am Kaiser-Wilhelm-Platz aufzusuchen. Dann – das wußte er – würde er sich breitschlagen lassen und in der Maison bleiben.

Heimbeschaffung war in den ersten Jahren nach der Machtübernahme bei dem starken Zuwachs an Mitgliedern nicht einfach gewesen für die Führer der Staatsjugend. Manche Gefolgschaft hatte sich mit ehemaligen Pferdeställen, mit Möbelmagazinen, mit leerstehenden Privatkliniken begnügen müssen. Später wurden Baracken gebaut, wo gerade, meist notdürftig, Platz dafür war, zum Beispiel an den Rändern der vielen, damals noch stark befahrenen Bahnkörper. In der ehemaligen Maison de santé, sie lag mitten in Schöneberg, gab es lange Flure und viele Türen, die vielen kleinen Räume unterschieden sich kaum. Ihre Wände waren häßlich weißgrün getüncht, unter den Bänken, die mindestens an zwei Wänden standen, war die Tünche von vielen beschlagenen Absätzen der vielen Schnürstiefel und Schaftstiefel mutwillig oder renommierend oder gedankenlos abgeschabt, abgekratzt, abgeschlagen worden. Erst wurde geschlagen, dann abgekratzt. Vorher wurde gesungen, hinterher gesungen, es blieben immer ein paar Kehlen übrig, die noch nicht heiser genug waren. Auch die heiseren sangen weiter, krächzten, überschrien sich, nun erst recht; schrien Sieg, schrien Heil, merkten nicht, daß eines das andere ausschloß.

Schnappauf und sein Adjutant Horst Schimmelpfennig amtierten im Hintergebäude der Maison. Schnappauf residierte und kommandierte, füllte – leicht krummbeinig – den Bezirk zwischen Vorderfront und Hintergebäude, schmucklos bleichen Fassaden, die niemand liebte. Unter seinen Schritten wurde die Erde zum Rollfeld, zur Rollbahn; sie wurde freudlos, ein Platz zum Nachexerzieren, Untergrund für Strafwachen, Terrain für immerwährende Herbstnächte ohne Aussicht auf den Tag, bloß auf ein düsteres Morgenrot. Der Raum wurde begrenzt von einer hohen Brandmauer mit bröckelndem Putz: Stimmenfang, Schattenfang, später auch Kugelfang. Für Max, der hier zum erstenmal hinkam, als es schon stark dunkelte, war das nicht Rollbahn oder Steilwand, weder Fläche noch Winkel, sondern Bogen, Ungerade, Spirale, Ellipse, Kugelgestalt, Wolfsgrube, Drahtgestrüpp, Abfallplatz; ein Geschling aus Kabeln, Bindfäden, rostigen Eimern und Brombeerranken; das Eisengitter des ehemaligen Gartens der ehemaligen Klinik war ins Gras gefallen. Der steinerne Unterbau des Gitters stand noch, Neulinge stolperten im Dunkeln darüber. Schnappaufs Stablampe tastete den Appellplatz ab, versagte an dem gemauerten Hintergrund, geriet in die flachen, senkrechten, graubraunen Tangwälder der rissigen Brandmauer, zerstieß ihr Licht an dem Gewirr kalkiger Flechten, zeigte wie an einer von Löschwasser verdorbenen Leinwand eines Kinos Untergrund, Meeresgrund und Unterwelt, Siechtum in Grau und Braun und in Graugrün. Wenn Schnappauf erschien, zitterten die meisten Jugendgenossen. Sogar seinen Adjutanten Horst Schimmelpfennig hatten sie lieber. Max meldete sich bei Horst Schimmelpfennig in der Dienststelle: linke Hand an der Hosennaht, rechte bis zur Augenhöhe erhoben.

«Na endlich», sagte Horst und gab ihm die Hand. Von Wolnys Fotoalbum war niemals die Rede. Nach zwei Wochen wagte es Max, Horst deswegen anzusprechen.

«Was denkst du dir eigentlich», brauste Horst auf, «bist erst ein paar Tage bei der Bewegung und stellst schon Forderungen. Sowas paßt mir! Bei uns mußt du dich erst mal bewähren.»

Max begriff nicht. Horst hatte es ihm doch versprochen. Er faßte sich ein Herz, ging zu Ernst Waldemann und beichtete.

«Aber Jungchen», sagte Ernstl, «warum kommst du denn erst jetzt? Wolny hat viel mehr und viel bessere Bilder als die in dem dummen Album. Mach dir doch deswegen keine Sorgen. Laß die Brüder am Kaiser-Wilhelm-Platz sausen und komm zu uns. Ich besorge dir die Überweisung.» Auf diese Art kam Max Frick zur Rundfunkspielschar. Deren Heim lag ganz woanders, nämlich in Charlottenburg. Da gab es breite, vornehme Straßen mit Bäumen und Grünanlagen, gepflegte Wohnhäuser und große Veranden und Balkone, besonders an Eckgebäuden. Das Haus des Rundfunks lag nicht allzu weit von dem Heim der Schar entfernt. Noch vor Ende des Jahres nahm Max dort an seiner ersten Sendung teil.

Das Weihnachtsfest wurde damals von den meisten Deutschen zunächst nicht zu Hause, sondern in den verschiedenen Heimen von Gruppen und Bünden des Staates gefeiert. Die Illustrierten brachten ganzseitige Bilder, auf denen der oberste Führer zu sehen war, wie er im Haus der Flieger in der Innenstadt in einem tiefen Klubsessel saß, braununiformiert, mit lauter Uniformierten und deren Frauen in Stilkleidern an einem riesigen runden Tisch vor Tüten mit Weihnachtsgebäck. Vor brennenden Kerzen stand eine nette kleine Hakenkreuzstandarte wie eine Stammtischfahne neben dem Führer. Irgendwo gab es eine Bühne in dem Saal, zwei mächtige Edeltannen flankierten sie. Ihre Heimat war Hinterzarten oder Bodenmais. Einige Jahre später wurden solche Bäume aus den Wäldern von Brjansk, von Juchnow und Martinowka geholt. Die Uniformierten tanzten mit den Stilkleiderfrauen Wiener Walzer, alle Volksgenossen sahen es in der Ufa-Wochenschau. Ein kleiner, schmächtiger Mann, der Propagandaminister, sprach vor allerhand Spielzeug, gab Rührung in den Saal und durch die Mikrofone in Deutschlands Äther mit Richtstrahlern in andere Weltteile. In die Welt der Auslandsdeutschen strahlte das neudeutsche Fest, von der Etsch bis an den Belt, von Riga bis nach Hermannstadt, morgen marschieren wir, holen euch heim ins Reich.

In der Maison saßen sie an langen Tafeln aus Böcken und Brettern, hatten Bettlaken als Tischdecken darübergebreitet, Talglichter und Stearinkerzen daraufgestellt, Fichtenzweige hingelegt, Pappteller mit Äpfeln, Nüssen und Gebäck gefüllt. Schnappauf stand klein und säbelbeinig an der einen Schmalseite des Tisches. Plötzlich zog er die

Augenbrauen zusammen, ballte die Faust und kam unvermittelt von der Sonnwende auf seinen Unterbann.

«Jeder Junge», sagte er im Ton der Gotenstraße, «ist da in der HJ, wo er wohnen dut! Soll er sein, is er aber nicht. Er schwenkt ab zur Konkurrenz, zu Sonderformationen, der Drückeberger jeht uns durch die Lappen, is wohl was Besseres.»

Horst schüttete Kohlen nach in den eisernen Ofen. Die Glut beleuchtete sein Gesicht, so daß man die Sommersprossen nicht mehr sah. Während ein Jugendgenosse das Weihnachtskapitel aus dem Buch Glaube an Deutschland vorlas, verließen Schnappauf, Schimmelpfennig und drei untersetzte Halbwüchsige die Maison, gingen über den Appellplatz und durch das Haustor zur Hauptstraße und bestiegen den Dienstwagen. Der Unterbannführer steuerte selbst. Er und Horst brachten das dreiköpfige, sechsfäustige Sonderkommando aus der Gegend an der Gasanstalt in ein feineres Viertel, in einen abends ruhigen Winkel hinter dem Lietzensee. Kahle Bäume standen am Rand der Bürgersteige und abgeblendete Straßenlaternen. Schnappauf hielt an und drehte sich zu den drei Untergebenen um. Dabei legte er den Arm auf die Lehne seines Sitzes. Halblaut gab er letzte Ermahnungen, die Jugendgenossen buckelten, ihre Hände fuhren an die Hosennaht: «Jawohl, Unterbannführer.» «Danke sehr, Unterbannführer.» Der sagte noch etwas. Nicht Siegheil, das hatte er am Ende seiner Rede in der Maison gesagt, er sagte es umgekehrt: «Heil und Sieg.» Oder in einem Wort: «Heilundsieg», in bestimmter Betonung, die nichts Gutes ahnen ließ: das Bindewort wurde verschluckt, das Heil verschluckt, der Sieg allein gelassen.

Die drei stiegen aus, warfen den Schlag zu. Der Wagen fuhr langsam wieder an und verschwand in der Kantstraße. Die Halbwüchsigen blickten ihm nach. Dann zogen sie ab im Schatten der Fassaden und lungerten kurze Zeit später hinter einigen Bäumen der Sophie-Charlotte-Straße. Polizei war hier nicht zu befürchten, auch normalerweise nicht, und heute hatte die Maison sie noch eigens verständigt.

Irgendwann an diesem Abend und irgendwo in dieser Straße war in einem Raum über Garagen auf dem Hof eines Hauses die andere Feier zu Ende, die der Spielschar. Es zerstreuten sich die besseren Jugendgenossen oder solche, die sich für besser hielten; sie strebten durch Charlottenburg in verschiedene Wohngegenden. Zuletzt gingen Ernstl und Max; Blaschke, genannt Barbara, war auch dabei, diesmal als Jungmädel verkleidet, weißblusig, blauröckig, Berchtesgadenjacke über der weißen Bluse. Sie trugen Plätzchen in Tüten mit aufgedruckten Sternen oder Tannen und Bücher in gold- und silberbandumwickeltem Geschenkpapier. Aus der Gegenrichtung tauchte plötzlich Wolny auf – er wollte Ernstl abholen, nach Hause begleiten, eine kleine Nachfeier halten – und schloß sich den Heimkehrenden an. Drei fremde untersetzte Gestalten, die hinter Bäumen hervorkamen, schlossen sich ihnen auch an; sie hielten zunächst etwas Abstand, stießen aber auf einmal zu und griffen von hinten an. Bei den Angegriffenen gab es keinen Laut oder nur einen unterdrückten Laut, ein fast lautloses Erschrecken, und zu den Gesichtern emporgehobene Ellbogen. Tüten bammelten und Päckchen in der Luft, die erhobenen Hände hielten sie noch. Die drei Fremden, Schnappaufs Goten, hatten die Schulterriemen abgeschnallt, die Sturmriemen der ordinären, blaßbraun verwaschenen, der proletarischen alten Tellermütze des Schöneberger Unterbanns heruntergelassen und unterm Kinn festgezurrt. Blut und Ehre steckten in der Scheide, diese hing in einer Lederschlaufe am Koppel. Jetzt sausten Schulterriemen durch die Luft und klatschten auf die neuen, die feinen blauen Skimützen der Charlottenburger, sie trafen, was noch zu treffen war, Wolny nicht mehr. Der entwich, schon als er den ersten Pfiff hörte. Er erreichte im ersten Anlauf einen Hausflur, ohne Ernstl. So schnell war Wolny, und er war diesmal doch gar nicht gemeint, Zivil ausnahmsweise nicht gefragt.

Auch Max Frick entkam, nicht in Hausflure, sondern immer geradeaus im Hundertmetertempo; da hielt keiner mit, der nicht wie er trainierte, im Sommer jeden zweiten Tag auf dem Dominikusplatz, hinter der Gotenstraße und der Gasanstalt. Er rannte Richtung Spandauer Damm, dort waren die Straßen etwas heller. Den Brüdern im Dunkeln blieb zunächst Barbara oder Blaschke, genannt Barbara. Hier überzeugte die Berchtesgadenjacke, sie brauchte nicht ausgezogen zu werden, das verlangte der Dienst diesmal nicht. Barbara kriegte bloß ein Kopfstück mit der flachen Hand, sie flog an den Baum, rappelte sich schnell wieder auf, lief davon und wurde nicht verfolgt. Nun waren alle drei, alle Goten für Ernstl frei, das büßten seine Haare, büßte seine Ondulation. Die dunkelblauen Überfallhosen verloren ihre Bügelfalte, die seidene Unterhose wurde heruntergerissen; rund um die Schöneberger Gasanstalt wurden damals noch nicht Unterhosen aus Seide getragen. Der Schulterriemen war auf Ernstls Schulter ganz unnötig oder ein Hohn auf alle Schulterriemen. Die Goten benutzten ihn, um den Überfallenen damit an jenen Baum zu fesseln, an den Blaschke soeben geflogen war. Man ging zur allmählichen Vernichtung des Gegners über, bei uns herrscht Ordnung. Bücher, Fotoalben, Bilder werden von uns nicht bloß symbolisch verbrannt, die Maison geht aufs ganze. Ernstl, dessen Bilder rund zwei Drittel des Wolnyschen Albums ausmachten, hing hier am Baum, ein Drittel, Blaschke, konnte entschwinden, aus kostümlichen Gründen.

Die Goten stopften Ernstl die zerknautschte blaue Skimütze in den Mund, er büßte seine Eitelkeit, die nach einem blechernen Edelweiß an der Mütze verlangt hatte. Die dicke blaue Überjacke wurstelte mit Braunhemd und weißem Unterhemd knapp unter die Achseln. Von da ab bis zu den Füßen herab bot Ernstl das übliche Bild, wie auf Wolnys Ottomane, auf dem eisernen Bettgestell in der Küche, auf den Fotos in dem von Max entwendeten, von Horst konfiszierten Wolnyschen Album. Das übliche Bild: möglich auch auf der Korridorschwelle, vor dem Gasautomaten und der Milchglastür der Wolnyschen Küche, und zwar meist nachts, wenn Nikolovius Dienst hatte, wenn auch Heikes nicht mehr da war oder doch nicht lebendig. Da turnten Ernstl und Wolny die Treppen hinauf, Gespenster von Hieronymus Bosch oder Pieter Bruegel dem Älteren, sprangen von

Stockwerk zu Stockwerk, niemand schien es zu hören; nur Bloedorn hörte den Krach, öffnete, blieb an der Tür stehen, sah das verrückte Volk nackt vorbeitanzen und rief: «Was macht ihr für'n Leben!» Aber die Springer waren schon unter dem Dach in diesem Haus um Mitternacht, in dem Mordhaus, Schusterhaus, auch Kaiser-Wilhelm- und Moltke-und-Roon-Haus, Nummer sieben. Auf dem Hängeboden holten sie die rote Fahne aus dem Kamin, dort hatte Kasokat sie versteckt, kletterten mit ihr zu Gipswilhelm auf das Dach und hißten sie bei Nacht und Nebel, wenn die alten Raben schlafen und nicht fliegen immerdar, wenn Eulen und Steinkäuze erwachen und klagen quer über das Gelände – vom Kreuzberg herab über das Gleisdreieck, zum Matthäifriedhof und zu den Bülowbogen. Mißtrauisch blinzelte im Dunkeln der preußendeutsche Aar auf dem kaiserlichen Helm, Gipsvogel auf Gipsmelone. Wolny und Ernstl hißten nackt die rote Fahne hinter ihm, sangen dabei Die Fahne hoch, das Räuberlied mit dem neuen Text, sie ließen noch mehr hochgehen, Standarten wehn und Fahnen. Allerhand ging hoch und 'runter da oben in sehr dunklen und nicht zu kalten Nächten. Niemand sah es bei Neumond, nur Gipsaugen sehen böse dies und jenes, das muß ein Landsknecht haben, und hoch laßt das Banner wehn, es schwankt der Mast, doch unsre Fahne flattert uns voran.

In der Sophie-Charlotte-Straße war es nun ganz anders. Da schwangen die treuen Goten ihre Riemen und peitschten. Sie waren nicht schwul, kannten nicht die Lust der andern oder wollten sie nicht kennen, nicht wahrhaben und nicht wahrnehmen. Sie mußten sie aber jetzt, in der Wut darüber, kennenlernen, sie ließen Wut und Lust im Kreise wüten mit Schulterriemen, von den Schulterblättern herunter bis knapp zu den Oberschenkeln und wieder zurück nach oben. Das ist eine Abart, hier eine gemeingefährliche, dieser nicht ganz gewöhnlichen Lust. Wenn das Opfer ohnmächtig wird, macht es keinen Spaß mehr. Ein Opfer in seiner Eigenschaft als Partner hat besinnungslos keinen Zweck, alle Prozeduren verlieren dann ihren Ernst, sind nichts weiter als Vorübung, Nachübung, Selbstbefriedigung auf Kasernenhöfen mit aufgepflanztem Bajonett an aufgehängten Strohsäcken. Polizeirekruten übten auf Exerzierplätzen das Zurückhalten von andrängendem Publikum. Das Publikum wurde durch Säcke markiert, die von irgendwelchen Balken herabhingen. Diese Säcke wurden künstlich «in Richtung auf die Beamten» bewegt.

Kraft und Lust ließen allmählich nach. Einer der Goten wischte die Platzwunden auf dem Rücken des Bewußtlosen mit der seidenen Unterhose ab, die er dann in seine Hosentasche bugsierte. Die dunkelblaue Überfallhose ließ man liegen, wo sie gerade lag. Man zog ab Richtung Stadtbahn, stolperte noch über Skisocken und über Schuhe; die einen steckten in den anderen, beide waren mit den Bundhosen heruntergelassen und heruntergerissen worden. Man trennte sie, übte noch ein paar Zielwürfe mit den Socken und mit den Schuhen; ein Schuh traf die Oberschenkel, der zweite die Nierengegend.

Kurz vor dem Bahnhof Westend stießen sie auf Wolny. Er kam ihnen bekannt vor.

«Waren Sie nicht eben noch bei diesen warmen Brüdern?»

«Wie meinen?»

«Tun Sie bloß nicht so! Sie waren doch eben bei diesen ondulierten Heinis in der Sophie-Charlotte-Straße. Raus mit der Sprache! Können Sie Ihren Kürbis nicht wenigstens 'ne Minute stillhalten?»

Nein, das konnte Wolny nicht. Immer wenn es gefährlich wurde, konnte er auf einmal den Kopf nicht mehr stillhalten. Das war schon anno vierzehn, als er eingezogen wurde, so gewesen. Da hatte er diesen Veitstanz zum erstenmal bekommen und war deshalb von der Rekrutenausbildung weg und ins Reservelazarett Neuruppin geschickt worden. Jetzt hatte er wieder dieses merkwürdige Tremolo in seinem Charakterkopf mit der graumelierten Künstlermähne. Dazu war er noch stumm geworden. Er zuckte die Achseln, riß die Augen auf, spreizte die Finger. Die Goten – sonst von altem Schrot und Korn, so jung sie waren – kriegten es mit der Angst und gestanden es sich natürlich nicht ein: «Laßt ihn laufen, hat nicht alle auf der Latte.»

Zurück in die Sophie-Charlotte-Straße traute sich Wolny nicht mehr. Er fror auf einmal. Der Veitstanz hörte auf, sobald die Goten außer Sichtweite waren. Aber jetzt fing Wolny ganz echt an zu zittern. Er ging zum Bahnhof und fuhr heim. Auch die Goten fuhren mit der Stadtbahn, aber nicht heim, sie stiegen in Westkreuz um und fuhren weiter zum Grunewald in einem um diese Zeit leeren Abteil für Reisende mit Traglasten. Hinter Halensee banden sie mit Schnur die Türgriffe zusammen, obwohl sowieso niemand mehr zusteigen konnte, denn bis Grunewald kam keine Station mehr, aber sie kannten die Strecke noch nicht. Sie hoben zum Zeitvertreib mit einem Hausschlüssel die Bodenklappe hoch, sie befindet sich in jedem Abteil, aber in dem für Reisende mit Traglasten kommt man besonders gut 'ran. Sie ist linoleumbezogen wie der übrige Wagenboden auch, von Messing umrahmt und mit einem Schlüsselloch versehen. Wird sie entfernt, so heult einem während der Fahrt bei Nacht aus der Finsternis unter dem Wagen eines der Räder entgegen, zeigt seinen breiten, blankgefahrenen stählernen Spurkranz auf dem Umfang des Radkörpers, man sieht die imponierenden Umdrehungen. Die Stadtbahn war wegen ihrer hohen Anfangsgeschwindigkeit berühmt und fuhr auf langen Strecken wie dieser jetzt durchschnittlich neunzig. Die Goten zogen ihre Blut-und-Ehre-Messer und fingen an, sie an dem Rad zu schleifen. Sie hatten Langeweile. Funken sprühten von Stahl an Stahl in das Abteil, sie waren heller als die Eisenbahnlampen draußen, heller als all die Signale und abgeblendeten Lichter an den Schienensträngen, auf Normaluhren, in Landhäusern und Villen zwischen Eichkamp und Grunewald, heller als die Watte auf einzelnen weihnachtlich geschmückten Tannen, Blautannen und Fichten in Gärten. Dann wurde der Zug abgebremst, die Messer, die Bodenklappe kamen an Ort, die Strippe wurde von den Türgriffen losgebunden, der Zug hielt. Sie stiegen aus, kühle Luft vom Wald her wehte ihnen auf dem zugigen Bahnhof entgegen, sie ließen die Wagentür hinter sich offen, kümmerten sich nicht darum, die schloß ja beim Anfahren von selbst.

Schnappauf hatte ihnen den Weg zur Klinik am Teufelssee beschrieben. Dort saß er mit Horst Schimmelpfennig bei Erwin Frick; drei Kämpfer saßen, tranken Punsch, murrten über die fade, die schlappe Zeit nach dem Sieg oder zwischen den Siegen. Die Goten erschienen an dem weißgestrichenen Holzgitter der Klinik und läuteten. Ein Portier öffnete und führte sie über einen Kiesweg ins Vestibül. Die Nachtschwester brachte sie in Erwins Zimmer.

«Befehl ausgeführt, Unterbannführer.»

«Na dann setzt euch mal und erzählt. Schwester, bringen Sie noch drei Gläser.»

Ernstls rotbefleckte seidene Unterhose mußte verschwinden. Horst warf sie in den Teufelssee.

Vor Kälte und Erregung mit den Zähnen klappernd, fuhr Wolny mit der Stadtbahn heim. In seiner Küche fand er Bloedorn, er ließ ihn Tee kochen, trank Tee mit Rum und fror noch immer. Bloedorn trank Tee ohne Rum. Später kam Barbara und zog sich in der Küche um, trank dann auch Tee, und zwar mit Rum. Sehr viel Tee mit Rum wurde an diesem Abend bei Wolny getrunken.

Sie hockten in der engen Küche, sie blieben auch dort und wollten nicht zu all den alten Klamotten in das große kalte Zimmer.

Barbara Blaschke sagte, sie oder er werde sich bei der Partei beschweren. Wolny warnte davor. Bloedorn heizte immerzu den Küchenherd, keiner wurde richtig warm.

Weil es kalt wurde und wehtat, blieb Ernst Waldemann an dem Baum nicht lange ohnmächtig. Niemand kam vorbei. Rufen wollte Ernstl nicht. Er schämte sich, das war ganz neu und deshalb ein bißchen tröstlich. Was hatte Nikolovius zu dieser Zeit in diesem Revier verloren? Welcher Anlaß trieb ihn gerade diese Straße entlang? Die Freizeit? Die Witterung, die er mochte: ein feuchter Dezemberabend mit leichter Nebelbildung in mehreren Stadtteilen? Er war im Westend-Krankenhaus gewesen, hatte nach Frau Goldschmidt gefragt und gehört, daß sie schon gestorben und in Lankwitz begraben war.

Drum ging er durch Charlottenburg, planlos, planvoll in einem andern Sinn, er wurde von niemand erwartet und kam daher rechtzeitig hierher; er war nie hier gewesen, an diesem Baum und in dieser Straße. Er band den Hitlerjungen los, ließ ihn auf den Boden gleiten, lehnte ihn vorsichtig unten an den Stamm. Dann ging er in eine Kneipe und telefonierte mit dem Krankenhaus, aus dem er gerade gekommen war. Die Unfallstation schickte ihren Rotkreuzwagen. Zwei Sanitäter legten den Verletzten auf die Trage, luden ihn ein. Nikolovius fuhr mit. Er meldete dem Arzt, was er außerdienstlich gefunden und veranlaßt hatte, und meldete es telefonisch seiner Dienststelle in der Eisenbahnerkaserne. Der diensthabende Beamte schrieb die Meldung auf und ließ sie auf dem Tisch liegen. Später steckte sie jemand in den Ofen. Bis zum Zweiten Weltkrieg gab es noch eiserne Öfen in den Polizeikasernen.

Max Frick verlangsamte sein Tempo und lief im Dauerlauf durch mehrere Straßen, die er nicht kannte. Wenn Leute stehenblieben und ihm nachsahen, beschleunigte er seine Gangart, er kam bei dem leichten Nebel in der Dunkelheit schnell außer Sichtweite. Später bewegte er sich im Schritt, las an den Ecken die Straßennamen, sie waren ihm alle unbekannt. Auf den Balkonen lehnten Tannenbäume und Fichten. Über Bretterzäune hinweg zwischen Häuserlücken sah er manchmal auf Hinterfronten, da hingen Bäume mit der Spitze nach unten, den Stamm an Fensterkreuze gebunden. Auch Gänse hingen dort. Lange, gerupfte Hälse pendelten langsam unter Fenstern, befiederte Köpfe schnäbelten der Tiefe zu. Blumenbretter waren abgeräumt. Manche trugen statt Geranien Topf an Topf, Deckel neben Deckel. An der Wand von Parterrewohnungen stand in dicker weißer Farbe das Wort Schutzraum, der weiße Pfeil daneben schwirrte Richtung Kellerluke. Max faßte manchmal an eine Haustür, alle waren geschlossen. Sein Schlüssel paßte in einem ganz anderen Viertel.

Auf dem Bahnhof mußte er warten, er sah das große westliche Kreuz der Gleise und Brücken. Vom Zoo, von Charlottenburg her Fernzüge, sie fuhren Richtung Grunewald stadtauswärts, Max wußte nicht, wohin. Er kannte Anhalter und Wannseebahn, aber noch nicht diese, er hätte sie gerne kennengelernt, wäre mitgefahren, nicht nach Schöneberg, hatte aber keine Wahl.

Seine Mutter war sofort wach, als er aufschloß. Sie hörte ihn, wie er die Kette vorlegte und sich im Flur auszog. Er ging nicht gleich ins Bett, sondern kramte in der Küche herum.

Was macht er denn noch, dachte Frau Frick. Sie stand auf, zog sich den Morgenrock an und ging in die Küche.

«Geh ins Wohnzimmer, wenn du schon aufbleiben mußt», sagte sie, «da ist es wärmer.»

Er ging ins Wohnzimmer, sie folgte ihm und zog sich einen Stuhl an den großen Kachelofen.

«Soll ich dir was kochen?» fragte sie.

«Nein danke», sagte Max. Er brauchte eine ganze Weile, bis er zu sich kam. Dann fing er an zu erzählen.

«Ich habe mir schon sowas gedacht» sagte seine Mutter. Sie war unfrisiert und sah jetzt ganz grau aus.

Fünfzehntes Kapitel

Nikolovius hatte keine Ahnung, wer das eigentlich war: Barbara Blaschke. Sie hielt sich oft bei Wolny auf, und er konnte es so einrichten, daß er sie auf der Treppe traf und mit ihr sprach. Barbara mußte dann immer kichern. Eines Tages wagte er zu sagen: «Darf ich Sie mal einladen, Fräulein? Ich weiß ein nettes Restaurant, nicht weit von der Scala.»

Blaschke, genannt Barbara, der als Colombine verkleidete oder doch in Frauenkleidern auftretende Sohn des Pastors der Kirche an den Bülowbogen, wußte nicht recht, was er zu Nikolovius sagen sollte, und fragte Wolny.

«Na gewiß doch», sagte der. «Tu doch dem Polizisten den Gefallen!»

Und so gingen sie, eines Abends, als Nikolovius Dienstschluß hatte, in das Nachbarviertel, in die Gegend westlich der Bülowbogen, hinter dem Winterfeldplatz, dort, wo die Häuser Vorgärten hatten. Sie besuchten irgendein Weinrestaurant in der Nähe der Motzstraße. Weißgedeckte Tische, rotbehängte Lampen, Perlenvorhänge an Fenstern und Türen, dicke Teppiche wie im Vestibül des Funkhauses. Dort war Barbara nicht mehr hingegangen seit der Weihnachtsfeier bei der Spielschar. In diesem Lokal saßen wenige Gäste, reckten die Hälse und dachten: Ein Berufsboxer, verbringt seine Zeit mit diesem Dämchen, bis er zwei Straßen weiter im Sportpalast in den Ring steigt. Oder: SA-Führer in Zivil, alter Kämpfer, ist ihnen am dreißigsten Juni durch die Lappen gegangen; das Rausschmeißergesicht ist entstellt vor Verliebtheit.

Der Mann sah nur die Colombine an, die Beobachter an den Nebentischen bemerkte er gar nicht. Es kamen noch mehr Leute herein, Girls und Komparsen der Scala, zweite und dritte Geiger der Kapelle Stenzel und andere, zum Beispiel verkleidete Portiers aus abgelegenen Stadtteilen, die hier vorspielten, was sie den Gästen ihrer Hotels abgelauscht hatten; auch ein oder zwei germanisch getarnte Nichtarier vor dem großen Sprung nach irgendwohin. Es spielte die kleine Barbesetzung – Klavier und Geige, Klarinette, Schlagzeug. Nikolovius bestellte Henkell trocken, der kam im Eiskübel, an dem Gewinn war der deutsche Außenminister beteiligt. Der Sekt sollte eigentlich für Dinah sein, aber Kasokat, den Nikolovius nach seiner Pflegetochter gefragt hatte, sagte ihm: «Nein, ausgeschlossen.»

«Auf dieser Welt ist doch nichts unmöglich, das sehen Sie ja an der Zeit, in der wir leben.»

«Schon», sagte Kasokat, «aber an so was glaube ich nicht mehr.»

«Woran glauben Sie nicht mehr?»

«An das Wiederkommen. Ich glaube nicht, daß sie wiederkommt.»

Das begreife ich nicht, dachte Nikolovius. Sie muß doch irgendwo sein. Ein Mensch kann doch nicht einfach verschwinden!

Also hier in der Nähe der Motzstraße hatten sie erst mal Sekt.

«Magst du auch Hummer? Kannste haben, allerdings in Dosen. Schmeckt eigentlich alles gleich, schmeckt mir, dem Nikolovius, alles gleich. Warum? Dreimal darfst du raten, Mädchen.»

Nach Hause gingen sie Arm in Arm. Am Winterfeldplatz kamen sie an der großen roten Kirche vorbei, die war jetzt schwarz, ein steiler, schwarzer Felsen. Die Häuser der anderen Straßenseite stellten sich tot, alle Fenster waren erloschen. Ihren wirklichen Tod, der bald danach eintrat, sollten Barbara und Nikolovius noch erleben. In der Goebenstraße hallte der einsame Schritt eines Kollegen im Tschako und in der Regenpelerine. Sie bogen in die Mansteinstraße und gingen an Schmielkes Tabakladen vorbei. Schmielke lebte auch wieder allein. Frau Goldschmidt war gestorben, Leo weggezogen, niemand wußte, wohin.

Sie kamen durch die Unterführung und erreichten das Haus Nummer sieben. Wolny hatte noch Licht, und zwar im Berliner Zimmer, nach dem Hof zu, das konnte man vom Treppenfenster aus sehen. Unten bei Kasokat herrschte Finsternis. Vielleicht waren nur die Rouleaus heruntergelassen.

«Gehst du noch ein bißchen zu mir 'rauf?»

«Einverstanden.»

Nikolovius fand nicht gleich das Schlüsselloch. Im Korridor tappte er nach dem Lichtschalter, nahm der Colombine den Mantel ab. Dann saßen sie im Zimmer unter der grünen Lampe mit den Glasperlen. Der große Spiegel im Kleiderschrank zeigte ihr Bild. Auf dem Tisch stand ein Service mit einer Karaffe Rum und geschliffenen Gläsern aus der Zeit seiner Eltern. Barbara mochte nichts trinken. Der Polizist legte ein Brikett in den Kachelofen, aber Barbara sagte: «Es ist ja warm genug.» Er ging in die Küche und wusch sich die Hände am Wasserhahn. Als er wiederkam, erhob sie sich und ging ihm entgegen. Er zog sie an sich, streichelte zuerst ihre Schultern und versuchte, ihre Bluse zu öffnen. Barbara wollte es nicht, zierte sich, ließ es dann aber doch geschehen. Nikolovius öffnete auch noch den Büstenhalter und danach nichts mehr. Er lehnte sich zurück und überlegte, was jetzt zu tun sei. Unhöflich wollte er nicht gern sein. Er suchte seine Enttäuschung zu verbergen, indem er sich ein großes Glas Rum einschenkte. Barbara weigerte sich hartnäckig, etwas zu trinken. Sie war schnell wieder angezogen, schaute ihn groß und fragend an, drehte dann die linke Schulter nach vorn und setzte ihr in solchen Situationen typisches Lächeln auf, das war halb schnippisch, halb mitleidig; es machte ihr keiner nach. Sie gab ihm die Hand, er begleitete sie in den Korridor und an die Wohnungstür. Vorsichtig stöckelte sie die dunkle Treppe hinunter, sie brauchte nicht erst Licht anzuschalten, denn sie kannte sich hier aus. Bei Wolny war immer noch Licht.

Sechzehntes Kapitel

Mitten im Rußlandkrieg erst wurde Nikolovius eingezogen. Barbara behielt – gutmütig wie sie war – sein Schicksal im Blick und ließ Beziehungen spielen; so kam er nicht an die Front, sondern nach Kobrin an den Dnjepr-Bug-Kanal. Von Barbaras Vermittlung wußte er nichts. Sein Polizeibataillon mußte öfter die großen Fichtenwälder wegen der Partisanen durchkämmen. Nikolovius kam auch einmal zum Schuß und traf ein Mädchen, das hundert Meter vor ihm im lockeren Gehölz stand und merkwürdigerweise nicht in Deckung ging; er bildete sich ein: Dinah – aber das war sicher Unsinn. Wer konnte ihm das Gegenteil beweisen? Die schnell verfärbte Leiche nicht, die Kameraden des Spähtrupps auch nicht mit all den gutgemeinten, unpassenden Witzen. Es war ein polnisches Mädchen ohne Waffen oder eine Partisanin ohne besondere Rassenmerkmale beim Erdbeerenpflücken; irgendeine Dinah, wenn sie auch anders hieß.

Etwa um diese Zeit ging es zu Hause los: Treptow in Flammen, das Riesenfeuerwerk der Saison, tausend Bomber der vereinigten Luftflotten, ab jetzt nicht bloß über Treptow und auch nicht bloß im Sommer, falls die Witterung der anderen Jahreszeiten nur einigermaßen günstig war. Die eine Seite der Yorckstraße, wo Formanowitz sein Geschäft hatte, spielte eines Nachts Theaterdekoration und fiel einfach um. Dicker Staub füllte die Tiefe des Bühnenraumes, vernebelte minutenlang das Gleisdreieck. Eiserne Vögel kamen und zerschlugen den stolzen Aar auf dem Helm, auf dem Dach; der Kaiser fiel auf die Straße, zerbarst auf dem Fahrdamm zwischen Löblichs Lokal und der Ecke des Hauses Nummer sieben. Eine Luftmine, die vielleicht der Monumentenbrücke zugedacht war, fiel auf den Matthäifriedhof, brachte alte und neue, berühmte und unberühmte Efeugräber durcheinander, drückte bunte Scheiben an neugotischen und anderen Mausoleen ein, blies ein paar Helme, ein paar Schleifen von bestaubten Särgen, zerriß knochentrockene Lorbeerkränze in der Luft und warf die eine Hälfte zu den Müllkästen in den Hinterhöfen der Hochkirchstraße, die andere in den vierten Stock der Milchfirma Bolle am Südwestende des Friedhofs.

Gerade weil er schöne Uniformen liebte, verabscheute Nikolovius nichts so sehr wie den Krieg. Als er zu Ende ging, blühte der Flieder. Shukows und Konjews Soldaten steckten ihn an ihre Mützen und in die Knopflöcher ihrer Brusttaschen. Nikolovius wurde aus der Gefangenschaft entlassen, er stieg auf dem Güterbahnhof Papestraße aus und ging die Kolonnenstraße entlang. Da marschierten wieder Truppen, fremde, graubraune, ihre Musikkapelle spielte bekannte Märsche, Denkste-denn, Alte Kameraden und den Yorckschen Marsch.

Alle deutschen Uniformen waren verbrannt in der Yorckstraße, Formanowitzens Wachsfiguren geschmolzen. Wo die Häuser gestanden hatten, wuchs schon Gebüsch. Von den Schutthügeln, unter denen all das geschmolzene Wachs und die vielen Lampen des Formanowitz lagen, sah man weit über Kohlenplätze und Schienenstränge bis zu der Hochbahnbrücke, die das Gleisdreieck überquert. In der entgegengesetzten Richtung, im Südwesten, ragte noch der riesige Behälter der Schöneberger Gasanstalt. An den Straßenrändern blühten Goldruten, Nachtkerzen, Hundskamille.

Bloedorn wohnte jetzt bei Wolny, der meist nicht zu Hause war. Die Räume im vierten Stock waren ausgebrannt. Bloedorn führte Nikolovius durch Wolnys großes Zimmer. Bis zur Ottomane hinter den einst dunkelgrünen, jetzt staubgrauen Samtbordüren gelangte man nicht mehr, der Weg dahin war mit geretteten Möbeln aus Bloedorns Wohnung vollgestellt. Porzellan, Bronzefiguren, Nippessachen gab es noch mehr als früher. Eine irdene Arche Noah war mit Papier vollgestopft: Passierscheine, Ausweise, Fleischmarken, fremdes Geld. Ernstl, nackt an der Wand, lächelte noch, die Schmachtlocke auf der Stirn. Auch der Totenkopf lächelte oder grinste, er und Ernstl lächelten oder grinsten abwechselnd, je nach Wetterlage, Tageszeit und Lichtverhältnissen. Auf der unzugänglichen Ottomane saß zwischen Stößen von Büchern, Kunstmappen und Noten Colombine, die singende Sofapuppe aus den späten Zwanzigern. Über der Tür, die zum Korridor führte, hing das mächtige Gehörn eines Wasserbüffels.

In dem vom Krieg glimpflich behandelten Haus Nummer sieben war es sehr still. Nikolovius hörte, wenn unten bei Wolny geläutet wurde, hörte Bloedorn heranschlurfen oder brummen, hörte ihn rufen und die Tür öffnen. Die meisten Besucher interessierten sich für den Ramsch. Bloedorns Geschäft ging gut, denn Tabakwaren und Spirituosen hatte er immer vorrätig. Herrn Wolny sah Nikolovius bloß noch einmal, er hätte ihn fast nicht erkannt, er sah bleich und aufgeschwemmt aus. Im Zimmer war es ziemlich dunkel, Ernstl an der Wand grinste, und der Schädel lächelte. Bloedorn konnte wegen der Sperrstunde kein Gas mehr anzünden. Schließlich saßen sie zu dritt um ein paar brennende Kerzen. Wolny goß Schnaps ein, Wodka oder Whisky. Nikolovius war nichts mehr gewöhnt und stimmte schon nach dem zweiten Glas den Zigeunerbaron an. Bloedorn sagte: «Sei lieber still, sonst hört es die Portierfrau.»

Wolny blieb nicht lange. Nach dem vierten, fünften Glas tappte er die Treppe hinunter. Bloedorn hatte die Wohnungstür leise hinter ihm geschlossen.

«Er muß sich vorsehn», sagte er halblaut, als er wieder ins Zimmer kam, «sie sind hinter ihm her.» «Wer denn, und warum denn?»

Das sagte Bloedorn nicht.

Es kamen auch andere Leute in Wolnys Wohnung: Bombengeschädigte, Alleinstehende, Heimkehrer, die wollten etwas kaufen, nicht Souvenirs wie die fremden Soldaten, sondern Bettwäsche, Anzüge, Hüte, Mützen, Schuhe, auch Pelzmäntel. Kunze hätte hier was zu sortieren gehabt. Aber Kunze war nicht mehr da. Während des Krieges hatten sie ihn zum Intendanten einer Außenstelle des Oranienburger Lagers gemacht. Diesem Posten wollte er sich nicht entziehen, weil er Angst hatte, sonst an die Ostfront zu kommen. Als dann die Truppen der zweiten russischen Gardepanzerarmee nordwestlich von Berlin erschienen, vergiftete er sich.

Eines Tages war Wolnys großes Zimmer völlig ausverkauft. Der Tropenhelm und die Schärpe, der Renaissanceschrank und das Gehörn des Wasserbüffels, der Küraß und die Standuhr, die Karabiner, ja sogar Ernstls Bild und der Schädel, alles war dahingegangen und hatte Bloedorn Geld gebracht. Er vermietete das Zimmer an Flüchtlinge. Wo das Klavier gestanden hatte, bauten sie ihren Küchenherd ein. Das Rohr führte durch ein Blech im großen Fenster zum Hof hinaus. Auf dem Hof hörte man nicht mehr die Moritat und auch die Internationale nicht mehr, dafür manchmal, wenn der Leiermann kam, Melodien von Paul Lincke und die Waldeslust. Der Mann am Leierkasten hatte die alte Uniform an, den blauen Kommissionsrock von Simon. Auf dem Kopf trug er den alten Helm, aber weder mit Spitze noch mit Kugel oder Adler, sondern mit einem Glockenspiel. Er schüttelte leicht den Kopf, da erklang es, zu Preußens Gloria, mezzoforte, und zu Denkste denn, denkste denn, du Berliner Pflanze. Nikolovius schaute aus seinem Küchenfenster und dachte: Deine alte Polizeiuniform liegt noch im Schrank, die Ärmel an der Hosennaht.

Einige der früheren Bewohner waren noch da, andere tauchten wieder auf, manche nur noch für eine Weile. Im Herbst sterben die meisten Leute, Herr Simon, Frau Jambor. Auch Frau Frick starb bald, sie hörte nichts mehr von ihrem Sohn Erwin. Max war noch in der Kriegsgefangenschaft. Sie war nicht lange krank. Wolny hatten sie eines Tages doch erwischt, sie brachten ihn zuerst nach Moabit und dann nach Plötzensee. Schwarzhandel und Verführung Minderjähriger. Bloedorn fing an zu kürschnern, er hatte es vor Jahren in der Firma Herpich gelernt. Er zweckte Pelzwerk auf einem alten Plättbrett. Nikolovius stellte Mäusefallen auf. Es gab eine Armee Mäuse in der jahrzehntelang von Wolny benutzten und vernachlässigten, zuletzt als Raritätenspeicher dienenden Wohnung. Ein Herbst und ein Frühjahr regneten noch in das vierte Stockwerk des Hauses, ehe das Dach repariert wurde.

Frau Wratsidlow hatte die letzten Kämpfe im Keller überlebt. Sie war jetzt fast blind geworden. Wenn Frau Frick in ihrer Küche halblaut zu beten anfing, dann hörte das niemand außer Frau Wratsidlow: Wenn mir am allerbängsten wird um das Herze sein. Die hatte ein Gehör wie der liebe Gott, der Herr ist mein Hirte. Und dann kam der Tod allein, abgesessen, ohne Sense, ohne Totenkopf, weder grinsend noch lächelnd. Ohne Max, ohne Erwin schlich er in die Küche der Frau Frick. Auch das hörte niemand als die alte Wratsidlow; sie stammte aus Masuren, war katholisch und kriegte ein Jahr später die Sterbesakramente gereicht von einem Kaplan der Elisabethkirche in der Kolonnenstraße. Jetzt schlurfte sie mühevoll an Fricks Wohnungstür und klopfte, aber vergebens. Dann wollte sie zu dem ehemaligen Verwalter. Schimmelpfennig war den ganzen Krieg über zu Haus gewesen, nun aber war er nicht da. Vor Nummer sieben hörte sie Nikolovius reden. Sie rief ihn herüber. Es gelang ihm, die Tür des Milchladens mit einem Dietrich zu öffnen, so kam er von vorn durch den Korridor und in die Küche, da war Frau Frick schon nicht mehr.

Bald fingen die gelernten Kürschner wieder zu arbeiten an. Für Nikolovius kam eine schlechte Zeit, denn Pelze in die Werkstätten schleppen, das tat Bloedorn selber. Nikolovius versuchte bei Waldemann unterzukommen, bei Ernstls Vater, der besaß ein Büro im Erdgeschoß der ehemaligen Maison de santé, Desinfektor stand über dem

Eingang. Er hatte nicht vergessen, was Nikolovius für seinen Sohn getan hatte. Ernst war noch in der Gefangenschaft. Vor den Fenstern des Büros auf dem Hof, wo Schnappauf seine Appelle abzuhalten pflegte, spielte ein Leierkasten Paul Lincke, O Theophil und Meine einzige Liebe, später Laßt den Kopf nicht hängen. Der gemauerte Unterbau des Parkgitters war noch da, das Gras auch. Zwischen Geißblatt und Brombeergestrüpp führten Trampelpfade, eine Art Buschwald überzog den früheren Exerzierplatz der Gefolgschaft. Viele Steinbrocken lagen im Gras, aber es war nicht mehr so dunkel wie früher, weil die eine hohe Brandmauer nach der Akazienstraße, die greuliche himmelhohe Wand mit dem jahrelang abbröckelnden Putz, zusammengestürzt war. Man konnte jetzt von hier zur Belziger Straße sehen. Fern tauchte der Turm des neuen Rathauses von Schöneberg auf.

Waldemann und Nikolovius waren zum geschäftlichen Teil übergegangen. Hinterm Ofen sitzt ne Maus, spielte der Leierkasten. Bei Nimm mich mit in dein Kämmerlein, da war Nikolovius mit dem Desinfektor einig geworden.

Nun ging es also wieder auf Tour, wenn auch ganz anders, als es sich Nikolovius je vorgestellt hatte.

Als Kammerjäger durchstreifte er die ganze bedürftige Gegend um die Gasanstalt, straßauf, straßab, treppauf, treppab, ein Briefträger ohne Uniform und schon wieder Mann der Ordnung, einer neuen Ordnung. Er steckte Werbeschriften und Angebote in die Briefschlitze der Wohnungstüren; Briefkästen in Hausfluren hätten die Arbeit erleichtert, die jedoch gab es hier kaum, höchstens in einigen Hinterhäusern. Viele Empfänger waren nicht mehr zu Hause, sie waren verzogen, verstorben, ausgewandert, geflüchtet, verschollen. Manche verglaste Pupille, das Guckloch in der Tür, war erblindet. Der Prospekt garantierte die totale Vernichtung aller schädlichen Insekten, die Branche war ausbaufähig. Nicht harmlosem Geziefer sagte sie den Kampf an, sie erfreute sich auch wilder Bienen, die hier im Frühjahr auf einmal neben den bekannten Wespen auftraten und aus Randbezirken in die immer grünere, weil stark zerstörte Innenstadt vorstießen. Nichts hatte die Firma Waldemann gegen Florfliegen und Federgeistchen. Marienkäfer begrüßte sie, wenn sie über abendliche Tische fuhren, diese winzigen Londoner Omnibusse, rot mit schwarzen Fühlern und weißen Lampen. Selbst gewöhnlichen Stubenfliegen ging sie nicht zu Leibe, außer es wurde ausdrücklich gewünscht. Insekten, die sich außerhalb menschlicher Behausungen zu schaffen machten, verfolgte sie nicht: Ameisen, Aaskäfer, Weich-, Schnell-, Klopf-, Diebs-, Speck-, Blasen-, Schattenkäfer, Böcke und Schuppenflügler aller Art mit Ausnahme der Motten. Grabwespen und fast alle Zweiflügler ignorierte sie. Abgesehen hatte sie es nahezu ausschließlich auf Verborgenflügler und Schnabelkerfe, auf Flöhe, falls irgendwo noch oder wieder vorhanden, vor allem aber auf Wanzen und Läuse.

Konnte Nikolovius einen Auftrag einheimsen für die Maison de santé, so rückte Waldemann, meist schon am Tage danach, mit seinen Instrumenten an und verrichtete die Arbeit. Wanzen und Läusen wurde der Garaus gemacht. Auch was sich noch an Küchenschaben, braunen und schwarzen, in Ritzen und Winkeln, zwischen den Kacheln der früher hier üblichen großen Öfen und Kochmaschinen, Küchenherde und Bratöfen, Backöfen und Stellagen verkrochen und bisher allen Verfolgungen entzogen hatte, das kam nun durch Nikolovius und den emsigen Herrn Waldemann zu Fall.

Siebzehntes Kapitel

In Schmielkes Laden in der Mansteinstraße tritt ein Fremder. Er fragt, ob hier ein Herr namens Schimmelpfennig bekannt sei. Schmielke bejaht es.

Ob dieser Mensch wohl den Krieg überlebt habe. Seines Wissens sei der gar nicht weggewesen, sagt Schmielke. Ob er jetzt zu Hause sei, im Löblich-Eck an der Großgörschenstraße, das wisse er nicht.

Im selben Augenblick will noch jemand den Laden betreten, eine schwer bestimmbare Erscheinung, ein Schuhputzerjunge vielleicht oder eine Trümmerfrau mit Kopftuch, Sweater und Trainingshose; er oder sie schaut durch das Fenster der Tür in den Laden und sucht vielleicht Kundschaft oder eine Kippe in einem der Schmielkeschen Aschenbecher. Plötzlich erschrickt er; nicht vor Simon Arzt, der immer noch über dem Hafen von Konstantinopel an der Wand hängt, sondern vor dem Fremden. Er erkennt in ihm den Boxer Bittrich. Die Trümmerfrau oder der Schuhputzerjunge, Barbara Blaschke, nimmt die Hand von der Klinke, tritt wieder auf die Straße und überlegt nur einen Augenblick: Schimmelpfennig mußt du Bescheid sagen! Der ehemalige Kreisleiter ist ihr doch immer viel sympathischer gewesen als der Boxer.

Barbara läuft durch die Unterführung am Bahnhof, an Lehmanns Laden und an der Gärtnerei Schulz vorbei; es dunkelt, die Laterne am Eingang des Friedhofs brennt nicht. Im Löblich-Haus auf der Treppe nimmt Barbara immer zwei Stufen zugleich und läutet an Schimmelpfennigs Wohnungstür. Stille, dann nochmaliges Läuten. Schlurfende Schritte kommen im Korridor näher, jemand in Hausschuhen und ohne Schlips öffnet, schlaff hängt ihm die Haut an den Wangen und am Hals: der ehemalige Kreisleiter. Selbst Barbara hätte ihn nicht erkannt.

«Schimmel, der Boxer kommt!»

Schimmelpfennig ist sprachlos, er macht eine einladende Bewegung mit der Hand. Barbara Blaschke schüttelt den Kopf und läuft schon die Treppen wieder hinunter. Nur nicht mehr Richtung Wannseebahn, denkt sie und wählt den Weg zum Matthäifriedhof. Auf dem Vorplatz stellt sie sich hinter eine der Edeltannen und beobachtet, ob Schimmelpfennigs Fenster hell werden. Aber sie bleiben dunkel, die ganze Nacht.

Der Boxer Bittrich? denkt der ehemalige Verwalter und Kreisleiter. Der hat sich hier lange nicht sehen lassen, was will er denn auf einmal? Kameradschaftsabend feiern? Leider ist die Budike unten nicht mehr zu gebrauchen, und von den Ehemaligen wäre auch bloß noch ein Restkommando aufzutreiben. Oder arbeitet er etwa schon für die neuen Männer? Bittrich ist ja unverwüstlich und jedenfalls immer zu fürchten. Plötzlich bricht ihm der Schweiß aus. Dem hat einer hinterbracht, daß ich hier die weiße Fahne 'rausgehängt habe, als drüben in der Mansteinstraße noch gekämpft wurde!

Hastig fährt er in den Mantel. Er vergißt, feste Schuhe anzuziehen, setzt eine alte Soldatenmütze auf und verläßt seine Wohnung, läßt die Tür möglichst leise ins Schloß klappen und schleicht die Treppe hinunter. Er nimmt den Weg über den Hof und kommt an dem ehemaligen Gardestall vorbei, der Wagenremise, dem späteren Möbelspeicher. Der Bretterzaun daneben grenzte früher dieses Gebiet vom Nachbarhof ab. Jetzt ist er verfallen, man kann gut durch die Latten kriechen, auch Schimmelpfennig schafft das leicht. Er langt beim Nachbargebäude an und läuft durch Fricks Hausflur.

Die Witwe Wratsidlow lebt noch, sie hört seinen weichen Schritt, kein Wunder, sie registriert sogar Geisterschritte und denkt: Was will denn der Mann in unserm Haus? Ist er etwa schon wieder Verwalter geworden?

Das von Schimmelpfennig verursachte Geräusch geht schnell vorüber, verliert sich zur Straße hin. Aber Frau Wratsidlow hört noch mehr. Sie hört, wie der Boxer das Löblich-Haus betritt, da fängt sie an zu zittern. Sie nimmt ihren Rosenkranz und betet, gegrüßt seist du, Mutter der Barmherzigkeit, bitte für uns arme Sünder, laß uns nicht fallen in die Hände des bösen Menschen, der jetzt nebenan die Treppe 'raufkommt; das ist der masurische Raubmörder, der böse Jaromir, er kommt wohl aus Rußland zurück, was will er denn hier? Altenburg hat schon vor Jahren seine Moritat gesungen, dann hat es auch Erwin getan und Heikes, als er tot war und über die Höfe geisterte. Kasokat und Genossen haben den Anfang gepfiffen, aber sie pfiffen auch den Anfang der Internationale. Wenn Altenburg über Land fuhr und die Moritat sang, so rappelte in der rotgestrichenen Lade unter dem Boden des Wohnwagens der Totenkopf.

Der Boxer ist nicht Jaromir, er hat es auch gar nicht auf die Witwe abgesehen, er will mit Schimmelpfennig abrechnen. Die Hände versteckt er in den Manteltaschen, er grölt nicht mehr wie früher; er geht auf Katzensohlen, nimmt zwei Stufen auf einmal, huscht an seiner ehemaligen Wohnung im ersten Stock vorbei und klingelt ein Stockwerk höher bei Schimmelpfennig. Dann wartet er, klingelt noch einmal, klingelt länger, klopft mit hartem Knöchel und verliert viel Zeit dabei.

Schimmelpfennig rennt schon die Yorckstraße entlang. Leute werden aufmerksam, kümmern sich aber nicht weiter um ihn. Er biegt in den Katzenkopfweg ein und läuft an den Kohlenplätzen vorbei. Er muß das Tempo verlangsamen, weil ihm die Luft knapp wird, darf aber nicht zu langsam werden, läuft jetzt an Bretterwänden entlang. Wände aus Brettern links und rechts, teilweise zerfetzt wie früher Plakate. Mauern und Bretterwände sind hier zerfetzt, die Wahlen eine Ewigkeit, die Kämpfe noch nicht lange vorbei; alle Gegner geschlagen wie Hunde, wie Käfer zertreten. Es krümmt sich der Wurm, wenn du ihn trittst. Wenn ihn Ketten zermalmen, krümmt er sich nicht mehr. Falls sich dann noch etwas krümmt, handelt es sich um einen rein mechanischen Vorgang: das Bein der plattgewalzten Kröte löst sich vom Substrat. Die Küchenschaben, nicht von Waldemann vergast, sondern mit kochendem Wasser verbrüht, werden von dem zurückfließenden Strom in den Eimer geschwemmt.

Was bleibt liegen? Der Parteibonbon vielleicht. Da der Boxer keine Verdienstmöglichkeit mehr hat, verkauft er Parteiabzeichen als Souvenirs an Amerikaner. Später kocht er für Einheimische billige Hustenbonbons, zehn Pfennig pro Tüte, an Straßenecken auf einem fahrbaren Herd, den kann er an sein Fahrrad hängen. Ein vernickelter Kochtopf gehört zum Gerät, eine schwarze Pfanne und eine Art Waffeleisen. Das Feuer wird mit Spiritus oder Esbit in Gang gebracht. Wenn der Fladen in der Form erkaltet, läßt er sich leicht in Einzelteile zerschlagen. Der Verkäufer preist lauthals an Straßenecken die Heilkraft, schaufelt mit billiger Blechschaufel billige Ware in blaue Tüten, die werden im Zuchthaus geklebt. Der Boxer schaufelt, worfelt, wiegt ab, sondert aus, richtet, was übrigbleibt. Die braune Kreisleitermütze mit der Goldkordel, wer will die haben? Ein Sammler vielleicht, der sie nach vielen Jahren ausgestellt sieht in dem Trödlerladen einer ganz anderen Epoche. Eine gipserne Büste steht daneben, ein uniformierter Brustkasten mit Halsansatz, ohne Kopf. Das ist übrig, alles andere ist geronnen. Die ganze alte glatzköpfige Serienware liegt als Fladen unterm Asphalt künftiger Schnellstraßen zwischen Charlottenburg und dem Kreuzbergviertel. Schimmel trab-trab, bald ist er am Landwehrkanal. Der Boxer sucht die Spur, macht auf dem Treppenabsatz kehrt und springt die Stufen hinunter. Er hat feste Schuhe an; sie sind gut besohlt und mit Zwecken und Stoßeisen versehen. Laut oder leise, er läuft dem Schimmel nach. Die Eule hat gefranste Schwingen, wer Ohren hat zu hören, Ohren wie die auf dem Frickschen Hinterhof, hört es dennoch; er hört den Fahrwind, den Flugwind in aufgerissenen Flügeln und dann nichts mehr.

Wirf ein Stück Kohle in den Landwehrkanal, Ilse-Brikett, Senftenberg, falls du noch eins findest; denn hier ist alles abgeräumt, weggefringst, keiner soll hungern und frieren. Es plumpst und zieht seine Kreise. Nichts von dir bleibt oben, kein goldenes, kein silbernes Ehrenzeichen, kein Verdienstkreuz mit Schwertern oder ohne Schwerter, nicht einmal ein Winterhilfsabzeichen, höchstens die graue Skimütze, die ehemalige Landsermütze ohne Adler, ohne Kokarde, ohne Edelweiß. Rings um dich her stehen Signale, der Signalwald steht hier. Er ist nicht so dick, nicht so dunkel wie die Urwälder hinter Juchnow und Martinowka, nicht einmal so wie zwischen Nikolaiken und Augustowo die Wälder Dinahs und der Wratsidlow, und auch nicht wie Nikolovius' Wald am Dnjepr-Bug-Kanal mit roten Erdbeeren. Hier sind bloß die Signale rot, rot und grün: für dich nur noch rot, und grün für den Boxer mit dem harten Gegenstand in der Manteltasche. An manchen Stellen kommt hier sogar ein bißchen Erde zum Vorschein, Schrebergartenland. Hier wolltest du mal Feierabendkürbisse bauen. In der Laube steht in Rot das verschlissene Sofa, eine Spirale dreht in die Laubenlust. Führerbilder sind abgehängt. Deine Dienstzeit, goldgerahmt, hast du schon hinter dir.

Er setzt über das Geländer, klatscht unten auf und spiegelt sich, aber nicht, weil hier plötzlich Überschwemmung wäre. Strecken sind es. Schienen an Schienen spiegeln hier Brückenlichter und andere Lichter. Es kommt der Nachtschnellzug nach Köln, der fährt wieder fahrplanmäßig mit erleuchteten Wagen, mit Speisewagen, Schlafwagen, und keiner schläft darin; es ist noch zu früh. Wer in den Abteilen eingenickt ist, wacht auf. Was war das? Bloß eine Weiche wahrscheinlich, man nickt weiter, schläft wieder ein und hat es morgen vergessen. Der erleuchtete Zug rast hinweg über den ehemaligen Kreisleiter, den Verwalter einer Wohngenossenschaft, den Altkönigsjäger, rast dahin über Schimmelpfennig, der es nicht mehr spürt.

Achtzehntes Kapitel

Nikolovius ging durch seine alte Wohnung und sah, in welchem Zustand sie den Krieg überdauert hatte. Die Stubendecken waren Weltkarten geworden mit Meeren und Kontinenten, braunen Löschwasserrändern, Regenrändern, Regenwäldern. Haus Nummer sieben hatte ja das Dach, wenigstens teilweise, eingebüßt.

Wenn sich Nikolovius auf den Tisch stellte, dann erreichte er die Decke leicht mit einem Stück Holzkohle oder Ziegelstein. Er zeichnete Gebiete, die ihm bekannt waren, Wege, Landstraßen, Eisenbahnlinien und Rollbahnen. Er fuhr mit Holzkohle oder mit Rötel seine Strecken noch mal ab, im Fronturlauberzug Richtung Kowel, über Lodz, Lublin, oder über Neubentschen, Posen, Warschau, Brest, Abfahrt null Uhr dreizehn vom Schlesischen Bahnhof. Man konnte auch schon Friedrichstraße einsteigen oder am Zoo oder in Charlottenburg, ausnahmsweise sogar Bahnhof Grunewald.

Die Bahnsteige am Zoo und an der Friedrichstraße waren überfüllt gewesen von den Angehörigen, Nikolovius hatte keine. Sie winkten im fahlen Licht der abgeblendeten Lampen, wenn der Zug aus der düsteren Halle in die noch größere Dunkelheit fuhr. Er hatte große Anfangsgeschwindigkeit, um aus dem Bereich eines beginnenden Luftangriffs auf die Stadt zu entkommen. Die Zurückbleibenden suchten Zuflucht auf den Treppen der unteren Stockwerke des Bahnhofs. Dort starben manche von ihnen, bevor die Frontsoldaten in den Abteilen die Oder, Warthe oder Weichsel erreicht hatten.

Nikolovius zeichnete mit Holzkohle oder mit Rötel Kobrin und den Kanal, die Sumpfwaldungen zu beiden Seiten des Pripjet. Er malte lauter kleine rote Beeren an die Zimmerdecke, winzige Lampen, rot mit Rötel oder gewöhnlichem Ziegelstein, in die undurchdringlichen Wälder.

Eine Katze lief ihm zu, er ließ sie abends nicht gerne weg. Sie war ziemlich verwildert, immer auf dem Sprung, auf der Jagd oder auf der Flucht oder alles zugleich. Wenn sie fort wollte und er ihr die Tür nicht öffnete, konnte sie eine Stunde lang miauen. Das war ihm gerade recht. Es gab hier jetzt zuviel Stille, er allein hätte niemals soviel Stille verbrauchen können. Er tat aber, was er konnte, und fing wieder an zu singen, sang die Fledermaus oder den Zigeunerbaron. Es blieb genug Stille übrig, das wollte er nicht, er fürchtete, ehemalige Leute, Heikes, Wolny, Schimmelpfennig, würden sie für etwas benutzen, was ihn erschrecken könnte. Er fürchtete es, obwohl er weder mit Heikes noch mit Wolny je ernstlich zu tun gehabt hatte, das war nur mit dem Boxer der Fall, mit Erwin und dem Kreisleiter Schimmelpfennig und mit den Erdbeeren in Ostpolen. Wenn erst mal einer unsichtbar war für den normalen Polizeiblick und unhörbar für das durchschnittliche Gehör, dann spielten Entfernungen zwischen Kobrin und Schöneberg, zwischen den Bülowbogen und den Wäldern von Juchnow und Martinowka keine Rolle mehr.

In der Ecke am Ofen saß die Katze und fing an, ihren Schwanz zu jagen, zuckte zusammen, sprang auf, schlug mit den Vorderpfoten, drehte sich im Kreis, sah die Beute und erwischte sie nie; sie war es selbst. Manchmal nahm Nikolovius sie auf den Arm und schleppte sie zu Bloedorn hinunter oder in Kasokats verlassene Werkstatt zu all dem alten Leder, den Holznägeln und muffigen Vorhängen. Die Portierfrau schloß auf, wenn Nikolovius das wollte. Dort und bei Bloedorn gab es noch genug Mäuse.

Hörte niemand mehr die einsamen Stimmen der Großgörschenstraße? Bloedorn hörte Nikolovius singen, vielleicht hörte ihn auch die Portierfrau; die hellhörige Frau Wratsidlow lebte nicht mehr. Bloedorn und die Portierfrau hörten vor allem das Lied vom Schweinespeck, dachten: Was für ein harmloser, verfressener Mensch, dieser ehemalige Polizeibeamte! Das hatte auch Herr Kunze immer gedacht. Aber Nikolovius hielt gar nichts für einen idealen Lebenszweck, höchstens das Tragen einer Polizeiuniform. Im Frühling holte er seine alte Montur wieder hervor aus ihrem Versteck in der Kiste, die stand im Kleiderschrank. In der Kiste war ein Koffer, in dem Koffer ein Persilkarton, in dem Karton eine Art Julklapp-Paket mit mehreren gut verschnürten kleineren Paketen in sich. Es kostete Mühe, all die sorgfältigen Verschnürungen aufzuknüppern. Vielleicht hätte sie Nikolovius besser verpackt gelassen, aber niemand entgeht und niemand entrinnt und niemand geht leer aus und keiner kommt zu kurz; ob früher oder später, eins bis zwölf der Tag und eins bis zwölf die Nacht, eine von diesen Stunden wird meine letzte sein. In dem kleinsten Päckchen steckte, zu einem kleinen Bündel zusammengepreßt, mit Mottenkugeln versehen, mumifiziert, die alte, die schöne, die feste, die treue, noch wie neue Wacht am Rhein, Rock und Hose. Er wickelte sie aus, schüttelte, klopfte und bürstete sie, er bügelte sie lange auf dem Bügelbrett, dessen Kehrseite Bloedorn noch vor kurzem zum Zwecken seiner Pelze benutzt hatte. Dann schloß er die Fenster am hellen Tag. Er zog die Vorhänge zu, knipste Licht an, kleidete sich um, trat vor den Schrankspiegel, betrachtete sich lange und – hatte keine Freude mehr daran. Was er sah, war eine Art unpraktisch angezogener Bierkutscher von Engelhardt oder Schultheiß-Patzenhofer, der Fässer durch den Flur und in Löblichs Keller hinunterrumpelt, oder in die Stammkneipe Zum Afrikaner, Yorck-, Ecke

Bülowstraße. Ein Bierkutscher ohne Fässer, dafür in Ohrenhosen, aber ohne Stiefel.

Die Stiefel waren längst verkauft oder gestohlen, Nikolovius infolgedessen bloß in Wehrmachtssocken, dick, grau, zwei oder drei weiße Ringe um die Schäfte. Auch Mütze oder Tschako waren nicht mehr vorhanden. Ein steifer Hut seines Vaters fand noch einmal Verwendung. Er probierte ihn auf zur Uniform und sah nun aus wie Onkel Pelle beim Kinderfest vor vierzig Jahren in der Laubenkolonie Neutempelhof.

Er löschte das Schlafzimmerlicht, die häßliche grüne Lampe mit dem Perlenschirm. Er zog sich im Dunkeln aus oder im Halbdunkel, draußen war ja Tag, der meldete sich durch die Vorhänge. Es gab keine Verdunkelungsrouleaus mehr. Nikolovius zog sich wieder Zivil an, schob die Vorhänge zurück und öffnete das Fenster, so weit es ging. Auf dem Matthäifriedhof fingen die Kastanien an zu blühen, man roch es bis auf diesen Hof.

Neunzehntes Kapitel

Max Frick war nach seiner Rückkehr aus der Kriegsgefangenschaft Eisenbahner geworden, bei der Reichsbahn, wie einstmals sein Vater. Er sah auch außer Dienst die Eisenbahn, und zwar vom Küchenfenster aus, alle zwei oder drei Minuten einen Zug der Wannseebahn; denn er bezog Kammer und Küche einer Wohnung in einem Hinterhaus der Dennewitzstraße. In der Nähe hatte früher seine Großmutter gewohnt. Im Dienst, bei Tage oder in der Nacht, sah er auch die Züge nach Lichterfelde-Ost und nach Lichtenrade, beide kamen an dem vormals Goldschmidtschen Holzplatz vorbei, an der Bautzener Straße. Holz gab es dort nicht mehr. Aber Nikolovius, seit kurzem wieder bei der Polizei, stand wie eh und je am Bautzener Platz. Sehr viel mehr sah Max allerdings nicht, obwohl er im Stellwerk hoch über dem Gleisdreieck Dienst tat. Dort war wenig Betrieb, es fuhren nur die Züge der S-Bahn und die Hochbahn auf der großen eisernen Brük-ke. Fernbahnen wurden abgezogen, Lokomotiven wurden abmontiert und anderswo eingesetzt, sie waren verschwunden.

Max suchte eine Lokomotive, gab aber deswegen keine Anzeige bei den Zeitungen auf: Guterhaltene Lokomotive gesucht; man hätte ihm womöglich Märklin angeboten. Er suchte eine echte, große, ausrangierte Lokomotive, fand aber keine; er sah nur Triebwagen der Stadtbahn und die vielen alten Gleise unter seinem Signalstand. Von den Häusern an der Dennewitzstraße hatte eine Reihe von Hinterfronten und Brandmauern die Kämpfe überdauert. Manche trugen noch alte Aufschriften: Möbel-Höffler, Beerdigungsinstitut Grieneisen, Berlin raucht Juno. In südlicher Richtung konnte man vom Stellwerk aus bis zur Yorckstraße und sogar bis zu den großen Kastanien auf dem Matthäifriedhof sehen, im Osten tauchte Schinkels Denkmal auf dem Kreuzberg und im Südwesten der Behälter der Schöneberger Gasanstalt auf.

Max starrte mit großen Augen in die Ferne. Er sah den Regen und die vergangenen Jahre; sie schneiten oder regneten, vor allem abends, in die Lampen des Stellwerks. Tag um Tag, Woche für Woche legte er zu dem alten Eisen, das hier rostrot lagerte – manchmal feucht, manchmal trocken, manchmal grauweiß verschneit oder bereift –, legte zu dem alten Eisen die abgenutzten, durchgepeitschten und durchnäßten elenden alten Zeiten.

Bei klarem Wetter kamen Stimmen von mehreren Bahnhöfen herüber, von der Großgörschenstraße, vom Bahnhof Yorckstraße, vom Anhalter und Potsdamer Bahnhof und vom Hochbahnhof Bülowstraße. Auf dem Anhalter war der Verkehr allerdings längst eingestellt. Hier nahmen die Bahnhöfe ab. Dagegen vermehrten sich die Tauben wie noch nie. Tauben kamen von Schinkels Denkmal auf dem Kreuzberg, den Dächern der Möckernstraße im Osten, der Bautzener im Süden, der Dennewitzstraße im Westen, der Luckenwalder im Norden, sie kreisten über dem Stellwerk und schrieben manchmal die Sektorengrenze hinter dem Landwehrkanal an den

Himmel. Von da drüben näherte sich die Jahrhundertmitte nach osteuropäischer Zeit.

Als Eisenbahner trug Max zuerst noch die graue Feldbluse; das wirkte nicht uniformiert, nicht zivil, sondern farblos, staubig und spinnenhaft. In seiner dünnen grauen Spinnenmontur stand er auf Brücken, unter Brücken, schaute über die Gleise und hielt Selbstgespräche. Er schwenkte die Signalfahne rot und die Lampe grün, wenn an einer Strecke gearbeitet wurde. Er stand auch an Geländern und wischte mit dem Ärmel Kalkstaub ab, das machte der Bluse nichts aus. Im Winter nähte der Schnee an den Laternen, ließ der Frost Brücken gefrieren, wo sonst gar keine mehr waren. Dann schlug Max den kleinen grünen, abgewetzten Kragen hoch, das nützte ja doch nicht viel. Er zog Fäustlinge an und klappte die aufgeschlagenen Ränder der Skimütze über die Ohren.

Mitten im Gleisdreieck stand neben dem Treppensteg, der über die ehemalige Zossener Strecke führte, ein dreistöckiges, unverputztes, also ziegelrotes Wohnhaus, das früher nur Eisenbahnerfamilien bewohnten. Nach dem Krieg lebten auch Bombengeschädigte und Flüchtlinge dort. Manche waren wieder ausgezogen, ein paar Wohnungen wurden leer. Max machte eine Eingabe bei der Reichsbahnverwaltung und durfte eines Tages von der Schlafstelle in der Dennewitzstraße in dieses rote Haus umziehen. Sein Küchenfenster ging auf den kleinen Hof, vom Stubenfenster sah er die verlassene Zossener Strecke, die ganz nah am Haus vorüberführte. Daher war diese Seite des Gebäudes von mehreren Epochen schwarz verqualmt. Weil keine Züge mehr verkehrten, wurde sie anthrazitfarben, dann grau. In absehbarer Zeit würde sie vielleicht wieder ihr Ziegelrot haben.

Max hätte gern in der Nähe ein Stück Gartenland gepachtet und Kürbis gebaut wie andere, Stangenbohnen und Rhabarber, im Frühsommer grünen Salat. Er hätte an einer Laube Kresse gezogen und Goldlack und am Zaun Flieder und Jelängerjelieber. Das schmale Terrain, das auf der Hofseite dafür vorgesehen war, hielten ältere

Mieter besetzt. Da wurde vor der anderen, der erblassenden Seite des Hauses Rat. Max erfuhr, daß die Reichsbahnverwaltung dieses Stück der ehemaligen Zossener Strecke abbauen wollte, um Schienen und Schwellen nicht verkommen zu lassen. Das freigewordene Gelände sollte verpachtet werden. Er bemühte sich sofort darum und erhielt es dann auch in seiner ganzen Länge von etwas mehr als hundertfünfzig Metern. In der Breite maß es freilich nicht mehr als fünf oder sechs Meter. Als er den Vertrag erhielt, fragte er den Beamten, ob er wohl die Schienen in der Länge des Pachtlandes samt den Schwellen auch pachten könne. Der Mann sah ihn an, als habe er etwas Unanständiges gesagt, und wollte ihn schon derb abfahren lassen. Aber als Max ihn mit seinen gutmütigen Augen unentwegt anblickte, da zuckte er nur die Achseln und sagte, er könne es ja versuchen und deshalb an die Verwaltung schreiben. Viel Zweck habe es seiner Meinung nach nicht. Max schrieb mehrmals, ging auch öfter zu verschiedenen Ämtern, die wegen der Sache befragt werden mußten, und erreichte es schließlich, daß ihm das gewünschte Material auch verpachtet wurde.

Nun hatte seine Beschäftigung an Sonntagen und an den Feierabenden ein Ziel. Keine Bitternis mehr suchte ihn heim, keine quälenden Gedanken kamen, wenn er spätnachmittags am Fenster stand und in das düstere Rot und Gelb hinter der fernen Gasanstalt schaute, während in der Wohnung über ihm Klavier gespielt wurde. Auf jedem Spaziergang suchte er Schrauben, Schraubenmuttern, Wellen und andere Ersatzteile. Er fragte nicht, was denn andere trieben in dieser Zeit, abends hinter erleuchteten Fenstern. Er kaufte Blumenerde für den Boden vor und hinter, links und rechts neben seiner Strecke. Das zwischen den Schwellen wuchernde Unkraut jätete er.

Als hundertfünfzig Meter der Strecke nach Zossen nicht mehr überwachsen waren, mußten die alten Schienen vom Rost befreit werden. Wenn Nikolovius dienstfrei hatte, erschien er im Gleisdreieck und half Max abkratzen und hämmern. Später ölten sie die gesäuberten Teile hauchartig mit Maschinenöl. In den Pausen legten sie sich bei schönem Wetter zwischen die Schienen und sonnten sich –

Max in der alten Wehrmachtsuniform ohne Schulterklappen und Rang-
abzeichen, ohne Kragenlitzen und Pleitegeier, Nikolovius neuunifor-
miert: im Graugrün der Schutzpolizei.

Seit es hier keine Fernbahnen mehr gab, wurde es immer bunter:
Goldlack, Flieder, Kapuzinerkresse blühten zwischen Grün. In den
Beeten am Zaun malten Kokardenblumen ihre Purpurwellen. Wilder
Wein rankte an rostigen Drähten. Max und Nikolovius schrieben
Bahnhofsschilder lampenschwarz auf Bleiweiß, mit Emailfarbe: An-
halter Bahnhof, Yorckstraße, Papestraße, Priesterweg, Mariendorf,
Lichtenrade, Mahlow, Dahlewitz, Rangsdorf, Dabendorf, Zossen.
Dann richteten sie zwei Bahnhöfe ein: am Nordende der Strecke den
Stadtbahnhof. Zwei leere, einander mit geringem Abstand gegenüber-
gestellte Blechtonnen markierten den Durchgang an der Sperre. Auf
dem Abfahrtsschild, das an einer Bohnenstange horstete, stand: Zos-
sen, sechs Uhr fünfundzwanzig. Etwa alle Stunden war früher ein
Zug gefahren. Max las es in einem alten Kursbuch, das noch seinem
Vater gehört hatte. Zu beiden Seiten der letzten paar Meter Schienen
wurden armdicke Fichtenstämme in den Boden gerammt und Bretterwände genagelt. Für die Vorderseite des Daches, das aus geteerter
Pappe bestand, malte der Polizist ein Plakat mit der Aufschrift: Neuer Anhalter Bahnhof. Von dem alten am Askanischen Platz schallten
Detonationen herüber, seine Fassaden wurden niedergelegt. Hundertfünfzig Meter südlich hatte Maxens Anhalter Bahnhof ein Gegen-
stück, die Endstation, sie lag mitten im Grünen. Dort wurde, eine Art
Bahnhofswirtschaft, Maxens gemütliche Laube errichtet. In ihre Seitenwand schraubte Nikolovius einen alten Eisenrahmen zum Ein-
stecken und Herausziehen von Stationsschildern. Hinter dem schmalen Bahnsteig aus gestampftem Lehm und Sandsteinplatten von ehemaligen Höfen lagen Blumenbeete, die von schräg gestellten Pflaster-
steinen kleinster Sorte oder von verkehrt in den Boden gesteckten
Weinflaschen nach dem Bahnsteig zu begrenzt wurden. Die Waldeslust breitete sich zögernd aus, wenn auch bloß zwischen dem Gerank
schnell keimender, eifrig wachsender, bald Blattfülle bietender Stan-

genbohnen. Auch Kürbisse schwollen an und ersetzten Ausflüglerge-
sichter, optimistische gelbe Vollmonde an dem niedrigen Bahndamm.

Max hielt Ausschau, ließ Einfälle paradieren, luchste an toten
Gleisen und durchstöberte Schuppen; er war unterwegs in rauchge-
schwärzten, teilweise aus Klinkern gebauten Baracken mit blinden
Fenstern und sammelte Eisenteile, Schrauben, Muttern, Ölkannen,
ausrangierte Signale, Lampen, grün und rot. Hinter einem verwahrlosten Grundstück fand er endlich, was er brauchte, was er so lange
gesucht hatte, wachend und schlafend: die abgewrackte Lokomotive.
Aufgeregt bestieg er das Führerhaus und schaute in den leeren Kesselraum. Am Tage darauf erschien er wieder bei der Reichsbahnverwaltung und fühlte vor, ob die Maschine zu haben sei. Man schüttelte
den Kopf, schickte ihn durch mehrere Abteilungen. Es war schwer,
den Beamten seinen Wunsch überhaupt vorzutragen.

«Wir widmen all unsere Kraft dem friedlichen Aufbau eines neuen
Deutschland.»

«Genau das», sagte Max Frick. «Meine Bahn soll nämlich der Wiedervereinigung unseres Vaterlandes in Frieden und Freiheit dienen. Sie
bringt brüderliche Kampfesgrüße allen friedliebenden Bewohnern
westlicher Sektoren zwischen Bahnhof Yorckstraße und Lichtenrade.»

Das leuchtete dem Sachbearbeiter in dem Büro nicht ganz ein,
aber er konnte Max nicht loswerden. Endlich sagte er zu ihm: «Also
gut, unter einer Bedingung. Wir beliefern Sie mit den einschlägigen
Losungen, die Sie am Vorderteil oder an den Flanken der Maschine
befestigen.»

«Richtig», sagte Max. «Für den Sieg, ganz gleich auf welcher
Strecke. Räder müssen rollen für den Sieg.»

«Des Sozialismus», ergänzte der Beamte.

Auf diese Weise ging eine alte, neuerdings volkseigene Lok in pri-
vate Hände über. Max wurde dabei seine wenigen Ersparnisse los,
und wenn Nikolovius nicht mitgeholfen hätte, wäre sie für ihn überhaupt nicht erschwinglich gewesen. Er beschaffte einen Tieflader und
verlud mit seinem väterlichen Freund und einem Beauftragten vom

Amt für Transportwesen samt dessen Fahrer die viereinhalb Meter lange, zweieinhalb Meter hohe und hundertsechzig Zentner schwere Maschine. Er brachte sie auf den nicht mehr volkseigenen Teil der Zossener Strecke und hatte wieder viele arbeitsreiche Sonntage und Feierabende vor sich. Er montierte neue Hebel und Armaturen an, baute die Dampfpfeife ein, setzte Glas in die Fenster, dichtete den Kesselraum ab, ölte Achsen und Kolben, schraubte Lampen auf und putzte den Schornstein aus. Dann ging er zu Lehmann – Farben, Lakke, Bleiweiß – und zog einen Leiterwagen nach. Er kaufte gute Ölfarbe und strich die Lok neu an, rot die Räder, grün den Kessel, schwarz das Führerhaus. Zum Schluß wurde alles mit Firnis überzogen.

Max trug nicht mehr die Feldbluse, sondern den neuen blauen Rock der Reichsbahn und die blaue Mütze mit schwarzrotgoldener Kokarde, goldenem geflügeltem Rad und roten Paspeln. Er schaute aus dem Fenster der Lok und wartete, daß Nikolovius in der Rolle des Fahrdienstleiters auf dem Perron des neuen Anhalter Kleinbahnhofs, fünf Sandsteinplatten auf gestampftem Lehm, die Tafel hob, den Befehlsstab mit dem grünen Fahrsignal auf weißgrundierter Scheibe. Max ließ kräftig Dampf durch die Pfeife, da schauten die Leute aus den Fenstern des Eisenbahnerwohnhauses. Feierlich stellte er den Hebel auf Fahrt. Die Kolben ächzten und setzten die Räder in Bewegung, es ging los: hundertfünfzig Meter vor, hundertfünfzig zurück. Nikolovius zu Fuß war schon an das andere Ende geeilt, er steckte das Schild Yorckstraße in den Eisenrahmen an der Laube, steckte bei neuerlicher Ankunft der Lokomotive Priesterweg ein, dann Mariendorf, Marienfelde, Lichtenrade. Er ließ die Zonengrenze und jegliche Grenze unbeachtet, steckte – höchste Zeit, sie kam schon schnaubend, dampfend und stampfend daher – Mahlow ein und ließ, als sie wieder anfuhr, auf der Stelle Dahlewitz sein, dann Rangsdorf und Dabendorf. In Zossen grünte die Hoffnung, da grünte der Kohl, da kletterten Stangenbohnen, gilbte der erste Kürbis, reiften die Mohnkapseln. Da stand Nikolovius in sonntäglicher Montur und strahlte über sein breites rosiges Gesicht. Seine Augenbrauen waren von der

Sonne so ausgeblichen, daß sie fast nicht mehr zu sehen waren. Als die Lok langsam in den Bahnhof einfuhr, legte der Polizist die rechte Hand an die Mütze. Im linken Arm hielt er einen großen Strauß Kokardenblumen. Auf ländlichem Bahnsteig hatte er an der Stange neben der Laube die Brandenburger Fahne gehißt; Steige hoch, du roter Adler, hoch über Sumpf und Sand, Kohl und Mohn. Max kletterte aus dem Führerhaus und freute sich. Schutzpolizei beglückwünschte die Reichsbahn. Kokarden, Kornraden, Goldlack aus grünem Arm in blauen Arm. Polizei führte die Reichsbahn in das privatwirtschaftliche Laubengelände. Auf dem Tisch in der Laube standen zwei Flaschen, der Whisky der Schutzpolizei und der Wodka der Reichsbahn. Sie setzten sich auf das rote Sofa und feierten die Wiedervereinigung auf der neuen Kleinstbahnstrecke. Sie konnten nicht viel sagen und hielten keine einzige Rede. Schweigend betrachteten sie die neue alte Einrichtung, die sie hier zusammengetragen hatten. Fast alles stammte aus dem Frickschen und dem Nikoloviusschen Elternhaus.

Max las dem Polizisten aus der Zeitung vor: «Eine der kühnsten und imposantesten Kreuzungen von Verkehrswegen in Berlin ist die Überführung des Landwehrkanals vom Tempelhofer zum Halleschen Ufer durch die Bahnstrecke vom Anhalter Bahnhof und die Hochbahn Warschauer Brücke zum Gleisdreieck. Die Hochbahnstrecke Warschauer Straße, Potsdamer Platz, Bülowstraße, Zoo, mit der eine Idee des in die Zukunft schauenden Werner von Siemens verwirklicht wurde, konnte nach fünfeinhalbjähriger Bauzeit am 18. Februar 1902 in Betrieb genommen werden.» Das war ein Wendepunkt im großstädtischen Nahverkehr! Ein noch viel größerer Wendepunkt war es, als hier am Ende des Zweiten Weltkrieges der gesamte Großstadtverkehr lahmgelegt wurde. Was dann nach geraumer Zeit wieder rollte, war gewiß anerkennenswert, ließ aber keinen Vergleich mit früher zu. Ein Bericht der Zeitung, die Max und Nikolovius nach Feierabend auf dem roten Sofa lasen, beschwor Vergangenes: ein bezauberndes Bild war es immer, wenn sich hier, was gar nicht selten geschah, Schleppkähne, Fern- und Hochbahnzüge begegneten. Gleich hinter der Kreuzung

wird ein Häuserblock durchfahren. «Der kurz hinter der Hausdurchfahrt liegende Bahnhof Gleisdreieck hat 1925 einen großzügigen Um-
bau durch die Schaffung einer Entlastungsstrecke erfahren, die die In-
genieure abermals vor eine gewaltige Aufgabe stellte. Es mußten zwei
übereinanderliegende Bahnhöfe geschaffen werden.»

Gewaltige Aufgaben hin und her! Max Fricks Strecke ergab, hin
und zurück gemessen, eine Gesamtlänge von dreihundert Metern, ein
sehr erfahrenes, seit Jahren nicht mehr befahrenes Stück. Max fuhr
auf hundertfünfzig Meter Gleislänge vom Neuen Anhalter Bahnhof
nach Zossen und löste damit die gewaltige Aufgabe einer höchst
wichtigen, wenn auch ungewöhnlichen Entlastungsstrecke. Er hatte
sie, unterstützt von nur einem Beamten der Schutzpolizei, in wenigen
Monaten betriebsfertig gemacht. Zwei einander gegenüberliegende,
ideologisch stark entfremdete Bahnhöfe mußte er rigoros verbinden.
Das hätte soviel Beachtung verdient wie der Bau zweier übereinan-
derliegender Bahnhöfe vor einem Vierteljahrhundert. Dennoch: Erwin kam nicht. Bruder Erwin befuhr nicht Maxens Zossener Bahn, er
fuhr Untergrund und sagte zu Max, als er ihn zufällig in der Bülowstraße traf: «Du spinnst wie immer.» Er hatte in beiden Teilen der
Stadt zu tun, wohnte aber im Westen, in der Mansteinstraße, nicht
weit von Schmielkes Tabakladen.

«Hinter der auf unserem Bild sichtbaren Hausdurchfahrt», hieß es
weiter in Maxens Zeitung, «liegt der Schauplatz jenes schweren Un-
glücks vom 26. September 1908, bei dem sechzehn Menschen den Tod
fanden. Ein Wagen stürzte bei einem Zusammenstoß auf der damals
noch unübersichtlichen Strecke in den Hof des Kraftwerkes an der
Trebbiner Straße. Die Schockwirkung bei der Bevölkerung war ungeheuer: tagelang nach dem Unglück wagten es nur fünf, sechs Menschen, die Bahn zu benutzen.»

Auf Maxens Bahn, genauer auf seiner Lokomotive, konnten durch-
schnittlich fünf bis sechs Menschen nach Zossen fahren. Mit Bruder
Erwin wären es drei Fahrer gewesen, Nikolovius eingerechnet, aber
Erwin wollte mit dem Spinner Max nicht fahren und mit dem Polizi-

sten schon gar nicht. Er wollte sich wieder dünne machen wie all die Jahre, er wollte nichts auffrischen und nichts besprechen und benutzte deshalb die Untergrundbahn. Genialer Ingenieurleistung war es zu danken, daß die U-Bahn zu den sichersten Verkehrsmitteln gehörte.

Nach einem halben Jahr Arbeit war der neue Anhalter Bahnhof des Max Frick ein sauber gestrichener, gut gedeckter Schuppen, in den die Hundertsechzigzentnerlok gerade hineinpaßte. An Sonn- und Feiertagen wurde sie mit der Seilwinde ins Freie gezogen. Hinter dem Schuppen lag, von grauschwarzen Zäunen begrenzt, ein kleiner Kohlenplatz. Rund eineinhalb Zentner Kohlen fraß diese Lok, die Neuzossener Privatbahn. Sie hätte mit und ohne Propagandamaterial eine Stundengeschwindigkeit von vierzig Kilometern schaffen können, aber das war nicht nötig. Ihre Aufgabe bewältigte sie in bescheidenerem Tempo, gut Ding will Weile haben wie Gottes Mühlen. Vor dem Schuppen hatte ein schwärzlicher Kran mit schwenkbarem Arm Anschluß an das Wasserrohr, das den Wohnblock versorgte. Max ließ schwenken, drehte den Hahn auf und füllte Wasser in den Kessel; er drehte ab und schwenkte zurück. Inzwischen hatte Nikolovius Kohlen auf den Rost geschüttet, er schaufelte Glut in die Feuerbüchse und kontrollierte den Aschenkasten. Max kletterte zu ihm in das Führerhaus, ließ Dampf durch die Pfeife, gab Abfahrtzeichen. Er stellte den Hebel auf Fahrt, Dampf zischte zwischen den Rädern, die drehten sich erst langsam, dann schneller, und rollten in Richtungen: hundertfünfzig Meter vor, hundertfünfzig Meter zurück.

Max ließ es in seiner Vorstellung immer geradeaus sein. Er fuhr ohne Plakate und Spruchbänder, obwohl er der Reichsbahnverwaltung hatte versprechen müssen, welche zu führen. Aber die hundertfünfzig Meter sprachen für sich. Fünf Stundenkilometer Geschwindigkeit und dennoch schnell in Zossen, und wenn man wollte sogar in Leipzig: man brauchte bloß ein neues Schild zu malen. Es ging auch ohne Schild, wenn Max es sich einbildete, vor allem abends. Dann leuchteten zwei Lampen vorn über den Puffern. Sie hatten keine Windleitbleche an den Außenseiten. Windleitbleche waren bei diesem Tempo nicht nötig. Gehalten wurde auf freier Strecke, wenn das Signal auf Rot stand, abgefahren bei Grün, durchgefahren, wenn Grün statt Rot. Max hatte den Kessel grün gestrichen, weil noch viel von dieser Farbe übrig war in einem Blecheimer der Firma Lehmann. Sie reichte sogar noch für die Laube und das alte verwitterte Rehgeweih über dem Eingang. Auch die Kohlenhalde hatte grüne Spritzer abgekriegt. Grün waren die Bierflaschen, auf denen sie die Laube errichtet hatten. Sie lagen mit Erde dazwischen als Untergrund, füllten eine Mulde aus und hielten schätzungsweise mindestens zweihundert Jahre. Vieles stand so auf leeren Flaschen und hielt. Nordwestlich des Gleisdreiecks wuchsen neue Häuser: Hochhäuser, moderne Stahl-Beton-Konstruktionen. Nach fachmännischem Urteil würden ihnen Bombardierungen nichts anhaben können. Ihr Skelett würde sich nicht einmal verbiegen. Zimmerdecken und Fußböden freilich würden einstürzen.

Bruder Erwin zog da nicht ein. Er hauste in einem baufälligen, bombengeschädigten Gebäude der Mansteinstraße. Vor den Eingang hatte er ein Schild gehängt mit der Aufschrift: «Betreten verboten. Lebensgefahr!» Nicht weit von hier stand das Haus, in dem der Polizist wohnte, es hatte die Nummer sieben. Dort war seit dem schrecklichen Abgang des Friseurs Heikes niemand gestorben. Verschwunden waren allerdings mehrere Personen: der Schuster Kasokat, seine Pflegetochter Dinah Lipschitz und der Klavierspieler Wolny. Ein friedfertiges Haus. Manche wohnten ein Leben lang dort, ehe sie verschwanden, zum Beispiel Nikolovius. Viele, die nicht dort wohnten, betraten es, manche täglich: der Briefträger, die Zeitungsfrau, sie brachte den Telegraf oder die Morgenpost. Einmal im Monat kam der Gasmann. Das baufällige Haus in der Mansteinstraße betrat außer Erwin niemand. Auch die Polizei kam da nicht hin. Die Baupolizei hatte keine Ahnung, daß dort noch jemand wohnte.

Max wurde nicht mehr lange im Stellwerk verwendet. Der Dienst war zu verantwortungsvoll für ihn. Die Bahnmeisterei versetzte ihn in den Innendienst. Jeden Sonntag fuhr er auf seiner Lokomotive hundertfünfzig Meter vorwärts in die Zukunft, hundertfünfzig Meter rückwärts in die Vergangenheit. Oft war Nikolovius bei ihm im Führerhaus, wenn er nicht zu Hause mit Rötel oder Holzkohle auf der Zimmerdecke alte Strecken abfuhr. Unterdessen wurde sein Abreißkalender an der Wand in der Küche immer dünner. Rost setzte sich ab in den Schrebergärten, in Regentonnen. Es wurde Herbst, und es kam der November, der Schicksalsmonat dieser Breiten von der Etsch bis an den Belt. Nach Rost und Nässe fiel Schnee auf die halbverweste Decke eines toten Hundes, der zeigte weiße Zähne im halbentblößten Schädel unter Brombeer- und Geißblattgebüsch vor der ehemaligen Maison de santé.

Der sonnige Herbstmittag bringt Wind. Neuzossen und die haltende Lok im Spiegel einer grünen Flasche, die auf dem Gartentisch steht. Bahnhofsrestaurant. Ein Mann döst in dem verlassenen Warteraum. Er ist Fahrgast, Fahrdienstleiter und Lokführer in einer Person. Er bedient sich selbst, weil keine Bedienung kommt. Nur der große alte Regulator bedient das Innere der Laube mit unruhigem Perpendikel über dem zerschlissenen roten Sofa. Der Mensch ist müde, die Lok steht unter Dampf. Eine Fliege am Fenster stirbt unter Protest, die Spinne wartet im Netz. Draußen weht der Südwest, drückt Kleininsekten in das Wasser der Regentonne. Leise oder laut, die Zeit geht fort. Abfahrtzeichen machen auf sich aufmerksam und lassen sich mit dem Uhrenstand vergleichen. Eine Lok ruckt an und vollführt immer dieselbe Bewegung. Qualm steigt aus dem Schlot, schwarz, grauschwarz, taubenblau und weiß, wird vom Wind beackert, vom Mittagswind und vom Fahrtwind, wohin, wohin.

Zwanzigstes Kapitel

Täglich ging Erwin Frick die Mansteinstraße entlang in Richtung Bülowpromenade, dann nicht rechts zur Dennewitzstraße, sondern links an der roten Lutherkirche vorbei und über den Fahrdamm zum Hochbahnhof Bülowstraße. Das Haus mit den Karyatiden, in dem

Goldschmidts gewohnt hatten, stand noch. Er fuhr in den anderen Teil der Stadt und kehrte meist abends, manchmal auch erst nach Tagen zurück. Gelegentlich hatte Erwin in Schöneberg zu tun. Er bog um die Löblichecke, blickte kurz in den Laden, in dem seine Mutter jahrzehntelang Milch verkauft hatte, betrat aber nicht den Hof, sondern blieb, Hände in den Taschen, freitags nachmittags gegenüber der Schlächterei stehen. Dann begab er sich zu Lehmann und kaufte ein Glas weiße, ein Glas rote Plakatfarbe und zwei Pinsel: einen mit schmalem, einen mit breitem Strich. Zu Hause schrieb er mit dem schmalen auf ein weißgestrichenes Schild: «Betreten verboten» in Rot, «Achtung, Einsturzgefahr» in Rot, «Lebensgefahr, baupolizeilich gesperrt», «Blindgänger», «Wer weitergeht, stirbt», alles in Rot. Auf rote Schilder malte er in Weiß den ausgehöhlten Kürbis, die Melone, den Apfelgriebsch und ließ ihn, durch ein Gemisch von Plakatrot und Asche angebräunt, angefault sein. Er malte zwei gekreuzte Karabinerläufe, zwei Oberarmknochen, alles und jedes in Rot. Bei Schmielke kaufte er Zigaretten. Der Tabakhändler hatte keine Ahnung, wen er da bediente.

Erwin besuchte die Hochkirchstraße. Das Schaufenster des Grünkramladens, in das er vor einem Vierteljahrhundert gefahren war, bestand noch aus einer rohen graubraunen Holzverschalung. Die neue Scheibe, die nach seinem damaligen Unfall eingesetzt worden war, hatte der Krieg zertrümmert. Tonlos pfeifend ging er an dem Laden von Heikes' Schwiegersohn vorbei, warum denn nicht. In der Auslage las er die Namen einiger allgemein bekannter Artikel: Tosca, Sebalds Birkenwasser, Mysticum permanent, das hörte sich drollig an. Er las: Handpflege. Das hatte er nicht nötig. Zeit genug war gewesen in all den Jahren, sich der Pflege seiner Hände zu widmen.

Er trug einen Bart auf der Oberlippe und hoffte, dadurch womöglich doch von niemandem mehr erkannt zu werden. Wenn es nötig war, gab er sich als gebürtigen Thüringer aus. Papiere waren vorhanden. Im Frühling glaubte er Wolny mit der Gitarre am Bautzener Platz zu sehen. Aber Wolny war schon tot. Erwin sang nicht mehr, er pfiff bloß noch fast tonlos durch die Zähne. Auch Nikolovius stand am Bautzener Platz und erkannte ihn nicht. Er sang nicht, wenigstens nicht im Dienst. Erwin hörte ihn später im Hausflur: er sang oben in seiner Wohnung. Seit Kasokat nicht mehr hämmerte, konnte man das ganz gut im Hausflur hören.

An heißen Sommertagen liefen die Kinder barfuß dem Sprengwagen nach. Vor dreißig Jahren hatte Erwin es genauso gemacht. Im Flur des Hauses Nummer sieben brauchte nicht gesprengt zu werden, da war es sauber und nichts mehr zu sehen, was nicht hingehörte. Die Portierfrau war in Ordnung, sie putzte und wischte gründlich jahrein, jahraus. Diese Fliesen konnte sich Erwin ruhig ansehen. Bloß an der Wand die Feldherrenflecke waren nicht ganz wegzubringen, Moltke und Roon, sie hielten sich gespenstisch hell, während die Wand immer dunkler wurde.

Eines Tages bekam Max ein Schreiben der Reichsbahnverwaltung, in dem es hieß, daß der Verkauf der Lokomotive und der Schienen unrechtmäßig geschehen sei, man hätte sich bedauerlicherweise geirrt. Den Kaufpreis erhalte er nach dem ortsüblichen Kurs zurück, die Maschine werde demnächst abtransportiert. Max regte sich furchtbar auf und erzählte es Nikolovius. Dieser riet ihm, erst einmal abzuwarten und gar nichts wegen der Sache zu unternehmen. Aber ungefähr zwei Wochen später, als Max abends nach Hause ging, waren die Abholer der Neuzossener Strecke schon näher als ihr Besitzer. Niemand auf dem ganzen Gleisdreieck bemerkte, wie in schnell sinkendem Regenabend das Tor des Lokschuppens und Kleinbahnhofs, Kleinstbahnhofs, geöffnet wurde, wie ein Stück Zaun zur Katzenkopf Straße hin entfernt, ein Tieflader Meter um Meter an das Schienenende geschoben wurde. Um diese Zeit bog Max erst von der Yorckstraße in den Weg ein, der über das Gleisdreieck führte. Im obersten Stockwerk des Eisenbahnerwohnhauses spielte jemand bei geöffnetem Fenster Klavier, das letzte Stück der Peer-Gynt-Suite, Heimkehr und Sturm an der Küste. Das Forte-fortissimo verdeckte nur schwach andere Geräusche vor dem Haus: das Knarren der Schuppentür, das

Quietschen der Bremsen des Tiefladers, das Rasseln der Seilwinde. Max, der jetzt jenseits des Zaunes auftauchte, sah noch nichts. Da wurde seine Lok, sie war nicht aus Holz, nicht von Märklin, sondern von Borsig, auf den Lader gezogen und dort verpflockt. Der Fahrer und ein zweiter Mann bestiegen die Zugmaschine. Der zweite Mann kletterte in die Lok, schaute aus dem Führerhaus und grinste. Das sah Max, denn jetzt war er nahe genug herangekommen. Die Suite, im Oberstock des Hauses auf dem Klavier gespielt, klang aus. Der falsche Bahnmann am Lokfenster streckte die Hand heraus, winkte oder drohte. Augen und Mund wurden schmal, das sah lustig, sah böse aus, das grinsende Gesicht hatte Sommersprossen. Die Zugmaschine ruckte an und fuhr ab. Auf einmal geriet Max in Bewegung, er ließ Heimkehr und Küste hinter sich, er mußte hinaus in den Sturm, wetzte über die Schären des Gleisdreiecks. Er rannte und schrie, noch bevor er begriff, und sah, was er nicht begreifen konnte: der zweite Mann, der Mann in seiner Lok war Horst. Wie kam Horst Schimmelpfennig dorthin? Was hatte der mit seiner Lok zu tun?

Die Zugmaschine legte Tempo zu, Max lief hinterher. Er strauchelte, erhob sich wieder und holte den Transport noch ein. Es ging nicht so schnell auf diesen Kopfsteinen, den steinernen Rundschädeln, Kürbissen, Kommißköpfen. Manche waren ziemlich in den Boden gesunken, es hatten sich Schlaglöcher gebildet, die niemals ausgebessert worden waren. Ausbessern hatte sich bei dem geringen Verkehr hier nicht gelohnt. Max lief neben der Fracht her. Was nützte es ihm, daß er Horst erkannte und ihn anschrie! Er besaß keinen Karabiner und keine Pistole, er hatte kein Messer zur Verfügung. Er wäre auch zu weich gewesen, um es gut gezielt in die grinsende Scheibe zu werfen, die aus dem Fenster der Lok schaute. Als sie die plan gepflasterte Luckenwalder Straße erreichten, wurde der Transport erheblich schneller. Max rang nach Luft, sein Herz schlug zum Hals, er warf Fäuste in die Höhe, aber sie trafen niemanden. Hast mir die Reiter gestohlen, hast mir Wolnys Fotoalbum trotz Versprechens, trotz erfüllter Bedingung nie wieder zurückgebracht, zeigtest mir nie deine Elektrolok! Du interessiertest dich nicht für Eisenbahnen und vergreifst dich jetzt an meiner Lokomotive! Die einzige Antwort, mehrfach wiederholt, und wehe, wenn dies für immer die einzige Antwort blieb: das dreckige, elende Grinsen der sommersprossigen Zielscheibe, der weißlichen Maske Horst Schimmelpfennigs.

Schließlich verschwand es auf der Lok und mit der Lok auf Tieflader und Zugmaschine. Es verschwanden zweimal vier Räder rollend und einmal sechs Räder ruhend. Sie konnten sich nicht bewegen in den Mulden, an den Pflöcken des Laders, wurden jedoch fortbewegt durch fremde, achtfache Bewegung. Alles bewegte sich Grenzen zu und verließ in nordöstlicher Richtung den westlichen Sektor.

In allen Destillen, vom Afrikaner an der Bülowpromenade bis zum Café Hundekehle im Grunewald – nur bei Löblich am Matthäifriedhof nicht mehr –, trocknete Schaum an Biergläsern die halbe Nacht. Schaum schwand dahin auf Schultheiß hell und Schultheiß dunkel, auf Schloßbräu, Engelhardt und Bötzow, er schmolz auf Malzbier und auf der Landré-Breithaupt-Weiße mit oder ohne Schuß. Lichtreklamen an dunklen Fassaden: Grundig, Ruhnke, Mampe. Erleuchtete Straßen zwischen dem Gleisdreieck und dem Lietzensee. Die Nacht dieser Stadt hat eine hellere und eine dunklere Hälfte.

Bald danach verlor Max auch die Wohnung in dem Eisenbahnerhaus. Eine Zeitlang trieb er sich in ausrangierten S-Bahn-Zügen herum. Er fuhr im Stehen, Sitzen oder Liegen das ganze Geld ab: Ring über Westkreuz, über Ostkreuz. Ein Eleat im Waggon, ein Diogenes für Reisende mit Traglasten. Viel hatte er nicht mitgenommen, und um das Zurückgebliebene kümmerte er sich nicht. Nikolovius verkaufte es für ihn. Später kam Max in dem Wohnwagen eines ehemaligen Schaustellers unter, da gab es sogar Gardinen. Aber lange blieb er auch dort nicht. Nikolovius sorgte dafür, daß er in einer Klinik in Lichtenrade aufgenommen wurde.

Was wir gelernt haben, sagte sich Max, ist warten. Bestimmt: eines Tages fangen wir wieder an auf dem Gleisdreieck. Die Strecke wird erweitert. Wir fahren nach dem alten Kursbuch der Reichsdruckerei vom neuen Lehrter Bahnhof nach Hannover und Hamburg, vom neuen Stettiner nach Mecklenburg und Pommern, und im Sommer zu allen Ostseebädern. Vom Schlesischen gehen die Züge nordostwärts über Schneidemühl, Dirschau nach Danzig; ostwärts über Frankfurt in die Republik Polen und südostwärts über Breslau, Troppau und Lundenburg nach Wien, Budapest, Jassy, Odessa oder Bukarest. Vom Görlitzer Bahnhof fahren wir wieder regelmäßig ins Riesengebirge, auch nach Bad Flinsberg, nach Reinerz und Kudowa, in der Hauptsaison mit Feriensonderzügen zu stark ermäßigten Preisen. Na und vom Anhalter und Potsdamer war schon früher die Rede. Da haben wir nur neue Linien aufgenommen nach München, Rom und Neapel; nach Aachen, Brüssel, Ostende; nach Stuttgart und Paris. Es läuft also wieder, wenn auch vorerst nur Holzklasse, jeder hat mal klein angefangen. Damit Sie im Bilde sind: Meine alte Holzeisenbahn ist wieder da. Der Polizeiwachtmeister Nikolovius hat sie mir aufgehoben all die Jahre hindurch.

Epilog

Als Ernstl Waldemann aus der Kriegsgefangenschaft zurückkehrte, war er sehr erstaunt, so viel Grünes zu finden. Das hatte es früher nie gegeben, wenigstens nicht dort, wo er aufgewachsen war. Als er ankam, war es dunkel, es fiel ihm gleich auf. Auf der einen Seite die Baumallee, da war sonst gar keine Straße gewesen; auf der anderen tiefer Horizont, vermutlich Steppe. Dort zeigte er einem Kameraden, der nächsten Tages weiterreisen wollte, eine Kirche, aber am anderen Morgen war sie nicht da. Mit dem Kanal hatte es seine Richtigkeit. Als Ernstl geboren wurde, wollte sich eine Frau dort das Leben nehmen; sie war die letzte Zarentochter, man zog sie heraus und glaubte es ihr nicht.

Bloedorn sagt: Heute nisten da Uhus. Als er nachts im Winter nach Hause ging, stellte ihm dort ein Uhu nach. Bloedorn übertreibt gern. Es wird bloß ein Steinkauz gewesen sein, Athene noctua, vielleicht aus der Gedächtniskirche.

Die Puppe ist noch da. Nikolovius nicht mehr, aber die Puppe. Die Colombine aus den späten Zwanzigern mit dem Gesicht einer Schokoladenverkäuferin singt, wenn man sie aufzieht, den weißen Flieder, immer immer wieder. Manchmal fängt sie alleine an, durch eine zufällige Erschütterung in Gang gebracht. Waldemanns bekommen dann regelmäßig erst einen Schreck, gleich darauf lachen sie. Im Krieg saß sie zwischen den Kissen auf der Couch. Sicher hat sie gesungen, als eine Luftmine in der Nähe einschlug.

Bloedorn denkt öfter daran, was alles aus seinem Freund Wolny hätte werden können, wenn der nicht auf die schiefe Bahn geraten wäre. Er ärgert sich über den Erfolg, den hier das Comeback mancher alten Sängerin hat. Er sagt, das sei gar keine Kunst, es gehen auch immer nur bestimmte Leute hin, die kaufen sich für teures Geld Erinnerung ein. Mitfühlen kostet eben eine Kleinigkeit. Und was kauft er denn? Es gibt ja auch hier wieder alles.

Ernstl Waldemann wundert sich, daß die alten Friedhöfe keinen Eintritt kosten. Die berühmten Gräber sind alle noch da und die Erbbegräbnisse auch, einige freilich verwahrlost.

Nach dem Krieg, sagt Bloedorn, haben manche sich nicht gescheut, dort nachts einzubrechen, Särge zu öffnen und nach Brauchbarem zu suchen. Man soll sich nicht so sehr mokieren darüber.

Wo ich war, sagt Ernstl, suchte einer aus sogenanntem guten Hause allabendlich die Knochen, die andere ausgespuckt hatten, unter den Bänken der Baracke. Gewiß, wir hatten jene besseren Zeiten gesehen, in denen Kindern unter vierzehn das Betreten der Friedhöfe nur in Begleitung Erwachsener gestattet war, und ich besinne mich genau, daß die Mauer mit Scherben aus Fensterglas bestückt wurde; das war wohl sehr viel Aufwand seitens der Friedhofsverwaltung, denn es betraf ja höchstens Straßenjungen, die einem Ball nachklettern wollten. An dieser Stelle, sagt Ernstl, sah ich Hindenburg, als ich fünf war, später Himmler zu Fuß, er kam aus der Unterführung, an Lehmanns

Handlung vorbei – Ölfarben, Lacke, Bleiweiß – und an der Laterne, an die ich mal gebunden wurde. Himmler bedeckte, während er ging, mit den Händen das Koppelschloß, als schämte er sich seiner Blöße. Das ist lange vorbei, und die Puppe singt noch, früher kam mir das flott vor. Aber manches ändert sich, zum Beispiel der Bautzener Platz, der war früher so groß, und Nikolovius, der Grüne, erst recht. Er stand dort jahraus, jahrein, und trug den hohen Tschako auf dem Kopf. Damals wurde viel verlangt von unserer Polizei: Kommunisten vertreiben, die Menge vom Palais des Reichspräsidenten zurückdrängen, SA nach Waffen untersuchen, rechtsradikale Studenten zersprengen, die Beisetzung Horst Wessels eskortieren. Das alles zu Fuß und zu Pferde, auf Lastwagen, in der Litewka, mit Schulterriemen, im Waffenrock, im Regenumhang, im Mantel, je nach Witterung und Jahreszeit. Auch mit Wickelgamaschen, mit «Ofenrohren», und zuletzt in Stiefeln. In Grün, in Blau und wieder in Grün.

Zu Hause fing ich an, ihn nachzumachen, sagt Ernstl Waldemann. Ich band mir Großvaters Gummiknüppel um, er hing im Korridor am Kleiderhaken seit 1914, als Großvater aushilfsweise bei der Wach- und Schließgesellschaft Dienst tat. Ein Hinterzimmer, das wir früher mal vermietet hatten, war mein Polizeibüro. Darin stand die schwarzbezogene Schneiderbüste meiner Mutter. Sie diente mir als Grundstock zu einem Untergebenen. Was sonst noch nötig war, holte ich aus einer Lumpenkiste und aus einem alten Kleiderschrank. Bald überragte mich um mehr als Haupteslänge ein Gespenst im Tanzstundengehrock meines Vaters und in Korkenzieherhosen, die lose und unausgefüllt in faltigen, staubgrauen Schuhen endeten. Ausgestopfte braune Lederhandschuhe sollten Hände vortäuschen, der Kopf war eine weiche Ballonhülle, auf die ich eine Art Mondgesicht gemalt hatte. «Stillgestanden!» schrie ich. «Warum machen Sie nicht Meldung, wenn Sie hier eintreten?»

Nikolovius, sagt Ernstl, wohnte an der Ecke Großgörschenstraße Nummer sieben, Kaiser Wilhelm in Gips zierte den Giebel. Im Frühling, wenn die Fenster offen waren, konnte man den Polizisten singen hören, am liebsten sang er: «Mein idealer Lebenszweck ist Borstenvieh und Schweinespeck.» Ich hatte meinen Golem Nikolovius getauft und ließ ihn so lange stehen, bis mein Vetter zu Besuch kam. Es sollte eine Überraschung für ihn werden. Eigentlich wollte ich die Figur auch singen lassen, aber der Plan zerschlug sich dann. Ich besaß zwar ein Kindergrammophon, das mit kleinem tütenförmigem Trichter unter dem Gehrock Platz gehabt hätte, und eine Platte mit dem Potpourri aus dem Zigeunerbaron hatte sich auch auftreiben lassen, aber Platte und Grammophon paßten nicht zusammen. Mein Vetter war ohnedies überwältigt. Allerdings merkte ich ihm gleich an, daß ihm das Phantom nicht geheuer war. Dennoch spielten wir: Demonstranten zwingen Polizei zum Gebrauch der Schußwaffe. Mein Vetter nahm Nikolovius den Gummiknüppel ab und drosch auf ihn los, bis er wankte. Als er dann mit großem Krach umfiel, begann die Puppe, die damals auf dem Sofa des Hinterzimmers saß, von alleine den weißen Flieder zu singen.

Um die Zeit, sagt Ernstl, bekam der Mensch Nikolovius durch Vermittlung des Wachtmeisters Kunze vom Polizeigeneral eine Belobigung und eine Urkunde für treue Dienste, das war jetzt 'rumstehen, Tschako aus der Stirn schieben – absetzen war streng verboten – und mit Zeige- und Mittelfinger den Schweiß zwischen Augenbrauen und Tschakoschirm abwischen. Die Kampfzeit aller braunen und schwarzen, auch roten Gruppen war vorüber, alle Gegner des neuen Regimes waren dingfest, der Hellseher Hanussen und die Brüder Sklarek auf der Flucht erschossen. Der Reichstag war bereits angezündet und ausgebrannt. Goldschmidts Holzplatz noch nicht. Während es schwelte, mußte man gelassen einem surrenden Flugzeug nachschauen, dem hundertsten, tausendsten, seit es Flugzeuge gab. Erst kam die «Bremen» mit Köhl-Hünefeld-Fitzmaurice und war in den Ausstellungshallen am Funkturm zu sehen, dann kam Ernst Udet an Flugtagen mit Loopings und im kurzflügligen Eindecker unter der Brücke hindurch, zwischen Brückenwölbung und Landwehrkanal. Schließlich kam die Legion Condor zu Fuß die Linden entlang. Und endlich tausend Flieger auf einmal: Großflugtag mit Bomben, aber nicht bloß über dem Tempelhofer Feld.

Damals beliebte Sprüche wie Treue um Treue belustigten Nikolovius nie, das war vielleicht sein Vorteil. So diente er längere Zeit ohne nennenswerte Gewissensbisse dem, was sich als Mark der Ehre selbst empfahl. Sein Dienst wurde in Metall und Papier aufgewogen. In jener berüchtigten Novembernacht ein Jahr vor dem Kriege, als schon gewisse uniformierte und zivile Kommandos unterwegs waren, und zwar ohne jede Vorsicht, da wich er zum erstenmal von seiner Beamtenpflicht ab. Was er sah: ein ordinärer Schaftstiefel aus hartem, blankgewichstem Leder, das Knie nicht richtig umschließend, traktierte einen eleganten Herrenulster der übrigens nichtjüdischen Firma Herpich – das hätte ihn sollen einschreiten lassen. Aber er hatte Angst und kehrte dem Vorgang den Rücken. Er starrte – das ergab sich so – in ein noch nicht demoliertes Schaufenster mit Damenunterwäsche. Das Thema konnte ihn im Augenblick nicht fesseln, er war eben ein zu harmloser Mensch.

An Volksgenossen hat er sich nie vergriffen, höchstens drei oder vier nach einem Geheimparagraphen pflichtgemäß gemeldet, aber das waren dann schon «Schädlinge am Volksganzen» gewesen, und was sind drei oder vier in zwölf Jahren! Damals ging es um andere Zahlen. Die paar Deutschen müssen ihn auch nie belastet haben. Sehr im Gegensatz zu einem Fall, der sich jenseits des damals noch im Erweitern begriffenen, eigenen Lebensraums hinter Pripjet und Bug ereignete. Erwarten Sie keinen sensationellen Bericht: es verlief vergleichsweise harmlos. Die Landschaft war andere Eingriffe gewohnt, dort hatte man mit vollem Orchester gespielt. Was ich Ihnen zu bieten habe, ist demgegenüber Hausmusik: die war im dritten Reich so beliebt, Blockflöten und Cembalo, auch über den Deutschlandsender mittels Rundfunkspielschar. Dort hinterm Bug gab es Hausmusik für ein MG und sechs Karabiner, einen davon bediente Nikolovius, oder spielte er nur? Es ist nicht sicher, ob das tödliche Geschoß auf sein Konto geht, und wenn, dann war es bestimmt nicht nur seines, das traf. Trotzdem, er konnte es nie vergessen. Was war geschehen? Ein Spähtrupp, dem er als Schütze angehörte, durchkämmte östlich Kobrin an einem klaren Tag die niedrigen Wälder. Kein Regen, kein Nebel, trotzdem war natürlich ein Irrtum möglich. Plötzlich auf Rufweite vor ihnen das Ziel: ein Mensch. Eindeutig kein Soldat, auch kein Flintenweib, aber ein Weib, ein Mädchen vielleicht, blaß, mit Kopftuch, Walenkis an den Füßen. Das Mädchen, einen Sack über der Schulter, kreuzte den Wald vor ihnen, sagen wir auf dem Weg zum Markt. Es strafte den Krieg durch Nichtachtung. Hörte sie den Anruf? Wollte sie, konnte sie ihn nicht hören? Da war keiner. Ohne Anruf lösten sich Schüsse, blafften und klackerten auseinander und wieder nach einem Sekundenbruchteil in eins, wurden vom Feuerstoß aus dem MG zusammengehalten. Die Gestalt klappte um. Schützen liefen hin, standen herum, zuckten die Achseln. Nikolovius dachte: Dinah. Er sagte aber nichts. Dann ging die Gruppe zurück. Ein Witz war fällig, es wurde gelacht, auch Nikolovius lachte oder tat so, aber er kam nicht ganz mit. Er dachte an Pripjet und Bug, an den Wald von Kobrin, da gab es im Sommer Erdbeeren und im Winter auch, sie färbten den Schnee und ermunterten die Schupokameraden später zu witzeln: «Die grüne Minna, das ist – Preisfrage – ein Mädchen aus Pritzwalk, das vorgibt, noch an den Storch zu glauben, oder ein bekanntes Beförderungsmittel für Verhaftete, oder die sich resolut verfärbende weibliche Leiche in einem der großen dürren Gehölze am Dnjepr-Bug-Kanal.»

Und eines Tages nach dem Krieg, sagt Ernstl, stand Nikolovius wieder am Bautzener Platz. Er liebte sein Revier, seinen Dienst, seine Uniform. Das kann man verstehen. Ein Bekannter von mir, sagt Ernstl, hat drei Regimen gedient, er schwor und pfiff zugleich auf jede Fahne, die man ihm aufdrängte, aber seiner Münzensammlung blieb er treu, er brachte sie unter Lebensgefahr über die grüne Grenze. Münzen gedeihen, das war der Vorteil dieses Herrn, im Schlagschatten der Mächte; sie müssen höchstens vorübergehend als staatspolitisch wertvolles Anschauungsmaterial getarnt werden. Das Hobby des Nikolovius dagegen steht immer im zersetzenden Licht der Geschichte.

Endlich schätzte man ihn bei der Polizei richtig ein. Man wußte, daß auf ihn Verlaß war. Daher betraute man ihn zum erstenmal mit größeren Aufgaben. Er leitete Einsätze von Überfallkommandos auch außerhalb seines Reviers, zum Beispiel bei einer Demonstration vor dem alten Anhalter Bahnhof. Da sollte ein Genosse sprechen, einer aus Thüringen, so hieß es. Thüringen, das grüne Herz Deutschlands. Die grüne Grenze, der eiserne Vorhang. Ein Funktionär aus Thüringen, der zwar nicht von dort stammte, aber eine Zeitlang dort gelebt hatte, weil er schon lange Grün geliebt oder gebraucht hatte, Wälder, nicht so groß wie die von Juchnow und Martinowka, jedoch immerhin so wie die Forste hinter Kobrin und einsamer als der Grunewald, den der Mann gut kannte. Er rief auf vor dem Niemandsland östlich des stillgelegten Kopfbahnhofs. Er gab kund zwischen Gleisdreieck und Mauerstraße. Er war von wenigen gebeten, von niemand außer seinesgleichen ermächtigt worden, an dieser Stelle seine thüringischen Kampfesgrüße den Bewohnern westlicher Sektoren zu übermitteln. Nikolovius sollte oder wollte ihn daran hindern. Nicht weil er etwas gegen irgendwelche Grüße hatte. Aber ihm ging plötzlich ein Licht auf, Schuppen fielen ihm von den Augen: der Redner war von einer Sorte, die man nicht übersehen konnte. Es gibt hundert andere, von Natur friedliebende, mindestens rechtliche Menschen, auch wenn sie mit Kampf grüßen; sie sind den Parolen ihrer Auftraggeber naiv, doch ehrlich zugetan. Solche hätten sich sofort mit dem naiv-friedfertigen Nikolovius verständigen können, die Beauftragten mit dem Beauftragten. Aber diese Sache war viel schwieriger. Worüber hätte man sich unterhalten sollen? Über das Horst-Wessel-Lied etwa? Wen erregt heutzutage an der Internationale etwas anderes als die vergleichsweise bemerkenswerte Melodie? Regime kommen und gehen, man beschwört sie, schwört ihnen und schwört ihnen wieder ab. Aber Mörder, die unter wechselnden Fahnen gehen, kann man nicht vorbeilassen.

Nikolovius hatte den Thüringer erkannt, es war ein Schöneberger, Maxens Bruder, nämlich Erwin Frick. Nach einleitender Knüppelmusik wollte er beginnen. Er sollte nicht. Er wurde frech, das heißt er war für seine Sache zum äußersten bereit, und weshalb auch nicht! Denn ebenso wie Nikolovius besaß er ein ansehnliches Dienstalter, nur leider nicht bei der Farbe, für die er hier eintrat. Er hatte viele Jahre im Grunewald zugebracht, am Teufelssee, war dann dienstlich in polnischen Waldlagern untergetaucht und auf den Rückzügen bis nach Thüringen geraten. Weiter zu gehen hielt er nicht für ratsam. Nun stand er vor der Kulisse des alten Anhalter Bahnhofs und ausgerechnet einem Beamten gegenüber, der ihn seit seiner Kindheit kannte. Nikolovius antwortete, wenn schon nicht mit dem Gummiknüppel, so doch – das soll man verurteilen – zornbebend mit der nackten Faust, und nicht einmal jähzornig. Erwin stand, naseblutend, und konnte nicht zurückschlagen. Der Polizist, sofort wieder nüchtern, winkte dem Roten Kreuz. Es fand nicht viel Arbeit. Die Zuhörer – Unbeschäftigte, Parteigänger, Müßiggänger, Spitzel, wer ist wer, wenig über zweihundert – die Zuhörer wurden, soweit sie in den andern Teil der Stadt gehörten, von dem westlichen Kordon und einer telefonisch herbeigerufenen Verstärkung über die Grenze abgedrängt. Drüben erschien ein Sanitätswagen und hielt an. Zwei Männer stiegen aus und entfalteten eine Trage, die zu ihrer Enttäuschung überflüssig war. Nikolovius drehte Erwin Frick den Rücken, keiner seiner Beamten kümmerte sich weiter um ihn. Die Sanitäter bemühten sich, Erwin mit Watte das Blut aus dem Gesicht zu wischen. Dann nahmen sie ihn in die Mitte und führten ihn wie einen Gefangenen zu ihrem Fahrzeug.

Abends wurde auf dem Schöneberger Revier festgestellt, daß der angebliche Thüringer bisher in einem baufälligen Haus der Mansteinstraße gewohnt hatte. Eine Polizeistreife begab sich sofort in das jetzt leere Versteck und ließ sich auch durch mehrere selbstgemalte Warnschilder in Rot nicht daran hindern.

Durch eben diese Mansteinstraße – Schmielke trat, den Stummel im Mund, neugierig innen an sein Schaufenster – bewegte sich anderntags ein langer Leichenzug mit roten Fahnen und Transparenten. Er bog in jene Unterführung ein, die seinerzeit schon Himmler beschritten hatte, kam an Lehmanns Farbenhandlung vorbei und betrat den Matthäifriedhof. Dort wurde der angebliche Thüringer – Sohn eines hiesigen Bahnbeamten und einer Milchfrau, der langjährig Verschollene mit dunkler Vergangenheit – dort wurde Erwin Frick beigesetzt. Unter den Klängen, die ihn auf seinem letzten Weg geleiteten, war eindeutig die Internationale. Portierfrauen, die eine andere Melodie herausgehört haben wollen, sind entweder unmusikalisch oder so gewissenlos, daß sie ihre Nachbarschaft mit zwielichtigen Klatschereien verwirren.

Erwins plötzlicher Tod beschäftigte natürlich die Gerichtsmedizin. Es wurde die Frage diskutiert, ob der Schlag des Wachtmeisters Nikolovius so stark gewesen sei, daß er unglücklicherweise tödliche Folgen gehabt hatte. Erwins Leiche wurde in der Nacht nach der Beerdigung exhumiert und nach Moabit gebracht. Als man das Gehirn untersuchen wollte, war es nicht mehr vorhanden.

Nikolovius bekam in der folgenden Zeit so viele Post wie noch nie: anonyme Drohbriefe und, ebenfalls anonym, Sympathieerklärungen. Der Osten verlangte seine Auslieferung. Schöneberg stellte ihm Kriminalpolizisten zwischen seiner Wohnung und dem Bautzener Platz. Vorzeitige Pensionierung bei vollem Gehalt nahm er nicht an, so sehr fesselte ihn noch immer sein Beruf, oder genauer: die grüne Uniform. In dieser stahl er sich denn auch bald aus der höchst verwickelten jüngsten Geschichte seines Arbeits- und Wohnortes. Oder wurde er gestohlen? Man sagt, daß er jener Polizist war, dessen Leiche eines Morgens wenige Meter westlich der Grenze lag, an der es heißt, Sie verlassen den amerikanischen, den britischen, den französischen oder – von der anderen Seite betrachtet – den demokratischen Sektor. Nikolovius, wenn er es war, hatte alle gleichzeitig verlassen.

Sargträger in Gehröcken und Zylinder wie bei Fontane trugen ihn auf denselben Friedhof, der einige Monate vorher Erwin aufgenommen hatte. Ein Vorsommertag, das Musikkorps der Schutzpolizei spielte. Auf dem Sarg lag der Tschako. Hinter der Mauer fuhren die S-Bahnzüge nach Wannsee. Es war Badewetter, Ausflugswetter. Weit weg vom Matthäifriedhof, an der Seebrücke am Havelufer, hielt ein Dampfer der Sternkreisschiffahrt, Abfahrt zwölf Uhr fünfzehn, Richtung Pfaueninsel, Nikolskoe. Die Träger schwankten in langsamem Gleichschritt, sie dachten an die Molle, die danach drankam, Schultheiß oder Schloßbräu, wenn schon nicht mehr bei Löblich, dann etwas weiter weg, im Afrikaner an der Bülowpromenade. Die Trauergemeinde rückte hügelwärts vor. Es war ein schöner Platz, ein Platz an der Hauptallee, ihn war das Polizeipräsidium seinem Nikolovius schuldig. Zwanzig Kilometer entfernt, oberhalb der Havel, spielten gerade im Turm von Peter und Paul am Rand der Stolper Berge hinter Wannsee die Glocken der Potsdamer Garnisonkirche «Üb immer Treu und Redlichkeit», aber auf Tonband, das ist alles ein *zu* weites Feld.

Fraglich, ob Nikolovius noch Angehörige hatte. Einen Freund besaß er, der war wesentlich jünger als er, nämlich Erwins Bruder Max, ein notorischer Eisenbahnnarr, wie Nikolovius ein Uniformnarr gewesen war. Max konnte nicht zur Beerdigung kommen, er hatte gerade ein Zimmer in einer schönen Privatklinik in Lichtenrade bezogen und war nicht mehr auf die Fürsorge angewiesen. Nikolovius hatte ihm testamentarisch seine Ersparnisse vermacht.

Sein Leben lang hatte er gespart. Er war ein unauffälliger, stiller, meist zufriedener Mensch gewesen. Seine Nachbarn hatten ihn kaum wahrgenommen, außer wenn er mal besonders gut aufgelegt war. Dann sang er den idealen Lebenszweck. Jetzt war der große Virchow sein Nachbar, das nützte ihm nichts, das konnte ihm nichts schaden. War er lebenslang einsam gewesen, dann selten auf so reizvolle Weise wie hier. Sein Hügel und auch der Hügel Erwin Fricks waren die bestgepflegten des Friedhofs. Die Stadt, das heißt jener Teil, oder genauer: dessen Polizei beziehungsweise Einheitspartei, für die sie vermutlich gestorben waren, ließ es sich nicht nehmen, dafür zu sorgen. Hätte Nikolovius je über den Spruch Treue um Treue wenigstens schmunzeln können, so wäre jetzt wieder dazu Gelegenheit gewesen; jetzt, da sich der Spruch doch einmal, und zwar auf anmutige, den Blumen der jeweiligen Jahreszeit entsprechende Weise bewahrheitete. Ringsum nimmt das Leben, wie man so sagt, seinen Gang. Ameisen durchpflügen emsig und töricht wie eh und je den geschichtsträchtigen Sandboden eines winzigen Teils des mehrfach entheiligten Römischen Reiches. Der weiße Flieder blüht, immer immer wieder, desgleichen der violette, wenn auch die Evergreens davon nichts melden. Linden duften, ohne daß sich deshalb jemand zu Volksliedern angeregt fühlte. In der Nähe liegt Vater Sebastian Goldschmidt in seinem Mausoleum, da liegt auch ein preußischer Artillerie-Oberst, einen falschen Helm auf seinem Sarg, in der während des Krieges beschädigten Kapelle. Die Grabwespe zimmert ein unterirdisches Mausoleum für Halbtote, mit denen sie ihre Brut großzieht. In Kürze kommt sie wieder, aber nicht allein. Sie bringt eine smaragdgrüne Raupe mit, die nach einer Sonderbehandlung jede Möglichkeit zum Gebrauch eines ihrer acht Fußpaare aufgegeben hat und eine Injektion bald ausgereifter Eier in ihrem Bauch trägt. Die Wespe befördert sie schnell und geschickt in jenen Bereich, den unsereiner erst bei völliger Ausschaltung des letzten Ganglions zu bereisen hofft. Sie prüft mit Vorderbeinen und Mandibeln den einen und andern Stein und wälzt ihn vor das Grab, das andern Nest, Wiege, Kinderstube und Frühstückslaube ist und das von jenen, die den Profit davon haben, eines Tages hoffnungsvoll verlassen wird, damit sie – über Gräbern vorwärts – neuen Gräbern schöpferisch entgegenstreben können. Hätte die Grabwespe Eichendorff gekannt, so wäre sie doppelt entzückt gewesen über den idyllischen, dunkelgrün schattenden Mittag, über soviel Frieden inmitten der zerrissenen Stadt.

Manche freilich, sagt Bloedorn, wollen es nicht wahrhaben, daß Menschen einfach verschwinden können. Obwohl sich die Zeiten geändert haben, glauben sie noch an Friedrich Rotbart und seine Wiederkehr. Sie sollten sich das abgewöhnen. Zwar fliegen hier nicht die alten Raben vom Kyffhäuser, sondern – wie wir uns haben sagen las-

sen – Uhus oder Steinkäuze, aber Nikolovius kommt nicht mehr.
Doch, doch, sagen andre, er kommt, wir haben ihn ja gesehen. In den
Nächten, wenn es am Kurfürstendamm besonders frühzeitig still
wird und die Nebel aus dem Landwehrkanal steigen, dann taucht er
auf, da wo Steppe ist zwischen den Sektoren. Auch ich habe ihn gesehen, sagt Bloedorn, öfter sogar, er ging genau die Grenze entlang,
einmal in der grünen Uniform der westlichen, einmal in der blauen
der östlichen Polizei. Das ist wieder so ein Beispiel dafür, daß Bloedorn gern übertreibt. Wie kann er bei Nacht und Nebel blau von
grün unterscheiden!

Nachbemerkung

Der Berlin-Roman «Im Gleisdreieck», der 1966 in München erstmals unter dem Namen «Rummelmusik» erschien, hat nun seinen ursprünglichen Arbeitstitel wieder erhalten.*

Im Rückblick ist er der erste in einer Berlin-Trilogie, die durch «Blumenkorso oder das Jahr 37» (postum 2004) und «Eislauf» (postum 1994) vollendet wurde. Ergänzend gehört sogar das Buch «Nicht mehr in Friedenau» (1982) noch dazu.

Schauplatz ist das Terrain beim Gleisdreieck, der Yorckstraße, um den Bautzener Platz, den Matthäi-Friedhof. Ihm gegenüber, Ecke Katzler, Großgörschen, ist Franz Joachim Behnisch aufgewachsen. Dieses Schöneberger Viertel sollte nach den hybriden Plänen von Hitler und Speer einem Großbahnhof von «Germania» weichen und deshalb samt den historischen Grabstätten des Friedhofs eingeebnet werden. Als Franz Joachim Behnisch zum erstenmal nach dem Krieg 1961 in seine geschundene und geteilte Stadt zurückkehrte, fand er sein Geburtshaus zwar fassadengeschädigt, aber noch vorhanden. Keine Tympanons mehr, noch Balkone noch Erker, die ein gipserner Atlas trug, bärtig und mit einem Gurt um die Brust. In seinem Gedicht «Yorckbrücken» heißt es: «Es wackelte die Wand, blieb aber stehen./ Dabei sollte die Gegend schon vor dem Krieg / der architektonischen Elephantiasis / des Erfinders der Braunhemden / geopfert werden.»

In diesem Karree ereignet sich innerhalb der Topographie von Berlin im kleinen und exemplarisch Zeitgeschichte pur. Als Hauptfigur fungiert Nicolovius, gutmütig, naiv, ein Uniformnarr, der folgerichtig Polizist wird; er bleibt es während des «tausendjährigen Rei-

---

* Der Nymphenburger Verlag verzichtete 1966 auf diesen Titel aus Rücksicht auf einen gleichnamigen Gedichtband von Günter Grass, obwohl dieser keine Einwände hatte.

ches» und danach, ein politisch uninteressierter Nebenherläufer, der ungewollt immer wieder ins Zentrum turbulenter Ereignisse gerät. Obwohl er menschlich empfindet, schaut er weg, wenn es zum Beispiel um die Judenverfolgung geht. Am Ende löst er sich zwischen den Sektorengrenzen der Stadt in einen Mythos auf.

Für Behnisch, der Romane wie Landschaften (nicht die realen) sieht, gelten das Atmosphärische, die Zwischentöne, das Wetter, Alltag und Angewohnheiten seiner Figuren, Melodien (hier besonders die Moritat des bösen Räubers Jaromir!), ein Duft ...

So sagt Werner Illing, «dass der Stil, in dem das Buch geschrieben ist, knapp und genau die Situationen trifft, dass die Dialoge tatsächlich der Yorckstraße entstammen, in Milieu und Diktion, und dass die Menschen, deren Schicksale sich entfalten, scharf umrissen sind – es gibt unter ihnen Typen, die man nicht vergisst. Ich wünschte diesem Buch einen Literaturpreis, weil es mit ausgezeichneten Mitteln das Unwirkliche einer Zeit, die wirklich gewesen ist, wieder so deutlich ins Bewußtsein hebt, dass man am Bestand des Beständigen zu zweifeln beginnt.» (1. August 1967, Süddeutscher Rundfunk Stuttgart)

Und der große Lyriker Wilhelm Lehmann (1882–1968) schreibt ein Jahr vor seinem Tod nach der Lektüre des Romans an den Autor: «Ich bewundere die Geisteskraft, die so viele Kräfte von Geistern zu bannen, zu entfesseln vermochte. Es ist ein abgründiger Kummer hier zur Ruhe gebracht: er kann allerdings jedesmal wieder auferstehen und wandeln. Das spezifisch Unheimliche der von uns erlittenen Zeit – Sie fassen es ... auf so realistische Weise, daß es sich wie ein Geisterlachen verhallend entfernt.» Behnischs Thema ist «die Zeit zwischen gestern und morgen», wie damals Wolfgang Paul in der Kölnischen Rundschau formuliert, und das gilt für fast alle seine Texte. Er pflegt die Erinnerung und offenbart eine scharfsinnige Vorausschau auf Künftiges. Beispiel ist seine Figur des Max Frick. Dieser jüngere Freund des Nikolovius, ein Eisenbahnnarr, hatte sich nach der Heimkehr aus der Gefangenschaft eine alte Borsig-Lok erworben, und in dem allmählich überwachsenen Gleisdreieck mit viel Mühe ein kleines Bahnhofsparadies geschaffen. Als man ihm von der «Reichsbahn-verwaltung», ausgerechnet durch einen altbekannten Nazi-Akteur, alles weggenommen hat, bleibt seine Illusion: «Was wir gelernt haben, sagte sich Max, ist warten. Bestimmt: eines Tages fangen wir wieder an auf dem Gleisdreieck. Die Strecke wird erweitert. Wir fahren nach dem alten Kursbuch der Reichsdruckerei vom neuen Lehrter Bahnhof nach Hannover und Hamburg, vom neuen Stettiner nach Mecklenburg und Pommern, und im Sommer zu allen Ostseebädern. Vom Schlesischen gehen die Züge nordostwärts über Schneidemühl, Dirschau nach Danzig, ostwärts über Frankfurt in die Republik Polen und südostwärts über Breslau, Troppau und Lundenburg nach Wien, Budapest, Jassy, Odessa oder Bukarest. Vom Görlitzer Bahnhof fahren wir wieder regelmäßig ins Riesengebirge …»

In einem seiner späten Texte «Habakuk» (ZS Merkur 1/1982) lässt der Autor Nummer acht der kleinen Propheten Jahwes Entschluß verkünden: «Ich will etwas tun in euren Zeiten, welches ihr nicht glauben werdet, wenn man davon sagen wird (Habakuk eins Komma fünf)».

Dies zu erfahren und dann auch gestalten zu können, war Franz Joachim Behnisch selber nicht mehr vergönnt.

Ehrentraud Dimpfl

Dem persischen Prinzen
Hassan (H. Naghsh), Hüter
geknüpfter phantastischer
Gärten des Orients
mit herzlichen Gedanken
Ehrentraud Dimpfl
(Libussa)

Weiden, Februar 2007

Textgrundlage:
Die erste Auflage erschien unter dem Titel:
Rummelmusik, Ein Berliner Roman
Nymphenburger Verlagshandlung GmbH, München, 1966

Abbildung auf dem Umschlag:
Paul Klee, Der große Kaiser, zum Kampf gerüstet, 1921, 131
Ölpause und Aquarell auf Grundierung auf Leinen
auf Papier auf Karton, 42,4 × 31,2 cm
Zentrum Paul Klee, Bern, Schenkung Livia Klee.

Bisher erschienen:
Franz Joachim Behnisch
Blumenkorso oder das Jahr 37
192 S., fadengeh. 2004 (Rimbaud-Taschenbuch Nr. 26/27)
ISBN 3-89086-669-7

Bibliografische Information Der Deutschen Bibliothek
Die Deutsche Bibliothek verzeichnet diese Publikation in der
Deutschen Nationalbibliografie; detaillierte bibliografische Daten
sind im Internet über http://dnb.ddb.de abrufbar.

Postfach 10 01 44, D-52001 Aachen
Einbandgestaltung: Jürgen Kostka, Aachen
Satz: Walter Hörner, Aachen
Korrektorat: Karin Dosch
Schrift: Stempel Garamond
Säurefreies Papier
Printed in Germany
ISBN-13: 978-3-89086-604-8
ISBN-10: 3-89086-604-2
www.rimbaud.de